甫坤传奇

THE LEGEND OF FUKUN

王艺博　孙全利　马健原｜著

本故事纯属虚构，如有雷同纯属巧合

中国广播影视出版社

作者自序

我们叙述的是一个发生在八九十年前的故事。

我们为什么要撰写这样一个久远的故事?

因为,有些人正在忘却这个故事,而它的确是不应该被忘却的故事。

我们看到,正是这样的普通人的故事,编织了中国的百年历史。他们现在存在于遍布全国的博物馆、纪念馆、爱国主义教育基地里。我们从这里撷取典型人物的事迹,描绘了一位英雄的生命轨迹。

故事讲述了20世纪30年代,一位农村青年学生王甫坤,步入社会后,在共产党的领导下,他凭一把算盘争得钱业一片天下,凭一腔热血拉起一支抗日武装,凭一种信念战斗在每一个岗位上。他在处理社会矛盾、爱情生活、军事冲突、阴谋诡计、突发事件中,都表现出了中国人的优秀品质和牺牲精神。他在与日本侵略者进行的十年斗争中,用生命谱写了传奇故事。

今天的文字世界里,虽然有着形形色色的文学作品,但是属于革命现实主义题材的作品,主人公为了理想献身的故事,仍然很少看到。

恰恰,这些人中龙凤就是我们的先辈,他们的事迹是不应该,也不会被忘记的。我们知道,忘记过去就意味着背叛。

《甫坤传奇》,也许就是一个会让读者不能忘记过去的故事。

是为序。

目录

上部

上部

第一章 传奇出世

20世纪初，中国民族资本迅速发展，外国资本也逐步侵入。逐渐扩大规模的中国工商金融企业，为了在和外国入侵资本的竞争中取得优势，不被淘汰，更加重视培养人才，吸纳人才。奇人王甫坤就是在这个背景下脱颖而出的。

1

业平县，沙河镇。

这个位于渤海湾的八府通衢重镇，今天格外热闹。

原来，沙河镇中学有一个两年一度的盛大赛事，这个赛事在这一地区教育界也十分受重视，并且引以为豪。它的历史在全省都素负盛名。赛事的公告，就张贴在沙河镇主要的公共场合：

兹经教育署批准，即日在沙河镇中学举办珠算大赛暨颁奖选聘英才盛事，敬请各界光临。

壬戌年五月二十日

沙河镇是个有几千户人家的大镇。

一条叫沙河的大河，由西向东，在镇的边缘蜿蜒环绕。沙河，大概就是沙河镇名称的由来。

沙河将大半个镇都圈在了里面，有识风水者，称此河为玉带，有玉带缠腰，镇上必出学富五车、才高八斗的贵人。这个指的是不是镇上培养人才的沙河中学？人们不得而知。但沙河中学坐落的地方，就在不远的翰林街，这所学校的前身叫沙河书院，而翰林街也是因为前朝曾经出过几位翰林而得名。

这里既远离商业闹市，又有绿水柳林，环境优美、清静。这座学校在清朝的时候，就闻名遐迩。辛亥革命以后，又有当地的天主教会资助，引入西学，所以学校建设得很有规模，不但校舍光鲜，而且操场也很宽阔。教学则是突出国粹，兼修中西，尤其重视算学。这使它成为渤海湾地区久负盛名的中学。

珠算大赛，这所中学的学生是自愿报名参加的。学校生源广泛，不但吸收了沙河镇周围十里八乡的优秀学子，还有来自周围县市的优秀学子，而敢于报名参赛，更是莘莘学子中的佼佼者。从这里毕业的学生除去进省深造的，大都为今后生活盘算，想在这里有名的商号中谋取一个职位。而这里的名商巨贾，也想趁这个机会，为自己招揽人才。更有学生家人、亲朋好友，关注此事的热心乡绅加入其中，于是这个珠算大赛的盛事成了轰动整个镇子、声名远播的大事了。

平时只有学生嬉戏玩耍的操场，现在彩旗纷飞，鼓号齐鸣。操场前面起了一个三尺高的台子。宽阔的台子上，坐着校董、士绅、官府要员，还有一些商贾名流。台下，摆上了一排排学生的座椅，上面端坐着参赛的学生。周围人头攒动，大都是镇上的或者四邻八乡的人。

台的两边各有一块竖着的牌匾，上面悬挂着由上好夹宣、精装细裱的画轴。每幅画轴上，都写有漂亮的赵体楷书，婉丽俊秀，字字珠玑。

右匾上书：

七子之家隔两行，十全归一道沧桑，五湖四海盘中算，三教九流珠上忙。

左匾上书：

柴米油盐小黎庶，江山社稷大朝堂，八方天地经营手，六六无穷今古章。

原来，这是一首赞美算盘的七言诗，由方家书写，拆分左右。再看两匾之间，一幅贯满整个赛台的横幅："沙河镇中学珠算大赛"，倒也醒目耀眼。

其实，本次活动的正式比赛上午已经完成，下午进行的是宣布比赛结果和颁奖。

赛事随着司仪宣布名号，荣获三等奖、二等奖的同学先后领奖，广场不时传出一阵阵的洋鼓、洋号声，伴随围观众人鼓掌赞叹，充满了洋洋喜气。

“现在，我们颁发本次大赛的最高奖项。”司仪停顿了一下，环视四周，大声说：“本次大赛的第一名，也就是本次大赛的一等奖，他就是——”众人聚精会神地盯着司仪，司仪却又吊起众人胃口，扬了扬手，故作神秘地突然喊道：“本校本学期毕业生王甫坤！”全场立刻鼓号齐鸣，稍停，他又大声宣布：“一等奖奖金细银十两，另外，领奖后还有更大的喜讯告诉大家。”只听广场一片掌声。

那另外的喜讯是什么呢？前面说过，这次观看比赛的台上台下，有一些是镇上知名商贾钱庄。他们都想通过比赛，为自己物色中意的人才，充实职员队伍，其中就有台上就座的通聚钱庄张大掌柜。

随着宣布一等奖获奖者的名字，坐在课桌前面的一个小伙子不紧不慢地站了起来。

这是一个典型的山东小伙子：一双大眼，两道剑眉，鼻梁高耸，嘴唇紧闭，饱满的天庭上，沁出一层细细的汗珠。他那学生帽下的眼神里，充满喜悦，面庞上散发着英气，一身蓝色学生装，穿在他的身上，熨熨帖帖。

他稳健地走到领奖台上，站在司仪身旁。

“下面请我们的校董、通聚钱庄的掌柜张先生给一等奖获得者颁奖。”

张掌柜赶忙起身，走到前面。似乎为显身份，他正了正自己的眼镜，捋了捋下巴的短须，慢悠悠地从司仪手中的托盘上取出一个大红包，红包上面写着：细银十两。他郑重地交给王甫坤，然后，面向台下，清了清喉咙说：“在此我宣布，招聘王甫坤入职通聚钱庄。”

下面观众一阵鼓噪。通聚钱庄是什么地方？那是在沙河镇乃至业平县都闻名的大商号。难怪周围又是一片掌声。

“不服，不服！”忽然，一个尖细的嗓音穿破人群的鼓噪，传到大家耳朵里，大家一下愣了神，场面反倒是安静下来。

话音刚落，只见一个身形瘦矮的人，从外面挤进场子，操着尖细的嗓音继续喊道：“不服，不服，就是不服。”

看此人个子不高，瘦身马脸，八字眉，细长眼，年龄不大，却留了一丛短短的胡须。他身穿灰色长衫，往前大步跨来，虽然一脸傲慢和不屑，却也有些气宇轩昂。最突出的是他手里举着一把算盘，算盘横梁上的几个字分外扎眼，上面刻着“通聚钱庄”。

司仪赶忙屈身上前：“这位大哥，请……请留步。”

没等司仪说完，张掌柜却拦住司仪的话头，冲来人厉声喝道：“德福，你跑来做什么？”

原来，这人是通聚钱庄的大伙计，名叫刘德福。

“回掌柜的话，”刘德福一看是掌柜，气焰立马收敛，压低声音说，“我不是胡闹，我是不服。咱们通聚钱庄要他入职，可是有我这个铁算盘，就由不得这小子拿第一。我要和他比试比试！”

一边说，一边拿眼睛斜楞着王甫坤，语气中充满轻蔑与傲慢。

张掌柜本来要更加厉声呵斥他，让他退下，忽然灵机一动：是了，德福是我钱庄一个大伙计，手上的算盘功夫在镇上商界也是出了名的，让眼前这个后生和他过过招儿，也可以看看这个后生是不是有真本事，毕竟前面都是学生比赛，看不出他们手上功夫有太多的不同。

他一边想着，一边嘴上却责备刘德福：“你不能这么没高没低地跑来搅赛场！”口气却明显缓和下来。

张掌柜一边责备刘德福，一边又转过身来，低声和另外几位评委商议，是否同意加上这么一段赛事。

一来张掌柜德高望重，二来大家都知道刘德福的来头和本事，再加上好事者多，希望多看点热闹。于是，在场的评委都同意加上这场比赛，只是不知这位获奖学生作何想法——要征得人家的同意，是最起码的礼貌。

见各位评委没有反对，张掌柜心里有了底。他转身走到台前，摆手示意，台下安静下来。

他对着王甫坤说：“这位刘德福是本钱庄的伙计，指名要和你比个高低。你虽然技艺高强，但毕竟是位刚毕业的学生，评委会不能由着他以大欺小，所以一定要你同意才公允。你愿意和这位钱庄的伙计比赛吗？”王甫坤好奇地看看这位不速之客，又看看张掌柜，对这突如其来的变故，似乎无奈地点了点头。

张掌柜看到他点了头，就提高嗓音继续对下面说：“好个少年英才！当然，这只是友谊赛，无论输赢都不影响这位学生头奖的地位和我的聘请承诺。”然后，又转向刘德福，故意提高声音说：“德福，如果你输了，怎么办？”

其实，张掌柜心里是认定自己大伙计会赢的，却故意反着说，让王甫坤心里不要负担太重。

不想，德福磕巴也不打，高声对着全场喊道：“我要是输了，我‘铁算盘’的名号就让给这位学生！”听着四周一片掌声和喧嚣声，刹那间使他忘乎所以，又冲着张掌柜一拍胸脯，“我钱柜大伙计的职位也一并让给他！”

“好，那就准备比赛。”张掌柜转身回到座位。

刘德福的“铁算盘”也并不是浪得虚名的。

“铁算盘”在民间的称呼中，又说成“铁盘神算”，意思是像神仙一样，能够算先天，知祸福。而现如今的称呼，是说这人精于计算，巧于分析。

刘德福的“铁算盘”称号，正是沙河镇商贾各界对他的赞誉。为什么？就因为是大有来历。

当年刘德福投奔沙河镇，进入通聚钱庄。那年，正赶上夏粮丰收，沙河上运粮船络绎不绝。沙河码头下面，一条条的粮食船堵塞了航道。原因是，粮食从船上卸下来了，却因为收粮的粮商，在钱粮交割上是一家完成了，再换一家，而各个粮商账房的水平参差不齐，致使算账过程缓慢，钱粮出入码头也繁复，乃至船粮不上码头，河道不过粮船，造成航道拥堵。船家、粮主和商户皆叫苦不迭。

此时，刘德福正在码头，监看钱庄发放的贷款返还的情况。他看在眼里，灵机一动，立刻找到码头管事，表示由他做所有商、粮之间的临时账房，保证一个上午，完成交割，清空码头。

码头管事一看，是通聚钱庄的伙计说话。大家都说通聚钱庄的伙计是有些本事的，就想，试试也好。

只见刘德福拿过这里的算盘，站上码头泊位的出入口，一边噼里啪啦地拨拉算盘，一边指挥码头管事调动船上工人卸货。随着他的快速计算，船家、商人和粮主流水交割，一天的工作量，不到两个时辰就解决了，关键是做到毫厘不差。于是，码头管事带头，众人齐呼刘德福“铁算盘”。

从此，“铁算盘”的称号就在沙河镇立住了。

由于刘德福的算盘技艺，在沙河镇商界口碑绝佳，众星捧月，张掌柜也乐得升任他为通聚钱庄的大伙计。

俗话说，看热闹的不怕事大。现在，刘德福要拿他通聚钱庄大伙计的地位，和沙河镇“铁算盘”的称号做赌注，自然格外引起大家的关注。

四周的洋鼓、洋号吹打起来，四周的观望人群鼓噪起来，为选手服务的助手们，也帮他们准备起来。

高台前面，新放上两张书桌，面对面摆好，中间相距八尺。

书桌前的桌签，一个写着王甫坤，一个写着刘德福。每张书桌上面都放着一把算盘，颇有些擂台争霸赛的气势。

司仪宣布：“请参赛者王甫坤、挑战者刘德福入位。”

只见刘德福单手后背，大大咧咧走到桌前，还没有站稳，就一把抓起桌面上的算盘，冲着王甫坤的方向，用力一伸一收一放。“噼——啪——噼噼啪啪”，就像鞭子抽陀螺，算珠碰撞的响声连连。跟着，在算盘横梁上下，三指翻飞，把穿在珠档上的算珠上下拨动，在连续的噼啪声后，只见他五指骤然并拢，在算盘上迅速一划，本来散乱盘上的珠子竟然齐刷刷贴在上、下算盘框上。整个过程干净、利落、好看。

人群中爆发出一片喝彩声。

喝彩声中，刘德福突然把原本后背的另一只手也伸出来，手中竟然也握着一把算盘。他嘿嘿一笑，略加停顿，又冲着王甫坤伸出去，一伸一收一放，照来一遍。

呵呵，这是左右开弓、双手打算盘呀！人们一片惊赞。

王甫坤看在眼里，对刘德福的做派，虽不以为意，但也不免有些紧张。

刘德福使用算盘的起式，虽然张扬跋扈，但是动作娴熟，指法灵动，倒也令人佩服。他想，这场比赛，赢要赢得光明，输要输得磊落。我是学生，输了也不难看。但是输也只能输在技艺上，绝不能输在气势上。

他没有了包袱，一身轻松，也想好了怎样对付这场挑战，对自己信心十足。

有好事者，早已把竞赛中“铁算盘”挑战大赛冠军的消息散出去了。操场上聚集的人越来越多。

现在全场人的目光都集中到王甫坤的身上。他不慌不忙地站起来，从课桌里又拿出一把算盘，放在桌面上。场上立刻一阵鼓噪：难道又是一个左右开弓？

突然，只见他左手和右手同时抓住两个算盘，熟练地伸向左、右两个方向的空中。手腕一抖、两抖、三抖，连续伸缩抖动，仿佛两条蛟龙腾起，“啪啪啪啪”，一阵连续的响声，在头上散开。算盘珠子在盘中空档上下滑行，珠子或与盘梁碰撞，或相互碰撞，犹如空中响鞭，激起了一串串清脆的噼啪声响。蓦然，响声停止，他两只手已然把两把算盘放在桌面上。只见他也是双手各出三指，三指旋飞如燕，只是瞬间，两根手指又并拢成为两只手掌，在两个盘中左右同时一划，“唰”的一个长声，两把算盘的算珠立刻同时回归空盘位置。

周围的人们，先是目瞪口呆，接着又是一片掌声。

刘德福看着也是心惊，呀，这小子还真是有两下子。他转念一想，一个学生娃子，会有多大能耐，花拳绣腿罢了，斜瞄一眼，撇了撇嘴。

这时，司仪站出来。“下面比赛开始，比赛一共三道题。我来宣布比赛的第一道题。”

说着抽出一张粉色的纸，开始念上面的数字。“3576589736加8769456……”，语速由慢到快，随后越来越快。

这时，全场鸦雀无声。

从第一个数字开始，只听四把算盘噼噼啪啪响着一个声音，一连串的加减乘除，一连串的噼噼啪啪。赛场上，此时只有司仪清晰的念题的声音和清脆的算盘珠碰撞声。

只见对垒的两个桌面，四把枣红色的算盘上，有四只手的手指在上面轻快跳跃。枣红色的算盘珠子在指尖的拨动下，飞快移动，看上去，指如起舞，珠如落盘。

不同的是，这边一双手挺拔清秀，那边一双手粗壮结实。但是，细细分辨，他们都是用的四指联拨。

什么叫四指联拨？

原来，打算盘拨珠的指法一般有三种。一是单指独拨，就是用拇指、食指或是中指一个指头来拨算盘珠。二是双指联拨，就是利用拇指和食指或拇指、食指、中指，两个指头进行拨动算珠。第三种，是三指联拨，就是拇指、中指、食指三个指头同时拨动，进行运算。能够三指协调动作，拨动算珠进进退退，不下一定的苦功夫，是很难做到的。至于四指联拨就是江湖传说的独门绝技了。不想，今日擂台之上，两人竟都是用的四指联拨！

古人有诗云："一指独拨如弹珠，二指相拨如铰剪，三指联拨飞旋燕，四指互拨快如川。"就是说他们打算盘像山川的流水般快。

"现在，第一道题和第二道题竞赛结果已经出来了。"司仪宣布。

"挑战者和应战者，计算结果全都正确。计算时间长度完全一致。也就是说，不分胜负。"在人群的惊叹声中，司仪继续说，"下面开始第三道题的比赛，请听题……"

随着司仪念出一连串的数字，台下拨动算盘珠的噼里啪啦声紧跟着响起来。

一开始，人们还没有觉出什么不同，但是两三组数字念过之后，人们感到桌面上，两个人传出的声音有些差异了。

刘德福的两把算盘，声音紧凑，越来越快，两手手指，依然是四指翻飞，紧张有序。

王甫坤的两把算盘上面，却是只见各有三指跳跃，轻松活泼中透着凝重，传来的声音也从连续轻快变得顿挫有力，渐渐地慢了下来。

当司仪念出最后一组数字时，人们清楚地听到，顿挫的算珠碰撞声音戛然而止。而连续的、紧凑的算珠噼啪声，又响了一些时间才消失。

刘德福收拢双手，抬眼一看，对面的王甫坤已经端坐眼前，而算珠的位置，清清楚楚地表明，他的计算结果和自己的一模一样。

刘德福不禁疑惑不解。

监考们走到司仪面前，和他嘀咕了几句，司仪回头扫了台上一眼，看到台上评委们点头，就转身宣布："第三题的比赛结果，嗯，两个人都答对了。但是，计算时长不同，应战者比挑战者的计算结果快了十秒。最终比赛结果，王甫坤胜。"

"不对，不对，这小子作弊。"刘德福几乎气急败坏地喊。

其实，在场的众人也有些不解，明明是刘德福的指头把算盘珠拨拉得又急又快，怎么王甫坤反而提前算完了呢？

这时张掌柜站起身来，走到台前说："王甫坤，我们都看见你拨算盘珠的速度并不如刘德福，你却快了很多，你是怎么做到的呢？"

王甫坤不慌不忙地站起来，走近台前，向台上各位评委鞠躬，转身又向四周众人抱拳施礼道："各位老师、前辈、先生、同学和乡亲们，感谢大家抬爱！其实这并不神秘，我只不过在第三题中，使用了一种不同的珠算方法，叫珠心算法。"

"什么？珠心算法？没有听说过啊！"台下议论纷纷。

望着人们惊讶怀疑的目光，王甫坤接着说："珠心算产生于我国明清时期，但是受到重视和发展是在日本，它们叫'珠算式暗算'。说白了，就是经过训练，使脑子里产生一个个算珠，还有一个算盘，脑子里这些算珠，会随心所欲在算盘上的空当滑行运动，就是说算盘中一切运算，都是在脑袋里完成的，桌子上算盘的算珠位置和它们的变换，都不过是脑袋计算的结果。大家想想，省了拨拉算盘珠子，计算时间自然大大缩短了，是不是？"

"噢，太神了！"

"那得花多少力气学呀？"

"了不起，了不起呀。"

人们又在交头接耳、你比我画地议论。

忽然，有两个穿西装的人悄然出现在台旁，边鼓掌边笑着说："说得好，说得好！"扬手冲着台上张掌柜抱拳："祝贺张掌柜喜得人才呀。"

张掌柜一边抱拳还礼，一边问道："你二位是……"

"在下是大和银行驻沙河镇办事处经办，"戴灰色礼帽、个子略高的人，摘下礼帽躬身施礼后，嘴角微翘着说，"鄙人佐佐木。"然后，转身介绍他身边的个子较矮、脸的双颊如刀削一般的人，"这位是办事处经理浅野一郎先生。"那位叫浅野的人，也摘下礼帽，躬身施礼。

"失敬，失敬。"张掌柜抱拳还礼，一边做了个请自便的手势，一边向王甫坤那里走去，心里却在琢磨：这两个家伙，是从哪里冒出来的？

这两个家伙是从日本东京来的。

佐佐木，二十多岁，是精通金融业务的早稻田大学的毕业生。

浅野一郎，一看就比佐佐木阴险狡猾，年龄也比他大十几岁。他毕业于日本东京大学，是日本大和银行的高级职员，也是日本秘密特务组织——橙组织的商业骨干。

伴随着日本侵华的步伐，日本金融业也加快了在华的金融活动。配合侵华的经济扩张，各种非法的金融活动在地下偷偷进行，并且以挂羊头卖狗肉的卑鄙形式出现。

浅野一郎和佐佐木，就是肩负着这种特别任务，以大和银行办事处的名义，在沙河镇立足的。

延揽人才，为日本侵华服务，就是他们来中国的任务之一。

现在，他们的注意力一直在这场珠算大赛中。

张掌柜对两个日本商人尽了礼数，就走到王甫坤跟前，郑重宣布："你胜了，通聚钱庄为你打开了入职的大门，还要聘你为钱庄的大伙计。"

"'铁算盘'，'铁算盘'……"人们向着王甫坤鼓噪着。

鼓噪声中，脸色铁青的刘德福偷偷钻出人群，一溜烟地跑出学校大门。

2

沙河镇，通聚钱庄。

通聚钱庄是一家有百年历史的老店。

钱庄坐落在沙河镇繁华商业街不远的一条巷子里，巷子里没有几户商家，钱庄算是闹中取静。

钱庄店面八丈有余，深有五进，直通到后面另一个巷子，可以说是横贯两条巷子了。前面两进，是店面。后面三进和院子、花园、住宅、库房等连成一片。建筑、园林总共占地有十多亩。

钱庄正门，并不显赫。只见朱红色的漆门，两边挂着一对刻有黑字的牌匾。

左边书：无币不收无账不取；

右边写：聚沙成塔聚水成渊。

上面匾额书就店名：通聚钱庄。

不过，不同一般的是，进门的屏风确有独特的风格。那是个大大的方孔金钱。钱的上下左右铸有四个篆字："通""商""聚""宝"。更加奇特的是，进门不但一眼能够看全屏风，还能够透过方孔看到后面，那个斜置在玻璃柜中的另外一个大金钱。这个寓意，就是钱中有钱了。

过了这个钱柜，才是钱庄第一进的正厅。正面一排柜台，两边是会客的密室。

通聚钱庄三代传承，到张掌柜手里，业务已经从单纯的货币兑换，扩展到放款、存款和发行庄票、钱票、汇兑等。它的商业地位在沙河镇名列前茅，就钱庄而言，那是首屈一指了。即使是在靠渤海的海湾地区，也是很有影响的。只是时运不济，现如今战事频仍，外国银行势力入侵，钱庄经营颇感艰难，反倒是由于庄里上下一众伙计，十二分地尽心尽力，业务倒也不惧张弛。

这不，一大早张掌柜就站在大厅扫视着他的金钱王国，欣赏着他的伙计们忙忙碌碌，眼神落在正在整理内务的王甫坤身上。

转眼间，王甫坤到店里上工已经两月有余了。

他生性活泼、聪慧，待人随和，干活勤快，为人仗义，店里老老少少、里里外外都很喜欢他。

本来，张掌柜要履行竞赛时的承诺，答应让他替代刘德福当大伙计。但是他上工以后拒绝了。他表示，我是学生人店，对钱庄的业务一点不熟，还是当普通伙计向老店员们学习学习吧，待业务熟悉以后，再当大伙计也不迟。至于那个刘德福，自从在挑战赛上一败涂地，就不辞而别，离开了钱庄，不知到哪里去了。

张掌柜听了王甫坤的态度后，知道自己没有看走眼，很是宽慰。他感觉这个年轻人知道天高地厚，进退得当，将来定然是个可造之才，前途无量。于是，就给他指定了一位柜上的老伙计当师傅。要求老伙计尽快教他熟悉钱庄业务，以三个月为期，出师接班。

这位师傅姓吕，王甫坤称他为吕伯。

吕伯已过不惑之年。他个子不高，平常总戴着瓜皮帽，遇到节庆大事，才戴礼帽。他瘦脸盘，八字胡，戴着一副老式金丝眼镜，待人接物，和和气气，一看就是一位经验老到的生意人。他早听说了珠算大赛的事，论能力、论长相，他一眼就喜欢上了眼前的高徒。

钱庄与商界关系密切。通过对款项的存放、汇兑，发行庄票、兑换钱币等业务，对买卖商家融通资金，调剂头寸，清算账务，使钱庄得以灵活周转，持续运营。

当然，这对沟通沙河镇本地的经营关系和商业关系十分重要。钱庄在张掌柜手里，业务已经辐射到业平县、朱岛市等周围众多乡镇市县。

通聚钱庄在这一带名号很响。吕伯又是在钱庄业务上经营多年的老伙计，对沙河镇周围的大小商家十分熟悉，远乡外埠的商号也对他敬重几分。至于钱庄业务，他更是样样精通，以至钱庄重要业务，掌柜都会找他商量。平时他替掌柜调度店里大小伙计、接待客户、跑街串商，十分繁忙。在吕伯的倾心指导下，加上王甫坤的聪慧、勤快，不足三个月，他对柜上的业务就已经十分熟悉了，甚至能够外出单独处理一些业务。

三个月将近，这天，张掌柜有意无意踱到王甫坤的身边，问道："甫坤呀，快三个月了，业务有长进吗？"

王甫坤赶忙停下手中活计，答道："回掌柜，有吕伯的提点，本庄业务已然懂得十之六七。"

吕伯在旁，听到耳里，喜在心里。其实，柜上业务王甫坤已然烂熟于心，吕伯看他谦逊有加，甚觉宽慰。

"噢，那么我来问你，"掌柜眯起双眼，用轻描淡写的口吻说，"只是随便问问啊，不要紧张。"

王甫坤明白这是掌柜的在考自己了，从容回道："掌柜的请问。"

"咱们钱庄最普通的业务是什么呀？"

"回掌柜，是存、兑、汇、贷，这是咱们钱庄最普通的业务。"

"那贷款放钱的利率是多少呀？"

"跟咱钱庄借贷，利率公平合理，年息二分。"

"你看，这利率可不算高啊。那条件是什么呢？"

"庄上定的规矩，对方一定要有良好的信用，诚信是生意之本。"

"说得好！"张掌柜赞许道，"那你可知道我们钱庄有两个可以控制行市的经营方式吗？那可是为钱庄带来重要利润的渠道啊。"说完眼睛紧紧盯着他。

"洋厘和银拆，就是常说的'银圆行情'和'同业拆息'。"王甫坤毫不犹豫地说，"银圆一枚合库平银七钱二分，或者是漕平银七钱三分，市价以这个为厘位，行市就在这个基础上涨涨落落，所以叫'洋厘'。"

王甫坤又说："钱庄同业相互拆借的利率，因为是以银子为标准计算利息，所以叫银拆。当然，同业拆息的利率是由钱业公会来制定的，我们只是顺势而为。"

张掌柜边听边点头："看来，师傅教得好，徒弟也学得好啊。走了个刘德福，来了个王甫坤，真是塞翁失马，焉知非福。"他看看一直在旁边关注的吕伯说："从明天起，他就是大伙计了，随你吕伯襄理钱庄。”

“谢掌柜。”王甫坤恭敬回道，心里很高兴。

吕伯笑了。

通聚钱庄的生意顺风顺水。

一日，王甫坤正在忙碌，忽地，有两位进入大门的客人吸引了他的注意。两人一高一矮，西装革履，一看便不是本地的商人。

店员迎上前去，抱拳问道：“二位办什么业务？需要我效劳吗？”

“我们是日本大和银行朱岛市分行驻沙河镇办事处的，前来拜见你们的张掌柜，烦请引见。”

王甫坤仔细一看，觉得来人面熟，猛然想起来，这不是珠算大赛上曾经出现的那两个人吗？原来是日本人。于是主动走过去施礼道：“原来是同业的朋友，二位先生请跟我来。”

“哈哈，你就是那位新的‘铁算盘’！”高个子说。

“过奖，过奖。”

王甫坤带领二人来到掌柜房间，张掌柜正好在。

张掌柜抬头看去，王甫坤带进来两个人，一高一矮，高个子穿着黑西装，嘴角微翘，矮个子穿着灰色西装，还留了个仁丹胡须。

他们几乎同时向张掌柜深鞠一躬：“鄙人，佐佐木。”高个子又恭敬介绍矮个子说，“这位是日本大和银行朱岛市分行驻沙河镇办事处经理浅野一郎先生。我们今天是特地给您送开业请柬来了。”说罢，递上大红请柬。

看到张掌柜接过请柬，矮个子浅野一郎接着说：“我们诚心诚意地请张掌柜莅临开业酒会。”他着意停顿了一下，看了王甫坤一眼，“也请贵庄大伙计一并出席。”

张掌柜看过请柬，说：“都是同业，一定祝贺，一定祝贺。”

“多谢关照，多谢关照。”来人鞠躬致谢。

大和银行分号的开业酒会，就在沙河镇办事处里举行。

房间不大，请的客人也不多，大都是钱业和商界的名人。

经办佐佐木向大家鞠躬致辞，说的不外乎“关照”“协助”之类的客气话，不过经理浅野一郎的发言，有一句话倒是让王甫坤听了进去。

“各位同业，我们会合理竞争，到时候如果有得罪之处，还望各位海涵。”说罢向客人频频敬酒，“祝大家在金融行里共存，更祝大家生意共荣！”

这个是明显的威胁嘛，他感到大和银行来者不善。酒过三巡，王甫坤和熟人寒暄后走出门外。

旁边就是营业室。

第一天开业，人来人往，看样子生意挺好。

门口立的牌子十分抢眼：本行全镇最惠，存款高利息，贷款低利息，童叟无欺！

存贷利率是钱业公议，这种明显的违规操作，是行业大忌，这种做法是在向钱业叫板。

第二天一开业，王甫坤就把酒会上看到的情况向吕伯说了。吕伯说，这个事情应该告诉掌柜。

吕伯带着他向掌柜说了，掌柜沉吟片刻，回说：“还得多了解了解日本人到底要干什么。甫坤，这个事就交给你办。”

“了解清楚了，你就直接和掌柜说吧。”吕伯接着说。

王甫坤找来两个平时和自己要好的学徒，一个叫小杰，一个叫大生。

小杰和大生，两人都是农村出来的，读了几年私塾，就跑出来当学徒，学做生意。

小杰，全名刘胜杰，是家里指望他扬名立万、出人头地，才取了这个名字。他身材不高，长得敦实，性格开朗，虎头虎脑，为人耿直，说话讨人喜欢。

大生，名叫李全生。他个子较高，身板结实，憨头憨脑，不爱说话，但是讲义气，干实事儿，肯担当。朴实的农家，要的是“全而生之”，这就是家里人的期盼。

他们和王甫坤刚相处几个月，就非常尊重、信服他。平时在柜上，又脾气相投，大事小事，都愿意听王甫坤的。王甫坤说的事，他们一定竭尽全力去办。背地没有外人时，他们亲切地称他为坤哥。

王甫坤叫来小杰和大生，说了要办的事。一说要和日本人斗，他们都很兴奋。

为什么呢？20世纪初，日本在华进行的全方位、不断扩展的侵略行动，已经给全中国民众造成了伤害，和日本斗争，成为人心所向。

王甫坤让小杰和大生假装办业务，来到日本人的营业室门外，自己远远地观察。

这里，人们进进出出，还真的很热闹，尤其是走出来的人，手里大都拿着个大小不等的红包，面露喜色。营业室门外站着两个壮汉，瞪大眼睛，盯着客人。佐佐木也站在门外，满脸堆笑，弯着腰往里让着客户："请进，请进，大大的好处！"

他们不能去营业室，怕被发现，否则会很被动的。

"你们两个，分别问问那些拿着红包、礼品的客人，看看是怎么回事，要多问几个人。我们回店里见面。"王甫坤告诉他俩。

他俩又返回营业室附近。

王甫坤一个人转到办事处的后面。

后面，是一排库房和一个能够停十几辆马车的院子，门虚掩着。见附近没有人，他闪身进了院子。院子里停了几辆带篷的胶轮大车，牲口还没有卸，赶脚的车夫在院墙边的木棚里喝水聊天，没有人会注意他。

他大大方方走到办事处厅堂的后门，旁边就是经理办公室。他刚靠到窗前，透过窗缝，就见佐佐木进了房间，径直走到浅野一郎跟前。

王甫坤悄悄把头靠在窗上，听到大班台后面就座的浅野问："今天战果如何啊？"

"报告经理，战果大大地有。"佐佐木兴高采烈地回答，"您没有看到每天排队存钱的都成了长蛇阵了吗？！"

"我不是说过吗？中国有句古话，'将欲取之，必先予之'，给他们点甜头，会有大大的回报。"浅野满意地撇着嘴。

"只是，来的都是老百姓，散户比较多，什么时候大量商户来存钱就好了。"

"不要着急，心急吃不了热豆腐，功夫不负苦心人，只要饵够香，不怕鱼儿精。"浅野一边说出一连串的中国谚语，一边为自己丰富的中国知识扬扬得意。

"经理高见。"然后佐佐木又近前一步，向浅野详细报告了一系列业务上的数字，"那么，我们什么时候收网？"

两个人的声音忽然低下来，变成了窃窃私语。

看来听不到什么了，王甫坤蹑手蹑脚离开办事处厅堂后门，退回院子，又大大方方离开了这里。

回到钱庄，王甫坤和大生、小杰把情况归拢了一下。

原来，大生、小杰前后找了十几个从那里出来的人。他们手里的红包，有的是钱，有的是礼品，像香皂、毛巾、搪瓷碗之类的礼品。这些人大都是储户，把钱存到日本银行，就可以领礼品了。存的钱不等，有的十几块大洋，也有的是几十块大洋，甚至是上百块大洋。钱多礼品也多。奇怪的是，他们访问的这十几个人，没有一个是贷款的，都是存钱的储户。存钱的利息也高得惊人，甚至超过钱庄几倍。银行还让他们广泛告知街坊四邻，鼓动大家都来存钱。

王甫坤听了小杰和大生了解的情况，感到事情越发奇怪，联想自己偷听到的佐佐木和浅野的对话，不禁心里疑虑重生：什么饵香啊，什么收网啊，莫不是他们高息揽储，是为弃储卷款吗？想到这里，他感觉后背发凉，立刻去找张掌柜。

见到掌柜，王甫坤一五一十把收集到的信息说给掌柜。

张掌柜问道："它们现在储户有多少？收款有多少？你都清楚吗？"

王甫坤记忆过人，脑海里立刻浮现出佐佐木向浅野报告的各种数字，包括储户的数量、存钱的数量，一清二楚。

张掌柜想了想，说："它们刚刚开张营业，从目前的储户和存款数量来看，他们还不至于做出卷款的事。不过时间久了，发生什么事就很难说了。"

"那我们就任由他们胡闹下去？不但钱业声誉和钱庄利益会受损害，最后倒霉的还是镇上的百姓。"

"那你看这事如何解决？"掌柜反问。

"我看日本人故意设局。掌柜，您看违规的是他们，如果请镇上商会出面，和他们去理论，同时也和镇上的百姓讲开了，启发百姓不要图小利，防止吃大亏。这样，日本人看到我们对他们有了警惕，也许就不敢妄为，只好遵守钱行规矩，合规经营。这样是不是就会打破他们设的局？"

掌柜沉吟了一下："好，明天你随我到镇上商会走走，事情会有公论。"

不久，商会那儿就传出来消息，日本人认尿了。原来，经过商会的交涉，日本人一来怕引起钱行公愤，二来怕担了恶意揽储的名声，以后难以在此地立足，只好撤掉了原先对储户的虚假承诺，同时进行了赔偿。商会又在大街小巷张贴公告，谴责这种无序竞争行为，提醒百姓不要上当受骗。

"难道我们就这样认输？"佐佐木面对经理，愤愤道。

"哼哼，这是暂时的，韬光养晦罢了！"浅野阴险的脸上露出狞笑。

过了不久，浅野和佐佐木就离开了沙河镇。听说是朱岛市的日本大和银行向商会道了歉，表示为了日华亲善的长远利益，撤了他们的职，换了两个新人，并且严斥新人规规矩矩做生意。

"什么规规矩矩做生意，不过是深藏不露罢了。"王甫坤心里想。自从那天偷听到浅野和佐佐木的对话，他早已经把他们看得透透的了。他对其他伙计说："以后和他们打交道，一定要把招子放得亮亮的。"

王甫坤挫败沙河镇日本银行不法行为的义举，不但通聚钱庄上上下下都伸大拇指，连内宅都知道了这件事。

内宅，就是指张掌柜的家眷居住的地方。张掌柜家眷里，除了夫人，老母亲也健在，还有一双儿女，都在省城读书。钱庄的规矩是内宅家眷如果有需要，可以请伙计进内宅帮忙。老夫人和夫人如果对伙计有什么教诲，也可以请伙计到内宅训话。平日内宅不传，伙计是不准随便进内宅的。

这天，服侍老夫人的丫鬟传话王甫坤进内宅晋见。

王甫坤进了内宅厅房，见老夫人和夫人正在聊天，旁边还坐着一位小姑娘，年龄十三四岁。小姑娘前额铺着刘海，有着圆圆、红润的脸庞，眉清目秀，见有生人进来，立显腼腆羞涩，抿起一张小嘴，露出两个酒窝。

“甫坤来啦，”看到王甫坤进来，老夫人立刻转了话头，“听说你给镇上的百姓办了一件大好事儿，又给咱钱庄争脸了。”

王甫坤低眉垂手站立，恭敬地回答：“托老夫人的福，这是咱掌柜的教导有方，也都是晚辈应该做的。”

“瞧这孩子乖巧的，多会说话。”老夫人嘴上称赞着他，眼睛看向旁边的夫人和座上的小姑娘，又转向他说，“没别的，今天我替掌柜犒劳犒劳你。”说着，让丫鬟把放在桌子上的一个小竹篮递给他。

只见竹篮里有满满的应季水果和干果，上面放着一个红纸包。“这个红包是奖励你办事得力。这些果子，都是吕伯的闺女带来的。”老夫人笑着指了指座上的小姑娘，接着说，“你和伙计们尝个鲜吧。”

顺着老夫人的手势，王甫坤向小姑娘瞅过去，正好小姑娘也在盯着他看。二人四目相对，刹那间王甫坤感觉到眼前一亮，这个小姑娘真的很俊俏，而小姑娘却瞬间低下头，脸蛋一下子变得通红。

王甫坤赶紧从丫鬟手里接过竹篮，道谢后退出内宅厅房。从此，他的脑海里时不时就会浮现出那张俊俏、通红的脸蛋，还有那张带有两个酒窝的小嘴儿，再也挥之不去了。

秋去春来，转眼几年过去了。

王甫坤对钱庄的业务已经到了炉火纯青的程度。他除了协助吕伯调度店里的伙计、学徒处理业务，自己也经常出店，到镇上乃至县城走走，放贷、收账，联系业务，深受钱庄信赖。他已经成了通聚钱庄里不可或缺、顶梁柱式的大伙计。

一日，王甫坤收账回来，走到钱庄所在的巷子口。平时挺清静的巷子口，今天围了一群人。他本不想多事，进去时忽然瞥见其中两三个人围着靠墙站着的一位姑娘。姑娘用手掩着脸，愤怒说道："我又不认识你们，谁跟你们有话！"

他不禁凑过去。原来是几个地痞模样的人，围着调戏这个姑娘，姑娘气得说话声音都有些发抖。

"陪大爷说说话有什么？那么不给面子。"一个地痞嬉皮笑脸边说边拿手去撩姑娘肩膀。

"别害臊呀。这不是乡下，跟爷们儿说几句话还不行吗？"旁边还有几个不三不四的人跟着起哄道。

"是啊，爷看得起你！"

"还不跟大爷聊一会儿？"

王甫坤看清楚是几个人欺负一位乡下姑娘，忍不住大声呵斥："嗨，还不住手。你们几个怎么欺负人家一个姑娘？！"

众人听到呵斥声，停下手来。

"哟，挡横怎么着？"一个人梗着脖子说。

"你是哪根葱啊？"另一位也愤愤地问。

"咱就是山东大葱啊。"看这架势，王甫坤反倒嬉笑起来。随后，他不慌不忙抱拳道，"各位，都在这块地头上讨生活，给在下个面子，放了这位姑娘吧。"

"嘀，你的面子有咱的巴掌大？你说放就放？我偏要摸摸她。"一个尖嘴猴腮的家伙，头都没有抬一下，嘴里不服地嘟囔着，一边又伸手摸向姑娘的脸蛋。

姑娘吓得紧缩着肩膀，靠墙后退。

围观的人多起来，眼见不平，无奈那几个人蛮横，也是敢怒不敢言，都为姑娘担心。

这个尖嘴猴腮的家伙伸出的手还没有触到姑娘，感觉手腕一紧，就像是要断了一样，跟着一股钻心的疼痛，顺着手腕，直达肩膀，他忍不住叫出了声，随着浑身抖动，伸出的胳膊被扭到后背，就觉一股大力，扑在身上，整个身子像被风刮的一样，脚步不由自主地踉跄着扑向人群，一屁股坐在地上。发了一阵蒙，他才扭头看清楚，就是那位呵斥他们的小伙子在挡横。

"清平世界，朗朗乾坤，哪容你们欺负人家姑娘？！"王甫坤仍然嬉笑着。

其他人看见同伴被人轻易摔倒，知道碰上了有身手的硬茬子，不过仗着人多，还不服气。

"我他妈的就欺负她了……"

"谁怕谁……"

说着就要往上冲，其他几个人也跟着撺掇："上，上，谁怕谁……"一副要群殴的模样。尖嘴猴腮的家伙也顺势爬起来，跃跃欲试。

王甫坤掖起长衫下摆，左脚伸出虚点地，单掌扬起护前胸，亮出一个走马势，还是嬉笑着："那就来吧！"

话音未落，忽然，人群中挤进一人，浓眉大眼，络腮胡子，满脸江湖豪气。

"猴子，你们住手！就别丢人现眼了。"跟着向王甫坤抱拳道，"这位兄弟，刚才是我的人不对。我刚离开一会儿，他们就惹是生非，请兄弟谅解。"

见到来人道歉，王甫坤收势抱拳还礼道："客气，客气。"心里纳闷儿，这伙人哪里来的？没有见过呀。

尖嘴猴腮的人就叫猴子，这时急忙退后，其他几人也跟着溜到后面。看来，来人颇有权威。

"在下姓江名州。我们是来沙河镇办事的，兄弟正气，令人钦佩。今天我们还有事情，改日我请兄弟喝酒。"接着，招呼那几个人，挤出人群，回头又抱拳道，"兄弟，江山不改，绿水长流，咱们后会有期。"说罢，他扬长而去。

不知什么时候，小杰和大生也赶过来了。

人群渐渐散去，临了还互相叨唠着。有认识王甫坤的人说："大伙计真棒，一只手就把那个猴子给治住了。"有人还上下比画着，貌似内行："看那架势，大伙计是个练家子。"

他们没有说错，王甫坤的确是个练家子。他的功夫底子，源于他上私塾时的老师李左祥。

李左祥是毕业于国立北京大学的青年学生。国立北京大学的前身是京师大学堂，其办学宗旨中就有"中学为体，西学为用"。他毕业后去日本留学，回国后不知什么原因，成了大黄村私塾教学的老师。这位老师不但国学好，西学也好，难得的是还对武学有研究，什么南拳北腿、八卦形意、武当少林，都有涉猎。是他，教会了王甫坤珠心算；也是他，灌输了王甫坤武学精髓，教会了他武术招式。

他曾经问过老师："学西学有什么用？"

"为了科学救国。"

"学武术有什么用？"

"为了强身救国。将来国家需要你出来相救时，你会出来吗？"老师反问。

王甫坤虽是尚在懵懵懂懂的时候，但仍果断地回答："当然会。"

所以，课上习文，课下练武，几年下来，他成了文武双全的小伙子，还以优异的成绩考进了沙河镇中学。

王甫坤抱拳送走那位江湖豪客，低头扫了一下眼前这位姑娘，见她已经缓过神来，自己正抬手整理头发。

“嘿，这不是吕伯的闺女春花吗?！”小杰一眼就认出来了。

王甫坤这才又定睛望过去。果然，眼前就是那张经常闪现在自己脑海里的俊俏红润的脸庞，只是几年没见，红润脸庞已然更加成熟动人了。

吕春花这时望着王甫坤，大概也想起了几年前初次见面的情景，只是当初有些腼腆和书生气的学生娃，如今已经是英武高大、结实健壮的小伙子了。吕春花忍不住向他嫣然一笑，红润的小嘴两旁，立刻浮现出了一对令人发痴的笑靥。

这一笑，王甫坤心都醉了。

吕春花在钱庄住了几天，既看望了吕伯，又陪侍了老夫人、少夫人。这天要回去了，内宅传出话来，点名要大伙计王甫坤送送她。

吕伯很高兴，看来内宅是明白吕伯心思的，闺女也一定喜欢。

一大早，赶车的柱子叔和大伙计王甫坤就在侧门候着了。钱庄内宅人出入，除了公事，都是走侧门的。

胶皮轮儿骡马轿车驶出沙河镇，一路直奔吕家村。

吕家村在沙河镇南面几十里，沿着沙河旁的官道，也就不到两个时辰的车程。

骡马轿车披着蓝色篷布。车篷两边开着窗，后边挂着布帘儿，前面却敞开着，越过车把式和驾辕的骡子，前面的景致一览无余。

赶车的柱子叔是老把式。驶入官道，他坐在车辕上，扬鞭向上一甩，随着“啪——”的清脆鞭响，驾辕的骡马碎步扬蹄，轿子车轻快地移动起来。

阳春三月，艳阳高照。

官道两旁的田里，偶见几个劳作的农民；河里，偶见几条捕鱼人的小船。道上行人很少。

从车窗望过去，田地里，一片片碧绿的青苗、一片片金黄色油菜花交替闪过；河道上，一排排芦苇高大挺拔，一群群水鸟从芦苇尖上掠过，发出求偶的欢叫。

和煦的春风，伴着马蹄的节奏，送进车篷里一阵阵油菜花的香气，又一阵阵麦子地青苗的麦香气，还有沙河边芦苇的草香气。

清风淡香，吹得车篷内相向而坐的两位年轻男女，心里暖意浮动。

他们不时偷偷瞟瞟对方，心中的暖意刹那间莫名地激荡起来，全身发热。

他们偶尔会四目相对，虽然一个赶紧移目车外，另一个也会马上垂目望下脚尖，但他们互相都感觉到了对方，那洋溢在脸上的幸福微笑，那躲藏在心里并怦怦撞击胸口的小鹿……

骡车转弯时，忽然颠簸了起来。吕春花失了重心，一下子甩到对面王甫坤的怀里。王甫坤下意识地抱住了她。吕春花没有动弹。两人就势相拥在一起……

前面传来柱子叔的喊声："小心！坐稳！"跟着"啪啪"两声鞭响，车子平稳下来。吕春花抽身坐了回去。王甫坤还两手圈着双臂发愣。他们都觉得甜蜜过去得太快，企盼着另一个幸福的小拐弯……

"啪啪"，又是两声鞭子响，王甫坤和吕春花愣过神来。不知道怎么了，柱子叔忽然放声唱起歌来。沂蒙小调从他那粗大略有些沙哑的喉咙里冲出来，在空中韵味十足地回荡着：

人人那个都说哎，
沂蒙山那个好哟，
麦苗那个青青哟，
菜花那个香……

哥哥你那前面走哎，
妹妹我那紧相随哟，
就像河里的鸳鸯哎，
不弃也不离，
不弃也不离……

3

转年，王甫坤把春花娶回了家。

迎亲的当天，王甫坤一身新郎打扮，胯下枣红马，精神抖擞地等在大黄村村口。大、小黄村之间的界河那边，就是小黄村的官道。眼看新娘吕春花坐的骡马轿车披红挂彩，直奔界河木桥来了。

王甫坤飞马迎了上去，刚到桥头，不想"咔嚓"一声，只见已经上了界河木桥的骡马轿车，右向的半边木桥突然断了一大块。

瞬间，木桥上的轿车一下成了半边车轮着地、半边车轮悬空的状态。正在向前滚动的轿车车轮，在残缺的木桥上急向右转，车子失去平衡，惊得驾辕骡子不由自主地两蹄腾空而起，拉着车子也向右倾斜，眼看轿车就要翻倒在河里，一场车毁人伤的惨剧就要发生。车把式顿时惶恐失措，扔下鞭子就跳开了，失控的车轿里传出新娘子的惊叫声……

遇此险情，等候在村口的人群，不由自主地朝木桥簇拥而来。桥前的人们，有迎亲的、送亲的、随礼的、观礼的，围成一团，人人不知所措，个个惊出一身冷汗。

说时迟，那时快，只见已经纵马桥头上的王甫坤，翻身下马，双手一拍桥头木桩，一个箭步跳入河槽。就在车轮将翻未翻之际，他“唰”地托在车辕之上，大喝一声“嗨——起！”他也不知道哪里来的爆发之力，竟然通过车辕，硬生生把个右车轮提了起来，向前一送，够上了前面没有断的部分桥板。再看拉车骡子，它的前面两个蹄子一落地，向前用力一刨，轿车呼地搭上桥板，“噔噔”两声颠过了木桥。

这真是个奇迹，骡马轿车竟然毫发未损，连车上的披红挂彩，还都一样的风风光光。

众人这才缓过神来，一阵喝彩鼓掌。

再说吕春花，她在倾斜的车轿里发出惊叫，一是害怕轿车翻倒，更要紧的是，从轿车窗帘的缝隙中，她清楚地看到王甫坤跳进河槽中，河槽里有水、有泥、有乱石，稍有不慎，就会使王甫坤摔伤。这一下子把她吓得魂飞魄散，所以惊叫了起来。

现在，轿车已经安全过桥，惊魂未定的吕春花，撩起轿帘，偷偷回头望去，只见王甫坤已经从河里上了岸，跨马跟来，她悬着的心才放了下来。

大家在村口下车，新娘从骡马车轿上下来，换了人抬的花轿。王甫坤也披上干净衣服，一路吹吹打打向家里走去。

不过，由于刚刚用力过度，此时的王甫坤，浑身就像散了架，感觉剩下的整套习俗，全是在别人摆布下完成的。

随着喜庆的唢呐吹打声，王甫坤从村头骑马陪伴花轿，到轿前把新娘抱进厅堂，瞧着新娘过纺车、跨火盆，然后，他再牵手新娘，三拜天地高堂，敬亲朋族长，一路下来全是硬撑着的。只是婚宴中，他三杯下肚，体力才渐渐恢复，可是喝来喝去，又被酒精灌得糊里糊涂，完全忘了自己。

那晚，只是在温柔乡里，吕春花一句“我随你”，他才感觉到了自己的存在。

这是当晚他听到的最受听的一句话。

吕春花性格温婉柔顺，勤俭持家，平日孝敬老人，和气邻里，尤其对王甫坤，那是百依百顺。见了王甫坤，她挂在嘴头上的话是“我随你”。

虽然他俩见少离多，家里的日子倒也过得顺顺当当、富富裕裕。王甫坤除了在外为钱庄操心办事，家里的事全都交给了吕春花，几乎用不着他过问。

王甫坤在钱庄干的时间越长，越感觉到埋伏在钱庄业务上的各种险恶就存在于顺顺利利的赚钱之中。所以，在钱庄业务上过于谨慎，是赚不来钱的，但过于张扬，也会跌得鼻青脸肿。所谓“祸兮，福之所倚，福兮，祸之所伏”，用来形容钱庄业务，是很恰当的。

钱庄赚钱的“贴票”业务，就有这样的属性。行里都知道，钱庄为了赚钱，常常用“贴票”的手段。什么叫贴票呢？就是当某一种商品抢手，商人急需现款囤积这种商品，就向钱庄贷款。钱庄就用倒贴现的方法，吸收存款，贷给商人。譬如，钱庄以90元的现金吸收存款，开出一张期限庄票，到期兑付100元现金，这叫贴票，而商人则要以更高的利率贷走现款。由于贴票的利率往往高于一般贷款的利率，就会存在呆账和无法兑现的风险。但是，由于有钱可赚，钱庄或自恃有关系、有消息、有储备，或自信有门路、有经验，还是愿意铤而走险。

这天，张掌柜把王甫坤叫到跟前。

“听省里的朋友说，目前，南方不但有战事，还有水患，大宗商品似乎波动较大。你跟我到商会走走，看看各位同仁有什么想法儿。”

王甫坤随张掌柜进了商会，还没坐稳，就见几位商界大佬围了过来。他们纷纷提出借贷的要求，但每个人又绝口不提是为了什么、囤积什么商品。

“张掌柜，咱们可是老朋友，我的借贷方案可是对你最合适的，利息可是比平时高了一半，一定优先考虑啊。”粮行赵老板把张掌柜拉到一边，悄声说。

还没有等张掌柜回答，他又被油行的李老板拉到一边：“我虽然贷的比往日多一倍，可是利息也是多一倍呀，这个生意我需要大笔头寸，你老兄也是顺水人情顺水利嘛。”

众商户你拉我拽，是为了借贷；还有不少人知道大伙计的影响力，一个劲围着王甫坤探虚实，扯关系，最后还是为了借贷。

沙河镇的商界人士，都是做什么生意的，专长是什么，盈亏状况，信誉好赖，等等，王甫坤几乎没有不知道的。只是一股脑地借贷，又如此神秘，却是始料不及。幸亏来之前，掌柜的跟自己通了消息，心中早有准备。王甫坤便私下里探探口风，谈天说地，扯东扯西，一来二往，他彻底弄清楚了，原来他们都是为了做大宗商品的买卖才这么着急的。

他随便扯个谎躲开众人，又悄悄钻到另一个利益关系不大的圈子里探消息，就听那里大家七嘴八舌：

“这可是赚钱的好机会呀。可惜我不是做这个买卖的。”

“大水一退，南方夏粮未到，秋粮不接，咱山东的粮油就成了抢手货。”

“囤积一个月，倒腾到南方各省，就是十几倍高的利润！”

“这对钱庄和商户都是个机会，看来这回钱庄可以多放贷款给他们了，利息海了去了。有钱大家赚嘛。”

回头，大家看到有钱庄大伙计在旁边，立刻又询问起来。

“好说……好说。”王甫坤一边敷衍着，一边回到张掌柜身边。只见张掌柜喜形于色，正在痛快地应承着：“各位看得起敝庄，敝庄定当全力以赴，尽绵薄之力。”

出了商会，两个人各叫了一辆人力车，准备直接回钱庄，再作商议。

人力车离开商会，顺着沙河镇的商业街跑起来。钱庄离商会并不太远，跑到商业街尽头，再穿过两条街巷就到了。

今天的沙河镇正逢大集，格外热闹。尤其是商业街的末尾，正是集市的中心。这里除固定商铺，还增加了临时坐商。另有流动商贩来来往往，江湖打把式卖艺的，圈人围观。就是赶集看热闹的人流，也比平时多了几倍。

他们俩坐的人力车，到了这地方，不由自主地慢了下来。王甫坤不禁细心看看前后左右，怕掌柜的车有什么闪失。

“砰！砰！”忽然，不知哪里传来两声枪响，跟着又听见一阵阵的警笛哨声。

刹那间人群大乱，四处奔逃。可是因为赶上大集，路窄人多，中间道路反而被一团团拥挤着的人群阻挡，人群里夹杂着男人女人的叫骂声和小孩子的哭喊声。于是，他们的车几乎也被卡在路上。

慌乱中，王甫坤抬眼看张掌柜的车已然冲出人群，正在左一拐右一拐地冲过去，似乎并无大碍。

王甫坤自己坐的车子，反倒重重受阻，落在了后面。眼看距离前面张掌柜的车越来越远，王甫坤心想：车子还不如走着快，寻思着要跳下车自己步行。

忽然，不知哪里蹿过来一个小伙子，“噌”地扒上了自己坐的人力车。王甫坤还没反应过来，只见那人单手一按车帮，一个翻身，另一只手插进自己身后的车座上，又一个鲤鱼打挺，越过了车子，一头扎进人流，转眼消失。

这会儿，王甫坤才看清楚，后面慌慌张张还追过来几个人，是穿黑衣服的镇公所的警察。他们一边吹哨子，一边吆喝着“抓住革命党”，只不过，赶到车前时，那个人早已没了踪影。

“好身手！”王甫坤都没有看清那人的模样，只是觉得他插进自己身后的手，放下了一卷什么东西。

这时，警察拦下车，探身检查车子。王甫坤乘其不备把那卷东西塞在自己屁股下面。

“看见什么了没有？”警察问。

“没有什么，就是小伙子跑得挺利落。”

“那可是革命党，捉住要砍头！”警察做了个砍头的动作。

因为是坐人力车的，怕是有些身份，警察也不敢过分盘问，扬扬手，让赶快走。车夫使劲挤出人群，加快脚步，追上了张掌柜。

下车的时候，王甫坤把那卷东西取出来，这才看清楚，那卷东西是个学生装笔墨的布袋子，里面鼓鼓的。他赶忙把那卷东西塞进自己随身携带的收账袋里，随着张掌柜进了钱庄。

刚刚一坐定，张掌柜就兴奋地吩咐王甫坤：“这是个机会，商户大量贷款，咱也没那么多现金。现在，就组织伙计们做好庄票，贴现揽储，就以三个月为期吧！”

王甫坤听了，联想起在商会时看到、听到的，好像大家都被利益冲昏了头，他反而镇定起来。

“掌柜，这事儿是不是还要小心处置，万一……”

“哪里有什么万一，做生意就要瞧准时机，不然错过了，时不再来！”

“掌柜说的是。”王甫坤没再辩解，下去作了分派。

晚上，王甫坤独处一室。他取出那个小布袋，倒出里面的东西，原来是一本油印的小书。书皮上赫然几个大红字，写的是《共产主义ABC》。翻开内页，纸很粗糙，墨迹也不均匀，显然是石印的。

那年月，“共产”两个字其实在城里乡间，凡有点文化的，都听说过一二，但是到底怎么回事，好像没有人能够说得清楚，加上政府一直在说“共产”的坏话，使这两个字更加具有神秘感了，至于这一类的印刷出版物，也早已成了禁书。

今天，这种禁书就在眼前，他迫不及待地一头扎了进去，细细品读。慢慢他感觉自己明白了一些道理。在书里，他仿佛逐渐看到了希望，看到了光明，看到了未来……他边看边思索，想到了当年与恩师李左祥关于爱国的谈话；想到多年来，他见到的社会种种不平。当他把书全部看完时，曙光已然照亮窗口。

以后，他才理解，正是这本小书，把他引入了革命洪流。

此后几天，钱庄着实热闹起来，一边存款的人络绎不绝，另一边贷款的人也络绎不绝。

通聚钱庄的“庄票“，从这个人的手里到另一个人的手里，人们望着它，两眼炯炯地放出贪婪的光。市面上，除了零售，大宗粮油立刻告紧，其影响传到周围市县，甚至波及朱岛、烟台。大宗粮油都被囤积起来，商户们静等着水灾过后，卖上个出奇的好价钱。

一个月后，南方大水退去。

被大水淹了的受灾地区，粮食和经济作物，有的歉收，更多的是绝收。灾区生活用品奇缺，民众苦不堪言，显然，急需粮油等大宗商品的时候到了。

消息传到沙河镇。囤积大宗商品的商人，立刻纷纷将商品往南方发运。商户、钱庄和存款的人，都眼巴巴地望着南方传来好消息。

三个月的庄票期，转眼就到了。

这几天，张掌柜每天都带着王甫坤，到商会等消息。但是，每天都落了空。大宗货物是运过去了，但是款没有看到回来。眼看票期临近，王甫坤看着掌柜心急如焚，却也无可奈何。

这天，他们又来到商会，一进商会大厅，就感觉气氛异常紧张。那些经营大宗商品的商户，有的唉声叹气，有的搓手扶额，更有的捶胸顿足。

原来，他们得到消息，发运南方的大宗商品还在路上时，海外及东南亚地区的赈灾物资，以及为灾区募集的善款，就已经全部进入受灾地区。这些海外来的物资和商品，有的是免费发放，有的是半送半卖。而从北方运来的大宗商品，就只能低价倾销了，致使北方商户十之八九损失过半，甚至血本无归。

难怪商会里气氛一片惨淡了。

“咱们这真是偷鸡不成蚀把米了。”有人摊开双手叹道。

“何止是蚀把米呀，我是高息贷款，这次连本都蚀掉了。”另一个商户带着哭腔，使劲用拳头敲着自己脑袋。

看到张掌柜和王甫坤进了大厅，商户们立刻围了过来，尤其是那些在通聚钱庄贷了款的商户，更是七嘴八舌向他们诉起了苦。

“张掌柜，你可要高抬贵手啊！”

“我们也没有料到，事情会发展成这个样子。贷的款还请展期呀。”

“能不能有所减免哪?”

当他们搞清楚了事情的原委，张掌柜脸色立刻变了。但是，毕竟是经历过风雨的老掌柜，他双手抱拳故作镇静：“各位，互相体谅，共渡时艰吧。”

这时，钱庄的小杰慌慌张张跑进来，他把两人让到旁边，小声说：“掌柜、大伙计，不好了，有人开始要求兑现庄票了。”

闻听此讯，张掌柜带着王甫坤立刻随小杰返回钱庄。临到钱庄，远远就听到人声鼎沸。只见钱庄内外，挤满了手持庄票、要求兑现的人。王甫坤随张掌柜从侧门进了钱庄。此时，吕伯就站在钱庄厅堂里。他不愧是钱庄元老，见过各种阵势。他若无其事，有条不紊地调度伙计，帮助储户兑现。本来储户兑换到期庄票，是钱庄再正常不过的业务，即使人群拥堵，伙计也不能有任何惊慌失措，不然，储户会以为钱庄无钱兑现，传了出去，不但钱庄信誉受损，万一造成挤兑风潮，会给钱行酿成大祸。

张掌柜和王甫坤回来后，立刻请吕伯和一众管事伙计共同过来议事。

“庄票已经兑现了多少？”张掌柜问。

“今天兑现了十有三四，估计明天会更多。”吕伯回答说。

“明天的现银还能满足兑付吗?”

“如果像今天这样多，还能应付，再多的话，恐怕就要有问题了。”吕伯压低声音说。

“商户赔钱的消息，今天恐怕会传遍整个沙河镇了，明天会有更多的人要求兑现。银怕是撑不住了。”听吕伯道出实情，掌柜不禁眉头紧锁。

商户不还贷，钱庄现银会撑不住兑换。这次，镇上各个钱庄多多少少都有损失，临时调剂头寸也很困难。万一撑不住兑现，可就容易激起民变、酿成祸端了，后果不可想象。

小杰偷偷拉了拉王甫坤的手，趁着上茅厕的机会，悄声问：“真有这么厉害?”

“真的。”王甫坤也悄悄说，“听老人说，光绪年间，上海协和钱庄首创贴票盈利的法子。不想，这个法子在各个钱庄普及后，信用被滥用了，风险却被忽略了，造成在鸦片走私贴票中，各个钱庄亏空巨大，不能够到期兑付，又没有能力互相调剂头寸，结果一个月内，有数十家钱庄倒闭，最后凡经营贴票的钱庄，几乎全部停业。这就是历史上的贴票风潮。上了史书的，你说，可怕吧！”

小杰一听，连连咋舌。

王甫坤和小杰回到屋里，屋里人都不作声，一片寂静。

片刻，王甫坤忽然说道："掌柜不要急，我这里有个想法，不知是否可行。"

"说来听听。"

"一两天内就完成兑现，的确是很急，如果想办法，让人们延长兑现时日，均衡兑现人流，使我们有时间筹措现银，会不会就能渡过这一关呢？再说，我们钱庄可以临时定个新规矩，只要储户自愿延长兑现贴票期限，是可以另有好处的。"

"这倒是个主意，不过怎么才能让储户自愿推迟兑现呢？"吕伯反问，张掌柜听着也立马长了精神。

王甫坤压低声音，如此这般一说，张掌柜一下子眉头舒展开来，一拍桌子："好，就这么办了！"

果然和预料的一样，第二天还没有开板，门口就拥上来大量的兑现储户。前来兑现庄票的人，从钱庄办事柜台一直排到巷子尾。

市面上也流言四起，什么这次大宗商品失利，商家赖贷逃走了；什么钱庄只出无进，要关门了，等等，不一而足。这种谣言最具伤害力，连钱庄正常的远期、近期的储户，也有信了谣言，提前要求取现的了。

掌柜的一边联络和其他钱庄、商号调剂头寸，一边催促贷款商号到期还款。吕伯继续调度伙计，维持秩序，顺序兑现。钱庄伙计，毫不慌乱，各个手脚麻利，一手庄票，一手现金，边兑边唱，秩序井然。柜台后流水般的现银，丝毫没有兑现困难的迹象。

日头过午，兑现人流不减，反而越来越多，并且互相散布谣言，推波助澜，有的还鼓噪起来。钱庄门外的气氛更加紧张了。

不知什么时候，钱庄的门口挂出了一块大型匾牌。上面书写：庄票兑现，立等可取。自愿延期，好处加倍。

一些伙计扮成储户，在人群中把这个信息广为散布。人们开始动摇了，半信半疑。

正在这时，只见巷尾，顺着排队的人群方向，几辆大骡车驶来，上面满载钱箱。头车上插着一面旗帜，上书：通聚钱庄，还有一个大大的"现"字。大骡车队伍的头尾，各有两个彪形大汉，手持快枪，警视四周。人们纷纷议论，这是钱庄运银车到了。

几辆大车停在钱庄门口，众人眼看着，伙计把一箱箱现银抬进钱庄。忽然，有个抬箱子的伙计失了手，就在钱庄门口，众目睽睽之下，一整箱白银倾倒地上，白花花的银子散落一地。一众伙计，手忙脚乱地赶紧重新装箱。这引来人们不停地指手画脚，啧啧赞叹。

那些抬进钱庄的银箱，又有几箱直接上了柜台，真金白银，银圆银锭，应有尽有。

人们看着眼皮子底下的事实，议论纷纷：

“通聚不缺钱，看人家那银子多得满地扔啊。”

“别急着兑，多拿一天多一天好处，着啥急。”

“俺得回去告诉俺婶，不用来兑了，多拿些日子吧。”

眼见之实不胫而走，很快，拥堵在钱庄的储户就散得寥寥无几了。

望着远去人群的背影，张掌柜心里一块石头落了地。他悄悄抹了抹额头的汗珠，瞟了一眼堆进库房、所谓装现银的箱子，又和吕伯、王甫坤对望着，三个人会心地笑了。不过，谁也没有看出来，王甫坤的笑，含着太多的苦涩。

这次的贴现危机，终于过去了，但是不良后果，也很快显现出来。

因为，大宗商品投机买卖的挫败，逼迫钱庄把贴现利率大幅度提高，贴现的钱是要商家买单的，商家成本大幅提高，贷款形成的坏账也大大增加了。储蓄和放贷本来就是钱庄主要业务，营业利润也大多来源于此。现在这两项利润两头受损，钱庄生意日渐式微。

好在庄里还有银圆和银两的兑换业务。虽然利润不大，但是由于钱庄伙计努力用心，想方设法扩大这方面的经营业务量，数量大了，利润自然多了，所以还能够勉强维持钱庄运转。

转年，就在大家盼望经营情况好转的时候，民国政府突然宣布要统一银圆市场。事实上，前几年就已经取消了龙洋和鹰洋的行市，削弱了“洋厘”的功能，致使“洋厘”长期下跌。

现在，政府下令，必须以银圆为本位币，定库银七钱一分五厘，折合银圆一元，并且要在全国实行，无一例外。这就是载入金融史册的民国“废两改元”。

既如此，钱庄在银两和银圆之间，兑换的利润空间完全没有了。不能够赚钱，生存立刻成了问题，通聚钱庄也未能幸免。

钱庄勉强支撑一阵后，终于不得已对外贴出告示，宣布歇业。

钱庄里，除了留下小杰、大生收尾，其余一干伙计，全部发放三个月薪酬和应得红利，被遣散回家。

这天，钱庄伙计们吃过散伙宴，拜过内宅和张掌柜，大家互道珍重，就此别过。

小杰和大生拉住王甫坤的手，恋恋不舍：“坤哥，这一分手，不知道何年何月才能够见面，我们舍不得啊。”说着，眼泪直在眼眶里打转。

“山不转水转，今天虽然各奔东西，来日说不定我们还能够喜相逢呢。大丈夫志在四方，哭哭啼啼没有出息。”听了王甫坤的话，他们两个破涕为笑。

王甫坤望着效力多年的字号，想起钱庄鼎盛时期的繁荣景象，可是现在连字号牌匾都卸了下来，恰似“高楼凌云梁渐朽，西山日薄暗已生”，心中不胜唏嘘。

张掌柜很念旧情，依然派骡车送的吕伯和王甫坤。快到吕家庄的三岔路口，王甫坤跳下大车，叮嘱赶车把式照顾好吕伯，自己甩开大步奔向大黄村的方向。

第二章 武装为王

伟人说过，“枪杆子里面出政权”。日本军国主义侵华战略和民国军阀的不抵抗政策，为中国人民带来了深重的苦难；而中国共产党唤醒民众，组织起来，创建自己的武装，则为全面抗日打下了坚实的基础。王甫坤就经历了这样的揭竿而起的奋斗过程。

1

这个村子分为大黄村和小黄村，毗邻的两个村庄各有上百户人家。村子虽然叫黄村，却是王姓人居多。村与村之间，除了隔着一条土路，还有一条不宽的界河。以至外人访客，常常分不清两个村子的区别。

其实，大黄村有个显著的标志，那就是府君庙。

府君庙供奉着道教神仙崔府君。崔府君是什么神仙？据说，他是唐代一个县州级的官吏。他能够预知百事，明断是非，惩恶扬善，勤政无私，故死后封神。后来，又受到历代帝王加封，至元朝，被元成帝封为灵惠齐圣广佑王，庙宇很多，在民间受到广泛敬重。他的塑像是眉毛高耸，凤眼圆睁，脸上三绺长髯，左手抱着生死簿，右手执着判官笔。传说他的判官笔，专门记录人在阳间的作为，为人善良做善事，善良者添寿；为人作恶有恶行，催促恶者归阴受审，人称崔判官。

有人说，王甫坤迎亲，婚车在大小黄村的界河遇险，能够转危为安，就是由于王家平日积德行善，受到村里府君神仙保佑的。当然，这只是附会传说罢了。

府君庙是受两个村子供奉的，远近很有名望，虽然年久失修，但是每逢初一、十五，还是有香火供奉。所以，打听到府君庙，就找到了大黄村。

王甫坤的家就在府君庙的一侧，院墙不高，房屋青砖灰瓦，宽敞整齐。有男人在外面做过生意，财源广进，自然显出这是一个殷实的家庭。

王甫坤进村，先是拜见了邻院居住的父母，然后进了自己家。回家，吕春花高兴，孩子高兴，父母也高兴。虽然没有了外面的收入，日子过得清苦些，却也其乐融融。

此时，正值夏收，王甫坤家里种的几亩田，割下麦子，趁着好天气，在庙前的空场压麦子。忽见一位本家大叔，牵着驴从自己的麦场前经过。

王甫坤打招呼，顺便问了一句："您老一大早干什么去啊？"

"买酒去，家里明天来客，买酒招待人家。"

王甫坤这才知道，这村左村右都没有一个卖酒的地方，只得跑到离这儿很远的村镇去。他到底是做过生意的，灵机一动：不如，我在这里开个酒馆？

回家后王甫坤和吕春花合计这事，"我随你"，春花二话不说，拿出存的钱，立马租了房，把酒馆儿开起来了。

酒馆临街，坐北朝南，一个铺面，内有三张桌子。铺面前搭个凉棚，也摆上三张桌子，凉棚上竹竿挑着一个丈余的旗形招牌，上面写了个大大的"酒"字，就是传统的酒旗了。

一切都有模有样。酒馆斜对着府君庙，临街通衢，人来人往的倒成了歇脚的地方。客人有两个村的乡亲，也有十里八乡的过客。坐下来，一盘花生米，二两白干，小酌之后，爽快不已，很多人成了常客。

酒馆真的红火起来。

府君庙内一侧，原来有一排道士的卧室和客房，因为供奉少，道士走了，如今成了小学教师的住处和课堂。

一天午后，店里没有什么人，对面小学的教员侯先生，不紧不慢地踱到酒馆里来。

侯先生，名文青，面貌清癯，一身长衫，年龄并不大，却留了一丛胡须，显得文气中透着老成。王甫坤虽然和他见过面，打过招呼，但是酒馆开张月余，却从未见侯先生来过。

王甫坤隔着柜台，赶忙招呼："稀客啊，侯先生请坐。哪阵风把您吹来了，要不要喝二两？"

侯文青摆摆手:“生意不错呀。”说着,就在柜台前站定。

王甫坤说:“托您先生的福,还可以吧。”

侯文青笑了笑说:“怎么是托我的福呢?还是你自己的福报大!”说着,打量一下左右,低声说,“今天呵,有人托我向你问好呢。”

“哪一个?”王甫坤有些诧异地问。

“李左祥先生,认识吧?”

听到侯文青提李左祥,王甫坤立感亲切地问:“您和李先生认识?”不等回答,又尊敬地说道,“那是我的启蒙恩师,他最近可好?”

原来,侯文青今天提到的,正是当年王甫坤在村里读私塾时,教学的先生李左祥。

前面提过,李左祥曾经留学日本。他虽然年轻,但是满腹经纶,善算学,喜武术。王甫坤双手打算盘和珠心算法,就是上私塾那时候学会的。李左祥还熟悉中国武术门派,擅长南北武学修炼方式。闲暇时,他教孩子们站站桩,走走马步,学学南拳北腿的招式,一为健体,二为防身。王甫坤的武术底子,也是在那个时候打下来的,此后从未间断。

王甫坤清楚地记得,李先生课堂内外,还讲过一些天下大同,均贫富、抗外侮的道理,不过那时自己愚笨懵懂,理解的也是似是而非罢了。可是自从看过《共产主义ABC》那本油印小书,又有意无意地接触过一些这方面的文章,他已然渐渐明白些其中的道理。

“左祥先生很好,他和我曾是同学。既然是你的恩师,我也就不客气了。”侯文青说着,看了一下左右,见没有人注意,就继续说道,“今天是来向你推荐一个伙计,他是我堂弟,叫冯然,不知能不能在你这里干。”

酒馆开张以后,春花不能够老来,常常只有王甫坤一个人在柜台里外忙碌,确实是需要增加人手,只是一时找不到合适的。今天见是恩师同学推荐的人,王甫坤满口答应。

第二天,冯然就来柜上了。他个子不高,娃娃脸,笑眉笑脸,四肢肌肉鼓鼓,身子板很壮实。

“王老板好,叫我小然就行。”冯然恭敬行礼。

“好,好,你叫我东哥吧。“王甫坤边回礼边说,“这样显得亲切。”

“好,那我就叫东哥了。”小然脾气直来直去,干活也利落,王甫坤很满意,更让他高兴的是,小然会武功,不仅拳脚功夫娴熟,就是刀枪棍棒,也能挥舞得呼呼作响。本来王甫坤就有武术的底子,这回来了个武术行家,他打心眼里喜欢。

俗话说，树大招风。酒馆的红火，首先引起毗邻的小黄村一帮游手好闲的人的妒忌。这帮人有四五个，为首的叫大愣。一看名字就知道，此人不是个讲理的主儿，长得五大三粗，常年愣是不下地、不打工，仗着会个三脚猫的功夫，就靠欺三瞒四过生活。

开始，大愣几个人只是偶尔来酒馆聚聚，饮酒点菜，吆三喝四，临了，丢下不抵酒菜十之五六的几个小钱，扬长而去。小然气不过，每每要和他们理论，却都被他东哥拦下："咱们做的是开门生意，重要的是和气生财。乡里乡亲，少就少些吧，不值得闹翻。"

不料，久而久之，这伙人越来越过分。先是来的次数多了，而且不付钱要记账，见酒馆仍然没有计较，于是越发胆大，终于有一天记账之后，霸着桌子不走了。

小然终于忍不住了，和他们理论："你们酒也喝了，菜也吃了，账也记了，还有什么事吗？"

"事？有哇，你们还没给我们保护费呢。"大愣斜着眼。

"什么保护费？"

"就是地头钱呀！"旁边坐着的几个人跟着起哄，"这么长时间，没收你们的地头钱是便宜你们了！"

"没有我们哥儿几个罩着，你这酒馆早就关张了。"

"交钱吧！交钱吧！"几个人七嘴八舌乱叫。

王甫坤赶忙从柜台出来，抱了抱拳说："哥儿几个，有啥难处可以说句话，犯不上大呼小叫，把客人都吓跑了。"

"怕了吧？"大愣继续喊道，"识相的，快把地头钱拿出来！"

"我是这村的老人了，没听说过开酒馆要交地头钱呀。哥儿几个是小黄村的，大家相邻，交个朋友。"

"交朋友也得拿现钱呀！小黄村也有王姓，开买卖都得拿地头钱，你没有听说的事情多了，现在咱就让你知道知道。"说话间，大愣突然从凳子上蹿起来，伸手就去抓王甫坤的衣领。

王甫坤扭身一躲，向棚外退出一步。

这时，小然挡在他的面前："君子动口不动手，你们要讲理吧！"

"什么君子小人的，老子的拳头就是理。"大愣吼叫。

"就是，就是，掏钱！"后面跟他来的一群人接着鼓噪。

小然一看拦不住这群人了，扭头向王甫坤招呼："东哥，看我的。"三步两步，跳到棚外空场，冲着里边的大愣喊："愣小子，你给我过来，看我怎么收拾你。"

大愣哪里看得上比他矮一头的这个小伙计，大摇大摆地跟了过去。

"让老子教训教训你。"大愣呼喊道。

这时候，大愣几个狐朋狗友，吆喝着也围了上去。正在喝酒的客人也停杯投箸不喝了，都围上来看热闹，再加上村里的闲人、过路的行人，很快就围成了一个场子。除了随着大愣来的人，更多的人是想看看这个事儿怎么了结，看看这几个家伙会是什么下场。

王甫坤眼看此事不能善了，心想比画比画也好，不然没有个头，也就撒手不管了，冷眼观看。

这时，只见大愣走到小然跟前，二话不说，突然上去就是一拳，直奔胸口。只见小然不慌不忙，向旁一侧身，轻轻闪过。大愣扑了个空，跟着回手，又是一掌，直奔小然的头颈砍过来。小然两腿一分，身子向下一矮。这一掌又劈了个空。此时，大愣看小然两腿分开了，身子也跟着往下一蹲，伸出长腿，直奔小然腿脚击去。这叫扫堂腿，此招阴毒，一旦击中，小然的腿脚必然闹个筋断骨折。

大家正在为小然担心，不想小然"唰"地身子向上一蹿，一条腿提到臀部，使了一招金鸡独立，恰恰让过大愣的扫堂腿，身子没有动，却发话道："愣小子，我让了你三招，你可别不知进退！"说着，两手向空中一展，就是一招白鹤亮翅，借着甩手的力道一拧身子，顺势给腿扫空后还没有来得及站起来的大愣后背一脚，随口大喝一声："你下去吧！"王甫坤看出，这一脚踹了出去，也就用了七分劲，可大愣硕大的身躯，却像个球一样，"噗噗"两声，就滚到了人群边儿上了。

四周发出一片鼓掌声。大愣带来的人，赶快上前搀扶大愣，大愣喘着气，用嘶哑的声音吼道："还不给我上。"这时，就有两个不知深浅的家伙胡乱叫着冲了上去。

"这是想群殴啊。"王甫坤眼看又有人冲上来，怕小然招架不住，正想上前帮忙，只见小然还未收势，借着骑马蹲裆的架子，瞬间一运气，双掌左右击出，同时拍在两个小子的肩上，随着"哎哟"两声痛苦呻吟，人就像两个大包袱，摔倒在地。这是一招：野马分鬃。

大愣这几个家伙，平日横行乡里，这次知道碰上了硬茬子，不服也得服，赶快互相搀扶着连滚带爬，钻出人群，仓皇离去，惹得人们阵阵哄笑。

此事过后，再也没有人敢在这一带闹事，两个村的百姓都说王甫坤的酒馆做了一件好事。

也就是打这件事起，来酒馆拜师寻友、学武求艺的人多了起来，府君庙前的空地，一早一晚，时常会聚起耍刀弄棒的人群。

这天过了晌午，天气有些闷热。酒馆内外还没有客人。两只狗懒懒地躺在大棚的边上。

伙计冯然盘着货。王甫坤则一边整理账目一边瞄着街上，以便随时招待上门的客人。

忽然，王甫坤看到，街上几十米的地方，一个衣着整齐的汉子踉踉跄跄往这边跑，有两个穿官服、戴大檐帽的人在后面追。他正纳闷儿时，汉子跑进了酒馆，后面两个人也追了进来。

进店后，其中一人一把抓住汉子，喊道："你跑不了了。"

汉子哀求道："就两双鞋了，税钱就免了吧。"

"那不行，这是韩大帅的统一税令，谁都得执行。"

王甫坤这才看明白，是官府催税。韩大帅，就是山东军阀韩复榘。再看那个汉子，可怜巴巴的样子，脖子上两根细麻绳吊拴着两只布鞋。

在官差的威逼下，汉子无奈地从贴身内衣里摸出一个铜板，税差一把抢过来，说："不够，这是一双鞋的，还有一双呢？"

汉子忽然想起什么，辩解着："这双是我自己穿的，官府规定，自家穿，不纳捐！"

说着，汉子向王甫坤借了把剪子，麻利地从脖子上摘下一双鞋子，齐根剪去麻绳，把鞋穿在脚上，随手把换下的旧鞋扔出门外。两个税差相互望了望，无可奈何地离开了。

"还要交军鞋捐，都捐了喝西北风啊。"望着税差走远，汉子咒骂着，随后，向王甫坤道过谢，跑出门寻得那双旧鞋，换回来后一溜烟地跑了。

军鞋捐的事，勾起了王甫坤自己的心事。

原来。这个酒馆虽然红火，但是并不赚钱。为什么呢？就是那些捐啊，税收呀，把酒馆压得喘不过气来。

韩复榘主政的山东国民政府，除了让生意人和种田的庄户交正税，还有名目繁多的苛捐杂税。什么犒军税、教育税、乡师税、团练税，什么文书捐、宰猪捐、泥水捐、牲畜捐、人头捐等，凡此种种苛捐杂税五花八门，令乡村农户和小本生意人生存艰难，往往一年下来入不敷出。

王甫坤耳闻目睹，百姓怨声载道，遂生出了抗税抗捐的念头。那天，税差逼捐的事儿，冯然也看在了眼里，他在和王甫坤的聊天中，话里话外知道了王甫坤抗捐的想法。

“东哥，你的心思我明白，这事挺大，不如找我堂兄合计合计吧。”他说的堂兄就是侯文青先生。

侯文青是自己恩师李左祥的同学，见多识广，一定会有好办法，王甫坤决定晚上去见侯先生。

在府君庙一间教师休息的小屋，他们见到了侯文青。侯先生仿佛很了解王甫坤，握着他的手说：“我早等着这一天呢。”

在这里，他们谈到很晚。他从侯文青的嘴里，第一次听到“毛泽东”三个字，第一次听到中国工农红军的消息，第一次听到山东有共产党的活动。

“组织起来。”这是侯先生谈的中心思想。

在共产党的领导下组织起来，在王甫坤的脑袋里一下子扎下了根，同时，也成为他心中的向往。临走，侯先生送给他一本书，是这个地区共产党组织的地下刊物《红星》。

回去后，王甫坤按照侯文青的建议，先以练武的兄弟为主，成立了一个“帮帮会”，以便大家有困难的时候，互相帮扶。同时，他还发动习武健身的兄弟们，四处串联，为抗税抗捐组织起来，准备力量。

在组织的过程中，王甫坤不止一次翻看那本杂志《红星》，翻看《共产主义ABC》。他的心底慢慢生出了一个强烈的愿望，向往成为为共产主义理想奋斗的人，成为组织里的人。

他不止一次问过侯文青：“侯先生，你一定是组织里的人？一定是共产党员？”侯文青没有承认，但是也没有否认。

有一次，王甫坤又问起这个问题，侯文青凝重地望着他，问道：“你愿意成为共产党员吗？”

“我愿意，我申请加入共产党！”

侯文青听了，握紧他的手：“这可是要抱定掉脑袋的决心的。”

王甫坤坚定地回答：“掉脑袋，我不怕！”

“只要你坚定信念，努力去做，你的愿望会实现的。”侯先生笑了。

一天傍晚，侯文青到酒馆找到王甫坤，说要带他去一个地方，见一些特殊的人。

路上，侯先生告诉他，要见的人是中国共产党业平县委书记郑南楠，有很重要的事情要布置。

走了很久，来到一个村子的一所小学校，在老师宿舍里，除了郑南楠，还有其他十几个人，环坐一起。最让他意想不到的是，他见到了自己的启蒙老师李左祥。

时间紧迫，没有寒暄，立刻开会。给大家讲话的是郑南楠。郑书记看样子三十岁上下，一米七左右的个子，剃了光头，古铜脸色，看起来既精明又有智慧。他穿着一身蓝色卡其布长袍，脖子上缠着褐色的旧围巾，一边讲，一边在房子里走动，看上去左腿有疾，所以走动时稍微一拐一拐的。

这次会议，由郑南楠传达了共产党山东局提出的在农村广泛建立农民协会的要求，同时积极筹办自己的武装，为反对韩复榘的投降卖国行为和发动民众、抗击日本的侵略积蓄力量。

正说着，远处传来了狗叫声，听着似乎越来越近，大家有些紧张，不禁停下来倾听。

忽然，有人敲门，敲了几下没等反应，就推门进来了。原来是外面放风的同志报信："看来是敌人来偷袭我们，估计已经到村口了，需要迅速转移。"

郑南楠当即决定道："我们按计划分成两部分离开这里，在西边郑家庄小学校重新集合，继续开会。"

郑家庄是郑南楠的家乡。他对那里地形熟，有人脉，为了这次开会，事前也作了准备。他带领侯文青和王甫坤等六人一路，另外一路交给李左祥。两路人出门后，就一东一西钻进不同的村巷。王甫坤紧跟在郑南楠后面，摸着黑深一脚浅一脚，穿街过巷，奔了村口。

刚到村口巷子，就见迎面路上，影影绰绰过来一拨人。这伙人有十几个，扛着枪，正呼呼地朝他们走来。大家赶紧靠墙伏在地上。王甫坤想，这是狭路相逢啊，对方全副武装，自己这边，连把撸子都没有，敌人真要发现他们，只有挨打挨抓牺牲的份儿。

王甫坤就着微弱的月光，看到那伙人距离他们有三十来米，正冲着这个进村的巷子过来，想必是要偷偷包抄刚才开会的地方。他们是不能动的，一动就会暴露，分散硬冲也不行，郑南楠腿脚不利落，绝对跑不出巷口。他观察了一下地形，巷子口外就是出村的一条小路，路的左右几十米的地方，都是苞谷地。出了巷子口，往右的路上距离苞谷地远些，左面距离苞谷地就近了许多。

看到这儿，他心里有了主意。他往郑书记的方向爬了两步，凑到他的旁边，说了自己的计划。

这对王甫坤来说，是个极其危险、九死一生的计划，但事已至此，已经没有讨论的时间了。不等郑南楠表态，王甫坤呼地站起来，蹿出巷口，一出巷口就故意弄出声音，大声骂道："哪里来的蟊贼，敢偷袭老子！"一边向右边的苞谷地奔去。对方先是被骂愣了，不过很快清醒过来，有拉枪栓的，有呼喊着拿人的，都向王甫坤的方向追过去了。

趁这时机，郑南楠和其他同志也悄悄地迅速离开巷口，拐入与敌人相反的方向，消失在夜幕下的青纱帐中。不久，远处传来一阵枪声，是向王甫坤射击吧？郑南楠禁不住一阵心痛。

郑南楠带着这几个同志，出了青纱帐，轻车熟路，来到郑家庄的小学校。未承想，李左祥带着转移的同志先到了，大家互道安好。

郑南楠和李左祥叙说了刚才发生的情况。李左祥也很担心，怕是凶多吉少。

"没事，我了解甫坤，这小子敏捷得很，又是黑天，能够转危为安的。"侯文青安慰他们。

"我还真是佩服这后生的胆略，临危不惧，善动脑子，敢打敢拼。"郑南楠称赞着，又转身招呼道，"基本到齐了，大家聚拢过来，我们接着开会。"

话刚出口，没有想到，放风的同志兴奋地推开门报告："看看，咱王甫坤同志脱险啦！"看到王甫坤进屋，屋里一阵轻声议论，郑南楠也三步并作两步地走上前来，握住他的手连声说："谢谢你，甫坤同志！"

原来，王甫坤故意沿着苞谷地边上的路，边跑边骂，敌人追着开枪了，子弹"嗖嗖"地在耳边飞过。他看看敌人都被吸引过来，也估摸着郑南楠他们已经脱离了危险，就钻进了苞谷地。

当敌人骂骂咧咧离开后，他趁着天黑，摸索到了郑家庄，正好碰到了放风的同志。"要不我怎么能够顺利归队呢！"他轻松地和大家打招呼。

郑南楠则欣喜地夸奖道："好同志。"

散会后，郑南楠不点名地示意王甫坤、侯文青和李左祥留下来。

趁大家散出去的机会，王甫坤迫不及待地挤到久别重逢的李左祥身边，紧紧地握住恩师的双手。

李左祥的样子并没有变，依然是精悍的个子，一副眼镜，架在清瘦的脸上，遮住了半个眉头，却挡不住那炯炯有神的目光，依然显露出内敛而外韧的性格。

"想不到在这儿见到您，我太高兴了！"王甫坤激动地说。

李左祥也很兴奋，微笑着故意平静地说："等一会儿，还有更高兴的事呢。"讲话时眉尖依然一耸一耸。

这时，屋里只剩下郑南楠和他们三个人。

“同志们，我们马上举行一个庄严的仪式。”郑南楠边说边把一块红布贴在墙上，红布上面画有黄色镰刀斧头，“经王甫坤同志申请，李左祥、侯文青同志介绍，组织考察后，决定批准王甫坤同志加入中国共产党。入党宣誓仪式现在开始。”

从此，令王甫坤心潮澎湃的一幕就永远镌刻在他的脑海中了。

2

组织起来，抗税抗捐的活动星火燎原。

大黄村附近十里八乡的群众都被串联起来了，各村乡不时传出，税差被赶走、税务所被围堵的消息。韩复榘治下的乡、村机构，在税收捐收上焦头烂额。

一天夜里，大黄村的狗突然连续叫了起来，先是村头，跟着是村里，吠成一片。

睡着了的王甫坤被吵醒，接着听到急促的敲门声。他急忙披上衣服，打开门，来人一闪身进了院子，原来是侯先生。

侯文青急促地说：“是乡公所的人来抓我。”

“不用紧张，乡公所的人找不到这里。”说着，他就把侯先生领进了一个放柴草的小屋，嘱咐道，“你先在这里藏着，我去探看一下。”

王甫坤轻轻地出了大门，溜到巷子口，贴墙猫着腰，探头朝府君庙方向看去。果然，十几个持长枪的军人，在一个背着盒子枪、瘦高个子便衣的带领下，正在庙门口指指点点。

一会儿，军人分成两拨，向左右两个方向追去，剩下的三五个人，正凑在一起发牢骚。

“让他跑了，老子白来一趟。”背着盒子枪的瘦高个说。

“咱们就跟上头说，来之前姓侯的就得着消息了，已经溜了。”旁边一个穿便衣的出主意。

出去的两拨人折腾了一袋烟的工夫，才跑回来报告，都说见着人影了。

“大黑天见着人才怪呢。”便衣又冲着瘦高个阴阳怪气地说。

这时，不知从哪里蹿出条狗，边叫着边朝他们扑过来，瘦高个举手“砰砰”两枪，那条狗就躺倒了。

看看实在找不着人，这帮持枪的军人在瘦高个的带领下，骂骂咧咧地离开了村子。

村里的狗这才消停下来。

王甫坤返回柴房，见到侯先生安慰道：“没事了。”

侯文青想了想，严肃地说：“情况一定发生了变化，看来我得暂时离开这里了。”接着，他又向王甫坤解释，“出了叛徒，组织已经在白天通知我撤离了，我为了处理些事，本想明天走，没想到敌人动作这么快。”

“你走了，我们怎么办？”王甫坤急促地问。

侯文青回道：“我走后，组织会有安排。”

这时候，吕春花走过来，塞给侯文青一包馍，关心地说：“带着路上吃吧，侯先生。”

他接过馍，挥手和他们告别，转身出门消失在夜色里。

望着侯文青迅速消失的背影，王甫坤感觉到了斗争的严酷性。他送走侯先生，心里想：我们要是有枪、有队伍，就不用东躲西藏了。

早上酒馆开门后，小然向东哥报告了昨晚情况。他在酒馆看到，除了挎盒子枪的瘦高个，还有那个便衣，像是来喝过酒的邻村人。

“肯定是告密的，带路来的。”小然说。

“账总是要算的。”东哥说。

很快，组织上就下达了指示。由于叛徒的出卖，山东分局遭到破坏，很多同志被捕，为了保存实力，大规模的行动暂时停止。目前的任务就是想方设法建立自己的武装。

接到要建立武装的任务，王甫坤一夜都没有合眼。组织上的决定说到自己的心坎上了，他一心盘算着怎么完成任务。

“怎么还不睡？想什么闹的？”吕春花一觉醒来，见丈夫还瞪着两眼望着屋顶发呆，不禁问。

“没啥，就是琢磨怎么……”

“琢磨怎么弄枪？！”吕春花抢着说，“我在酒馆，听你和小然念叨来着。那也不是一时半会儿的事，快别犯愁了，身子要紧。”

听见老婆劝自己，王甫坤怕老婆想太多，一边答应着，一边扭过身子，假装睡了。

吕春花却睡不着了。

吕春花已经是三个孩子的母亲了。这天，吕春花把孩子安顿好，自己去了趟沙河镇。从沙河镇回来时又去了一趟娘家，回到自己家时已经天黑了。她做好晚饭。

饭后，想让孩子们早点睡觉。

吕春花哄了好一会儿孩子，除了最小的睡着了，四岁的老大和三岁的老二非缠着她讲笑话：“一天，老狼趁家里没人，就装作孩子的姥姥偷偷进了家里。它要吃老大，老大说：‘姥姥，姥姥，别吃我，推碾子、做饭都是我。’那么吃老二，老二说：‘姥姥，姥姥，别吃我，刷锅、洗碗都是我。’那就吃老三？老大老二齐声说：‘老三正睡觉，吃了酸倒牙！要吃老三先睡觉。’老狼想了想，就睡着了。这时老大、老二到外面喊：‘东街坊、西街坊，我家来了一个白眼狼……’”

春花卖起了关子，正听得入神的两个孩子赶紧央求她：“怎么了？老三得救了吗？老狼醒了吗？”春花拍了拍老二的头，说：“街坊们一来，就把老狼打跑了！行啦，快睡吧。”孩子们嬉笑着钻进被窝。

王甫坤回家时，孩子们都熟睡了。

侍候王甫坤吃过晚饭，吕春花拉着王甫坤到隔壁房间，塞给他一包东西。王甫坤打开一看，是一包银圆，整整五十多块。

“这钱是给你们买枪的。我听见你商量买枪，但又缺钱。”

“你哪儿来的这么多钱？”

“我把陪嫁的首饰都卖了，反正现在也还用不着。还有，从我娘家又拿了一点儿，凑了五十多块。”

王甫坤没有说话，只是感激地握住她的手，又心疼地把她搂在怀里。

钱有了，王甫坤通过一个农会的人，找到这个人认识的枪贩，买了一支美国生产的马牌撸子和二十颗子弹。有了一支枪，胆子就壮了几倍。他和农会的几个人合计，要再搞几支枪——去缴汉奸土豪劣绅、顽军官家走狗看家护院的枪成为他们下一步的目标。

当时的捐税实在太高了，农会抗捐抗税要武装抵制官家的消息传出去了，不但一般商户拥护，一些富裕大户也很支持。一天，一个农会会员报告，邻村一位张姓大户愿意把枪借给农会，只是要求不要说出是他出借的，同时，一旦有事，农会能够替他主持公道。原来，这个张姓大户经常出门经商，家里只有老人和小孩，想借助农会势力保护自己。

“不行，那不是让咱们给他看家护院吗？！”小然开口就反对。

“人家没有让咱们去看家，只是有事给主持公道嘛。”会员解释道。

王甫坤想了想，说：“人家愿意把枪借给我们，说明信得过我们。我们帮他躲避官家欺侮，公道处事也是应该的。再说，农会本来也是要团结大多数人嘛。”

当他们接触到张姓大户后，又了解到辛村有个叫陆添福的人，在镇公所里当个挂名头头，手里有枪。

辛村就在大黄村西边八里地。那边传过来的消息，确实有个叫陆添福的人。他在镇公所有个差事，却不怎么去镇上办差，仗着叔叔在镇上有权有势，在村里横行霸道，常常借帮官家催捐征税时，鱼肉乡里处处揩油，暗地里还通过他的叔叔和日本人勾结，干些见不得人的勾当。村民对他恨之入骨。他不避讳自己有枪、有保镖的事实。他说，那是为了防止绑票，出门有保镖，土匪也对他忌惮三分。

他整了个撸子，见天别在腰里，外面罩上个大褂，动不动就撩起大褂，拍着露出的撸子吓唬人。

这个人生活起居有个特点，平时不出门，爱窝在家里炕头上数钱，但是他好赌，村里有赌局他必到。要是赢了，就会去踩个暗门子，要是输了，就会在酒馆里喝个醉醺醺，非让保镖架回去不可。

王甫坤决定缴陆添福那把撸子。他让辛村的农会会员侯山盯着陆添福，寻找机会。这天，侯山让人告诉王甫坤，晌午过后，辛村有人在城隍庙里攒了个大赌局，估计陆添福会去参加。王甫坤立刻让冯然再带两个弟兄，一起去辛村城隍庙见机行事。他们到辛村城隍庙时，院里的赌博已经开了局。

王甫坤让两个人守在门外，他和冯然溜达进院里。只见院子里摆了好几张赌桌，还有人端茶送水，在桌子间穿来穿去。每张桌子都围着四到八个人。桌子上清一色的长方骨牌，有的正在发牌，有的正在开牌，看客不时吆喝出声，很是热闹。

这个就是叫作推牌九的赌博了。推牌九的赌具，每张黑色牌的一面有白色点数或红色点数。每人两副牌，赌徒轮流坐庄，参与者比牌的点数，大者为胜。看此乡间赌局，还是真有个规模。

有人说，这种赌局，是由有乡里背景的人张罗组织的，各村有好赌者牵头聚集而成，村民聚赌，官府抽头。这种事他们大、小黄村竟然没有轮到过，王甫坤也很纳闷儿。

冯然机灵，稍加打听就指给王甫坤，那个人就是陆添福。只见场中间一张红色赌台，除了荷官的位子，另有三个赌徒分坐三个方位，周围站了一圈好似看客的人。赌徒中有一个背向大门、躬着身、穿黑色马裤、露出一只穿土布鞋的脚的人，他踩在凳子上，歪斜着身子，拿着牌正凑在嘴上吹气。他就是陆添福。他的上身穿一件黑色香云纱绸缎长褂，后腰上鼓囊着突出一块，显然那就是手枪枪柄了。

他的身后，站着一个身穿黑色紧身外衣的壮汉，双手交叉搭肩，一副傲然的样子。显然这个就是跟班护主的保镖了。

他们玩的是两张牌一对，翻牌定输赢。看陆添福的架势，已然输了不少，眼都红了，可还一个劲地边吹气，边嘴里喊着："至尊宝！至尊宝！"妄图翻盘。

王甫坤冷眼看着荷官和赌徒洗牌、切牌、翻牌，也注意着周围的看客，发现里面不少老千显现端倪，这都是冲着陆添福去的。看看天色渐晚，王甫坤知道这里不是动手的地方，就向冯然使了个眼色，二人离开了牌局。

城隍庙外不远就是一个乡村小饭馆。村里的饭馆大同小异，屋里有两三张桌子，外面支个凉棚，也摆三张桌子。

王甫坤和冯然四个人，两人一组先占据了外边的两张桌子。他们各要了一壶老酒、两个小菜、一盘点心，边吃喝边瞄着城隍庙的方向。

没多久，就见陆添福和他的保镖从城隍庙的方向走过来了。眼见陆添福边走边唠叨着："老子今天输了，输得心服口服。老子不怕输，下次来再翻本儿。"酒家早看到是本村富户，急忙屈身走上前招呼："陆老爷，您请。"说着，急忙走在前面掸掸剩下一张桌的凳子，擦拭桌面，引着大大咧咧的陆添福坐定。

"一壶烧酒，一盘花生米，一斤牛肉。今天不顺不是，就得要喝个够。"伸手又拉了一下保镖，"小三子，今儿不出村，没事，你陪表姐夫喝两口。"原来，保镖和他沾亲带故。

这回细看，陆添福长脸大嘴、中分头、细长眼，说话有点哑嗓子，手上拿着把折扇，天不热也一个劲地扇。不知怎的，突然折扇上尾坠的一个紫色绒球掉了下来，一直滚到王甫坤的脚下。

陆添福扇着扇着，发现扇坠中的绒球没有了，赶忙四处寻找，抬头看到王甫坤站在自己的面前。

"陆老爷是不是找这个？"说着王甫坤递过去那个紫色绒球。

陆添福看了，正是自家的，高兴地接过来："就是它！"扭脸对小舅子说："东西不值几个钱，可这是你表姐给我拴上去的，丢不得。"

然后向王甫坤道谢，看来礼数倒是不缺。王甫坤随口说道："我看陆老爷印堂发亮，双目清明，今天日子也不赖，怎么会输呢？"

陆添福叹了口气说："就是输了。"

"输得还挺惨呢。"小三子插嘴道。

王甫坤瞟了他一眼，难怪是亲戚，一般保镖是不会插嘴的。

"不许和你表姐说啊，不然的话，以后休想再跟我出来。"陆添福向小三子吩咐道。

"放心吧，我不会说。"

王甫坤见状又说：“该赢不赢，必有奇情。刚才我也去看过赌局，怕是……陆老爷……”说到这里左右看了一下，欲言又止，抽身就要回到自己的那张酒桌旁。

陆添福一看他器宇轩昂，话里有话，而且是说赌局里的文章，急忙伸手拦住，抱拳道：“这位兄弟，不如你和那位都过来吧，我们同桌共饮，我还有话请教。”

客气一下，顺水推舟，王甫坤和冯然抱拳施礼说声：“叨扰。”他们便移了过来，分坐两边。

“今天不是时日不济，是你中了人家的老千。”于是，王甫坤把他看出的赌局出千弊病一一说给陆添福听。陆添福越听越入耳，觉得碰到了行家知己，于是频频举杯。

旁边冯然和小三子聊起江湖流言逸事，也是很投机，两人喝到高兴处划起拳来：“哥俩好啊！”

“六六顺啊！”

“八匹马啊！”

“全来到啊！”

你来我往，王甫坤和冯然是饮酒有度，陆添福和小三子却是全无戒心。眼见炊烟暮霭掠过，夜色催更，两人已然醉眼蒙眬。

王甫坤向酒家打听了陆添福家的方向，让小三子架着陆添福朝家走去。王甫坤和冯然又坐了一会儿，才在酒家视线下消失在相反的方向。

陆添福和小三子互相搀扶着奔家里走，一边说着酒话：“不能够再喝了，再喝你表姐该生气了，该骂我又输了吧？”

“是，是，表姐夫，咱不喝了。”

“那……那咱去哪儿？”

“去您相好的那儿醒醒酒？我没喝多，我看门！”

“这主意我喜欢，你是我肚子里的虫子，我没看错。”说话这工夫，两人拐了弯。拐弯的地方有片废弃了的菜园子，没人住。夜黑了，周围很僻静。

突然，有个影子蹿出来，小三子醉眼蒙眬中一抖机灵，“唰”地拔出枪喊了一声：“什么人？”

这一喊，拿枪的手就伸出去了，可另一只手还架着老爷呢，一使劲，陆添福一惊吓脚底失了根，带着小三子两人一块摔趴下了。那个影子反倒吓了一跳，“汪汪”叫了两声跑了。

“是条野狗，害得老子动枪。”原来，平时小三子为了在人前表现腿脚有功夫，轻易是不露枪的。

"你就是瞎咋呼。"陆添福埋怨他。

小三子一边掖回枪，一边拉陆添福往起爬。突然，"呼"的一下，两个人感觉到同时又被按回地上，耳边有人厉声说："不许动，动就吃枪子。"话到枪到，两人觉得背后都被硬邦邦的枪口顶住了。

两个人的酒劲一下子都被吓醒了。"好汉饶命，饶命。"陆添福忙不迭地说。

小三子还是有些胆识，愣了一阵开口就问："哪条道上的朋友？有话好商量。"

说着就使劲翻动着身子，按住他的人没有想到小三子有股子蛮劲，竟被他挣脱了一只手，蹿出了身子。小三子挣脱出来的那只手迅速从腰上拔出了枪，嚷嚷道："你们拿把假枪唬老子，老子见过阵势。"眼看形势突变，小三子拿枪的手已经伸了出来，眼看着就指向了背后的人。陆添福也趁势扭动着屁股竭力想爬起来。

这时只听"砰"的一声枪响，是压住陆添福的人朝天放了一枪。枪一响，两人"噗"地又趴回去了，这下都老实了，小三子拿枪的手也耷拉到地上。他重新被压倒，一动也不敢动。

他们见压住自己的人也不说话，只是用枪口继续顶在他们背上，陆添福腰里的枪和小三子手上的枪却被迅速拿走了。

"听说你和日本人来往得勤啊？"

"那就是个生意，小生意。"

"趴着别动，闭上眼念一百遍'我有罪'，一百遍之后睁眼。我们是缴枪不要命！"陆添福和小三子这回挺听话，闭上眼，口里一直念叨，头也不敢抬。

念叨之中，两个人觉得背上忽然一松，耳听得一阵脚步声渐渐远去。

回大黄村的路上，两个农会弟兄不时向王甫坤展示着那两把刚到手的马牌撸子，兴奋不已："没有想到，想得一支结果来俩。"

"这个叫好事成双！"大家比画着、谈论着。

最让人骄傲的，就是他们用笤帚疙瘩换手枪的笑话。

各地农会缴枪的消息不胫而走。这不但惊动了地方政府的乡公所、保安所，也引起了有枪的富户们的警惕,尤其是和日本人有来往的人，更加注意增加人手，把紧门户。

王甫坤的人也惦记着长枪。辛村往沙河镇方向，中间有个李家大院。大院的主人明着和业平县官府勾结，暗地里还和远近土匪胡子有来往，更是和日本不法商家有着长期关系。他们有粮、有钱、有枪，专门帮助官府做坏事，是周围一霸，老百姓称它李家土围子。

李家土围子，护院的长枪不少。可是，王甫坤派人到那里侦察了几次，都没有找到下手的地儿。一个偶然的机会，他们打听到，下一个沙河镇大集，李家要给镇上日本不法商户送粮——两辆大车的粮食，两个押车护卫有两杆长枪。

王甫坤他们想到了对策。到了这天，果然有两辆大骡车一前一后出了李家大院，车上满载着粮食。左边车辕上坐着赶车的把式。大车粮垛上坐着护卫，端着大枪，手扣扳机，警惕性十足。

两辆大车的粮食在沙河镇和日本人进行了交割，然后，又采购了他们需要的各种生活用品。大车往回赶的时候已经过了晌午。

过午的阳光晒得人懒洋洋的。好在轻车熟路，车把式坐在车辕上昏昏欲睡，一个护卫抱着枪靠着车帮打盹儿，另一个护卫索性把枪放在身旁打起鼾来。

骡马认路，自顾自地往家走。走着走着，大车忽然停下了，前车车把式一睁眼，看到一棵尺把粗的枯树，枝杈纵横地横躺在路上。原来大车已经拐上了进村的路，左边是一片高过人的玉米地，右边是一片刚刚长出的青苗。这个时辰，人们要歇晌，四野静悄悄的不见一个人影。

前车车把式扬鞭一甩，“啪”的一声响，大家全都清醒了。接着车把式喊：“大家伙过来，搬开这挡道的东西！”

“谁把这树弄这儿了？”

“风吹的吧？”

前车的护卫斜背着步枪下了车，后车的护卫连枪都没拿，揉着蒙眬睡眼和后车把式凑过来，四个人横拉竖扯，手忙脚乱。

突然，从玉米地里冲出十几个生面孔的壮汉，有的手拿红缨枪，有的手拿大砍刀。

背枪的护卫倒也受过训练，一看来者不善，低头“唰”地让步枪从后背滚到胸前，伸手“哗”的一声就拉起枪栓，刚要抬头举枪，没料到来人比他手脚更快，一支乌黑的枪口已经指着他的脑袋了。一瞬间吓得护卫松了双手，“哐啷”一声步枪掉在了地上，拿红缨枪的壮汉迅速捡起它。

另一支步枪也早已被另外的壮汉拿到手了。随后，这群人拍拍手掌，钻进玉米地，顷刻消失得无影无踪。这群壮汉身手矫健，来去神速，人都没影了，李家大院的人还在原地呆若木鸡。

两辆大车回到李家大院，四个人异口同声地说是遇到了劫道的，气得当家的暴跳如雷。

"认得出他们是哪里人吗?"

"回东家,都是生面孔,从来没有见过。"

忽然,东家似乎想起什么,急着问:"把日本人的东西带回来了吗?"

"东西都带回来了。"头车车把式慌忙解开腰上的包袱,取出个木盒,双手递给东家谄媚地说,"我藏大车里了,很严实的。"

东家打开木盒,见里面的大烟土还在,就挥了挥手无可奈何地不再追究了。

当晚,在大黄村的小酒馆里,农会的几位骨干集中开会。王甫坤举杯鼓励着大伙:"我请大家喝一杯,庆祝一下,我们今天一下子从李家大院缴得两支长枪!"

这个月中旬,交通员送来县委的决定,任命王甫坤为业平县九、十两个区的区委书记。王甫坤以他坚定的信念和杰出的能力受到了组织的信任。

业平县九、十区,位于西南部。东西与其他县接界,地势平坦,土地肥沃,号称粮仓;西部临海,在著名的滨海湾内,有丰富的盐田和鱼蟹水产资源;中部的沙河镇是周围市县的商贸中心。正因为九、十区的经济特性,所以成就了一批地主兼资本家的大户,也成为封建势力的堡垒。

如何按照党的要求,在这样的地区建设自己的革命武装力量?这成为王甫坤最先思考的问题。

1937年,侵华日军在卢沟桥悍然发动七七事变。在中国广袤的土地上,全面抗击日本侵略的战争爆发。

山东省的军阀韩复榘,在抗战初期为了应付全国人民抗战的呼声,也派出军事人员,组织对民众的军事训练。训练期间管吃管住。

业平县这一期的训练班,安排在旺旺乡的一个大院里。大院在乡的边缘,出了正门就是官道,后门外就是庄稼地了。

派到这一带的教官是位国军上尉,名叫谷良一,身材健硕,声音洪亮,一看就是个训练有素的典型职业军人。训练班设正副主任各一名,学员是各村、乡政府选送来的青年农民,共有百余名。

韩复榘打的如意算盘是:一旦需要,这些学员立马可以入伍,成为正式的战斗人员,充实自己的部队。所以训练是实兵实弹,枪械齐全。

各村的大户庄园,趁机把自己的护卫家丁送来受训。利用这个机会,王甫坤除了自己去参加,还组织了一些有条件的共产党员、农会骨干人员共十几人,一同进入了训练班。

训练大约要二十天，至今已经过了半个月。

这天，随着紧急集合的号子吹响，训练班的人员迅速集合，谷教官亲自训练。谷教官是大教官，平时都是一些普通士官训练，他来亲自示教，很难得，所以特别吹了紧急集合号。

“我叫谷良一。我是韩大帅派来训练你们抗击日寇的。你们要像军人一样，服从命令，听从指挥。凡抗命违纪者，将会受到严肃处理。大家听明白了吗？”

下边的人齐声喊：“听明白了。”

“好！今天的军训科目是持械匍匐前进。下面我先示范，大家看仔细。”说罢，他就在队伍面前做出示范。谷良一到底是正规军人，持枪示范，动作一板一眼，干净利索，真正是站如松，卧如弓，匍匐前行状如龙。他的示范动作立即迎来学员热烈的掌声。

随后，学员分成两大队，三人一组，分别完成训练科目。其间，谷良一及时指点，纠正不足，学员们倒也进步很快。

当天训练结束，大家站好队形，谷良一总结了训练情况，正要宣布解散，忽然有人发话：“报告，我们这里有共产党。”

谷良一听了，吓了一跳，他立刻发问：“你怎么知道？”

那个喊报告的人是旺旺乡的乡丁，他伸手拿出一个小册子，上面印着“红星”两个字。

“你在哪里发现的？”

“就是刚才匍匐训练时，我左边那个人身上掉出来的。”

左边是谁？站在队列的王甫坤一下想起来，是辛村的农会骨干侯山。

这时，谷良一已经叫侯山出列，严厉地问：“这本书是你的吗？这是共产党的宣传品，你怎么会有？你是共产党吗？”

显然，事发突然，他自己已经百口莫辩了。

“先把他关起来，等待处理。”默不作声的侯山被下了枪械，押往禁闭室。

训练班的主任是国民党旺旺乡乡长，叫罗兴鲁。教务长则是县中学的教员李左祥。

正是在李左祥的安排下，王甫坤等一干地下共产党员、农会骨干才进了训练班。这是为共产党主导的抗日斗争积蓄力量。

乡长、主任罗兴鲁是行伍出身，在北洋军阀队伍里混过事，是个兵痞；在家又是个横行乡里的恶霸，除了他的乡丁、护卫，本来就看不上那些农民学员，经常找碴儿刁难。

有一次，一个农民在军事训练时因为家中农事，回家了半天，他就命令体罚这个农民，农民不服，他还命令自己的护卫暴打这个农民，直到训练班大多数学员以罢训威胁，他才作罢。他一直认为是隐藏的共产党员捣乱。现在，听说在这个班抓住了共产党员，立马像打了鸡血一般兴奋起来。他要亲自审问侯山。

侯山被吊绑在一间草棚里。

“说，你的《红星》哪儿来的？”侯山沉默。

“你是不是共产党？”侯山沉默。

“还有谁是共产党？”侯山依然沉默。

老子不信撬不开你的嘴，给我打，狠狠地打。他的两个兵丁冲上去对侯山拳打脚踢，见仍不开口，又换了皮鞭抽，衣服抽破了，血沿着皮肤上的鞭痕沁出来，滴到地上。侯山晕过去了。

罗兴鲁还要拷问，这时，卫兵进来报告，谷教官请他议事。

王甫坤见侯山被带走，心里着了急。队伍解散后，他立刻召集参加训练的共产党员、农会骨干商量营救侯山，同时，要求大家检查还有什么疏漏，马上堵塞。

罗兴鲁进了会议室，屋里除了谷教官，教务长李左祥也在。

“这个共产党，打死也不开口，那我就打死他！”罗兴鲁喝了口水，恶狠狠地喊。

谷教官说：“你还没有搞清楚他是不是共产党就刑罚处置，不合适吧？”

李左祥发话道：“太莽撞了，书要是人家捡来的呢，岂不是冤枉了？”

“是呀，不开口，是没什么可交代的吧。”谷教官又说。

李左祥接着很严肃地说：“这可是在我们的训练班，真出个共产党，上峰会怪罪我们审查不严。要是冤枉人家，上峰又会怪我们带兵无方，传出去，谁还来参训？这不是破坏韩主席的抗战大计吗？”

谷教官点头道：“李教务长说的是，我看教训教训放了吧。”

罗兴鲁毕竟是个武夫，听这两位左一句右一句，没了主意。尤其谷教官来自国军，再加上李左祥又抬出上峰韩主席威胁他，罗兴鲁一下蒙了，感到大事不好，嘟囔着：“那也得查查九、十区送来受训的人吧？”气焰明显减弱了。

“好，还是罗主任想得周到，”李左祥给了罗兴鲁一个台阶，“传我的命令，让这次带队的人来见我们。”

不一会儿，门外有人喊：“报告，九、十区军训领队王甫坤请见。”

王甫坤一进屋，罗兴鲁抢先发问：“你是领队，你敢保证你们九、十区选送军训的人没有共产党分子吗？”

李左祥不慌不忙地接着说："据说，你是最拥护韩主席军训指示的，你来说说你带领的参训人员可靠吗？"

王甫坤看到李左祥在，来时还有些忐忑的心情一下稳住了，毫不犹豫地说："我们参训人员个个都是经过村、乡两级政府精选的爱国人员，就连侯山也不例外。我保证他们都是可以信任的。我看侯山的事就是误会。"

谷教官这时插嘴道："那本《红星》，说不定本来就在那里，被土埋着，说不定侯山匍匐经过，拂去了尘土，把它露出来了，让别人捡到，这才惹出这档子事吧。"

罗兴鲁一听，上边派来的国军教官也这么说，赶紧就坡下驴："也许吧，也许吧，就是个误会。"转身冲王甫坤一挥手："去把侯山领走吧。记得好好调教一下。"

"谢主任海涵。"王甫坤就势客套了一下。

回去，他赶快派人把侯山接出来，处理了一下伤口，连夜送回了辛村。

原来，侯山是他们村的共产党员，参训前刚发的《红星》。他违反保密原则，偷偷带到了军事训练班，为了抽空就读，整天藏在怀中贴身的兜里。做匍匐前进科目训练那天，早上抓紧时间看了几页，紧急集合号响起时，一紧张，就放在裤兜里了。结果，在持械匍匐操练时，不料书从裤兜掉出来，被人发现，遭到扣押。要不是李左祥巧妙应对，还有谷教官不知为何从中和稀泥，一唱一和，吓退罗兴鲁，恐怕会株连大家，酿成大祸。王甫坤认为教训极其深刻，在训练班又向自己人反复强调了组织纪律。

训练班很快就要结束了。王甫坤感觉参加军事训练最大的收获是对武器有了更深刻的认识。越到训练临近结束，越舍不得这些长枪、短枪，望着每天发枪、收枪的程序和库房一箱箱子弹、手榴弹，他是真想把它们带走啊。他抽时间把这个想法和李左祥说了。李左祥劝他，凡事要从大局出发，不能贸然行事。

一天，李左祥把王甫坤叫出来，告诉他，谷教官是位爱国而又同情共产党的国民党人士，他对韩复榘假抗日、真反共的行径十分反感。这里集训的事是由他全权负责的，他知道了李左祥的政治背景，向他表示：在训练结束前要寻找机会，把一部分武器留给真正抗日的进步力量。

训练班结束的那天，忽然传来日本军队沿胶济线大举进攻、韩复榘的军队全线溃败的消息。负责军训的国军，开始慌张地做撤离旺旺乡的准备，没有人再顾及前来受训的那些农民。

当日本空军的飞机盘旋在这里的天空时，国民党军队的士兵，连个人影都看不见了。乡丁、保丁也跟着跑没影儿了。参训人员怎么办？王甫坤急忙赶去向李左祥请示，走到办公地点，他看到谷教官站在办公室的前面和李左祥说着什么。李左祥转身正好看到王甫坤，立刻向他招手并且快步走过来："刚才谷教官告诉我，让部下躲避空袭，但没有让他们关闭军械室，你们就接受这份厚礼吧。"

王甫坤立刻返回去通知九、十区参训的同志行动。十几个人直奔军械室，军械室的门果然是开着的。他们每人拿了两三支枪，顺手抬走一箱子弹、两箱手榴弹，然后从后门离开军训班的院子，钻进玉米地，抄小路返回了大黄村。

当日本人的飞机飞走后，谷教官组织负责军训的国军士兵，匆匆忙忙回到军械室，连武器都没有清点，装上汽车就撤离了。

从这天开始，王甫坤任书记的业平县第九、十区，一支三十多人的共产党武装出现了。

3

日本鬼子来了。

1938年1月12日，日本板垣第五师团三千余人从青岛登陆，沿着烟青路向北进犯烟台，占领烟台后，分兵两路，一路进犯牟平、威海，一路向西进犯蓬莱、黄县，业平县也在其中。就在2月1日夜间，日军乘坐十几辆汽车，进攻业平县城。县城虽城阔墙高，奈何国民党守军惧战，早已溃散。日军兵不血刃，占领县城。

日军进城后，逼迫民众到县政府大院开会，当众委任原国民政府商会会长刘容为县地方治安维持会会长和县长。刘容则委任他的女婿张学善做秘书，网罗了一批汉奸分子，组成了伪县政府。日军发给他们步枪五十支、手枪十支、子弹三十箱，组织成立镇压人民、维持其统治的武装。

日军在县城待了一天，就全部撤走了，只留下了一个伪政府，派遣了一个号称经济顾问的日本人浅野一郎留守。

刘容一上台，在浅野一郎的筹划下，马上重新任命了有二百多人的保安队及公安局等权力机构的头头，取缔了一切抗日组织，拆毁了民众修筑的抗日工事。他还组织召开十个大区连庄会区队长会议，企图把连庄会的区队武装和地方政权一并控制起来。

区队武装是地方政权的支柱，如何把地方政权掌握在自己手里，是摆在以郑南楠为首的县党委面前的严峻任务。针对县伪政府的阴谋，县党委及时召开会议，确定把原国民政府区队武装争取到抗日战线上来，同时在各乡镇建立乡民自卫抗日武装，这个是当前的中心任务，任务通过组织内部的刊物《民生》下发给各区党委。

王甫坤组织区党委认真学习《民生》后，按照县党委的指示，研究了自己的工作方案。

这是临近海湾的业平县第十行政区。

区武装部队的队部里乌烟瘴气。几个头头模样的人围着一张方桌，抽着烟、喝着酒，还七嘴八舌地争论着队伍何去何从。

“我们虽然是地方武装，可到底是正牌的，是政府管理的部队，就得听政府的。”一个歪戴帽子、瞪着三角眼、叼着香烟的人说。这个人是业平县十区武装队副大队长李德利。

“你说的我就不爱听，现在的县长是刘容，他是日本人任命的，我们难道就得听他的？”一个胡楂连鬓的汉子说。

“刘容是日本人任命的，听他的，不就是听日本人的吗？”又有人愤愤不平地说。

“那不就是当汉奸嘛！”有人随声附和。

一个陌生人不知什么时候进了屋子，开口说：“这位兄弟说的是，跟着刘容干事，就是当汉奸。”来人身材健壮，声音洪亮，目光炯炯有神。

有人认出，这是大黄村酒馆掌柜王甫坤。只见他又跨上一步问道：“请问，这里谁愿意当汉奸？”

人们立刻安静下来。

“哎，王掌柜怎么管起区队的事来了？”说话的是区队长，区队长叫鲁虎，是个带憨厚像的汉子。

王甫坤向区队长抱拳施礼道：“俗话说，国家兴亡，匹夫有责。鲁队长是带兵守疆土的豪杰，怎么会允许咱们区队出汉奸呢？”说着，他又扫了一眼屋里的人。

这时，屋里不知不觉地人多了起来，除了几位头头，好多队员都挤进了屋里，听王甫坤说话：“这里的乡亲养活咱们，就是希望咱们抗日保家，当汉奸，要遭人戳脊梁骨，祖宗都跟着挨骂。”

区队队员，大都是附近村镇的农民，是为吃官粮、拿官饷而来，谁愿意背上汉奸名声呢！王甫坤一席劝告，立马让大家动了心。于是纷纷表示参加抗日，不当汉奸。

不料，有一个阴阳怪气的声音传过来：“你说是汉奸就是汉奸啊，你是干吗的？你代表谁？”

王甫坤定睛看去，原来就是刚才那个副大队长李德利。随着他的怪叫，也有几人附和着：“是啊，你是老几啊？我们都要听你的？”

“再叨叨你就滚出去！”还有人冲王甫坤发起狠来。

突然，有一个家伙，竟然用匣子枪抵住王甫坤的腰。

跟在王甫坤后面的冯然，一看这个架势，伸手就捏住了那家伙的腕子，只听那家伙“哎哟”一声，枪口抵住王甫坤腰的手腕耷拉下来，跟着“砰”的一声，开火了！

原来，枪是打开保险、张开机头的，手腕一痛一低，手指下意识地扣动了扳机，朝地开了一枪。

枪声一响，屋里人全都吓了一跳，纷纷抄枪，窗外也有人喊叫：“谁开枪？”“屋里怎么啦？”窗外的人只乱喊了一阵，就没有声音了。

屋里面，就听冯然一声断喝：“都别喊了，是走火！”

那个拿匣子枪的家伙也带着哭腔连声说：“是走火，大队长，走火。”原来，冯然另一只手上的匕首刀尖已经抵到他的腰眼，扎进了肉里。

说是走火，可外面出奇的安静倒是令大队长纳闷儿，卫兵哪里去了？

王甫坤这时大声宣布：“我是业平抗日救国会副会长王甫坤，受县民众抗日救国会委托，负责领导九、十区连庄会区大队武装。”

当时，业平抗日救国会是已经名满全县的民众抗日组织，是国民政府承认和支持的，领导层都是县里社会名流、贤达士绅，很有影响。

显然，听日伪县长刘容的，那就是当汉奸，服从救国会的领导，那就是护国。情况很明朗，谁愿意背负着汉奸的千古骂名呢？

只是沉默了一会儿，大队长鲁虎喊了一声：“我们不做汉奸。”立刻，屋里的人都随声附和起来：“不做汉奸，不做汉奸。”

王甫坤放心了，扫视了一下全屋的人，又说：“根据县里决定，愿意干的，就留下，不愿意干的，可以留下武器，离开区队，区队不改编、不降薪、不换防。”

大队长鲁虎带头表示，接受领导，留下抗敌。只有副大队长李德利带领三个队员，留下武器，离开了屋子。走到院子和门口，他们才发现，周围除了自已人，还有很多持枪的陌生面孔。

就这样，十区的武装成了共产党控制的武装。

第二天傍晚，王甫坤他们才返回大黄村。冯然回了酒馆。

王甫坤有一阵子没有回家了，于是拐进了回家的路。

一进家门，三个孩子就欢快地“爹——爹——”地喊着拥上来。老大搂着他的胳膊，老二抱住他的大腿，他抱起老三，老三直往他怀里扎。孩子们太想自己的爹了。王甫坤脸上笑开了花。

吕春花已经做好了晚饭，见到王甫坤在孩子们的簇拥下进了房门，笑起来：“真是来得早不如来得巧，来了就吃热乎的！”

“这叫有福之人不用忙。”说着，他盘腿坐在桌旁，“来，老二坐这儿，老三坐这边，一边一个，老大你挨着你妈。”

老大是女儿，冲王甫坤噘起嘴：“就知道你偏向弟弟。”

吕春花见状，拉过女儿：“我偏向我们妮儿！”

吕春花边哄着女儿，边把饭摆好：煎饼、摊鸡蛋、大葱、黄酱，还有一只烧鸡。一人一碗疙瘩汤，还有白面馍。鸡蛋是自己家养的鸡，烧鸡是从酒馆拿来的。

她顺手掰下一只鸡大腿递给王甫坤。王甫坤接过来，给了老二，跟着自己又掰下另一只鸡大腿，给了老三，接着又掰下一块鸡胸肉给了老大，说：“孩子们长身体，要吃好点。”自己拿起大煎饼，抹上黄酱裹上大葱，一口咬下去，吃了一半，端起碗两口就把疙瘩汤喝完了。

吕春花一直望着丈夫吃喝，自己却没有动筷子。王甫坤趁妻子给自己盛汤的时候，夹起一块鸡蛋，放在吕春花的碗里，还用筷子按了按，怕她发现似的。可是，吕春花一端碗，就发现了碗里的鸡蛋。她嗔笑着瞥了丈夫一眼，没有说话。

晚饭后，王甫坤又哄孩子们玩了一会儿。他很久没有和家人这样高兴地相聚在一起了。

当孩子们熟睡后，床上的吕春花早已依偎在丈夫怀里。月光透过薄薄的窗纸，温和地洒在床上，如银色幔帐，撩拨得人心摇曳。小别胜新婚，吕春花虽无只言片语，却情投意合；王甫坤虽未海誓山盟，却充满浓浓情意。

这是他们夫妻幸福的夜晚。吕春花清楚地记得，那天晚上的月亮特别圆、特别亮。

返回大黄村没有多久，王甫坤连续收到附近村庄有人被绑架勒索的消息。人们反映这些都是从邻县入境的黑风寨的一拨土匪所为。

匪首姓秦，叫秦六，人称六爷。土匪绑票勒索钱粮，在村里造成恐慌，严重威胁农民生活，影响抗日环境，破坏农会威望。

土匪有送帖、要粮和摊丁派款的规矩，如不照办，就要在村里绑人抢物。

恰巧，这天小黄村收到了土匪的帖子，要求村里送一车粮食，还要求送三个壮丁去土匪队伍中入伙。王甫坤决定趁这个机会扫清匪患。

一天晌午，一辆大车装满粮食，上面还坐着三个小伙子，来到了土匪盘踞的山寨门口。

山寨，不过是在两个土包中间，用木头搭建了一道门，门上书有“黑风”二字，这个就是黑风寨了。两个土匪扛枪守在门前。

“哪里来的？”

“小黄村，送粮送人的。”车把式回答。

一个土匪靠过来，看了看车上的粮食和人，没有发现什么，就朝另外一个土匪摆了摆手。

寨门开了，车把式赶着大车进了寨子。寨子里面就是一个晒谷场、几间草房和三五间瓦房。几个携枪的土匪，在房子外懒洋洋的，看样子无所事事。

土匪把大车引到正中一间瓦房门前，停下车，又领三个人进入正房厅堂。

厅堂里，正中一张条案，条案前一张八仙桌、三把椅子，墙上挂着一幅八仙过海图。想必这是房子原来的主人布置的。

正中椅子上坐着一人，头顶瓜皮帽，身穿青色对襟短褂，脚蹬青色洒鞋。寨中土匪恭敬地向他禀报：“六爷，小黄村送来秋粮一车，入伙的并肩子（指朋友）三个人，估计都是虎头万儿（姓王的意思）。”意思是，来的三个朋友大概都姓王，随手递上他们给小黄村的帖子，算是回帖。

看来这位六哥，就是匪首秦六了。秦六三十上下，身材伟岸，黑脸膛，粗眉环眼。他抬眼上下打量了一下三个人，开口道：“来挂住的三位，你们都是虎头万儿？”来挂住，就是来入伙。他重复了一下黑道切口，想必是要看看这三位是不是见过世面。

只见三个人各自一抱拳：“瓢把子（头儿），在下小黄村王甫坤！”

“在下王然！”冯然说。

“在下王侯三！”侯山说。

旁边有人插话：“哟，还真不是个倥子。”倥子是指外行人。

这时候，见有新人入伙，七八个土匪自己就挤进门里看热闹。

秦六听完了三个人自报家门，兴致来了：“你们为什么到我这来挂住呀？”

王甫坤不紧不慢地回道：“一来是你六爷下帖子要人，村里不敢不奉命；二来听说六爷仗义，我们想，有我们来入伙，您就不会动我们村的人了，我们还能跟着六哥发点小财。”

秦六边听边点头，边问：“过去，在哪儿挂住过吧？”

“在家种地，贩过私盐，闯过窑堂，住过大院子，不属于哪帮哪派。”王甫坤回答。闯窑堂是指入室偷盗，住大院子是进监狱。

秦六一听，原来这三个是有过江湖经历的人，高兴起来，称赞道：“那就好，那就好。不过你们到我这来，有什么本事啊？”

“我和王然会些拳脚，王侯三会打枪。”

“呀，有这本事，”秦六一挥手，“兄弟们，招子放亮点，看他们露两手，给咱们到场上比画比画。”

大家随后来到晒谷场，围了个大圈。冯然先演练。冯然学过形意六合拳，又精于螳螂拳，直进直退，拳出虎虎生风，闪展弹跳，灵巧而力道十足，一套拳打完，面不改色，惹得众人一片掌声。

秦六点点头，又冲侯山一摆手：“玩枪的那位朋友露两手吧。”

侯山站出来，抱拳道：“诸位，是看我使用什么枪呢？”

“呦，会的还不少，在家使用什么家伙？”

“农闲时候，在山坡打打兔子。在河边打野鸭，用的是鸟铳。”众人哄堂大笑。

秦六伸手从旁边一个土匪手里拿过一把汉阳造，扔给了侯山。侯山接过步枪，拉开枪栓，看到枪膛里面有子弹，又推回去。

他向四周看了看。只见十丈开外的场子边上有一棵柿子树，大概柿子熟了，都掉了下来，只有树尖上还挂着一个刚熟的柿子，火红火红的分外抢眼。

“我打那个柿子的柿柄。”侯山说罢，单膝跪地，举枪瞄准，“砰——”的一声枪响，只见那个柿子就从树顶直落下来，眼看着“啪”地落在草垛上。

一个土匪跑了过去，捡起那个柿子，跑回来举着给大家看。果然，这个刚熟的柿子，只有柿柄碎了，其他地方都是好的。

侯山从单膝着地、举枪、瞄准，到击中目标，一气呵成，众人大呼好准头：“这位兄弟真的是炮头（神枪手）啊。”

秦六点点头：“果然好枪法，那么王甫坤兄弟是什么路数？”

王甫坤跟着李左祥老师学习各家拳脚，但后来精通的还是北派吴氏太极拳。

这时，他走进场子，以骑马蹲裆沉稳起式，然后一招一式地练了起来。他还没有打出几个招式，就有人大呼小叫：“不好看，不好看。”

“花拳绣腿，不实用，不实用。”

王甫坤仿佛并不在意周围人的干扰，仍然一招一式走下去。

秦六倒是个行家。他知道太极拳就是这样的,它讲究的是以柔克刚,以静制动,从动作看似乎缓慢,但一环相扣一环,一式连着一式,连绵不绝,永不停息。它是在平衡和稳定中立于不败之地的。

秦六懂太极,因为他也是个内家拳的高手。他只是不清楚王甫坤的太极拳练到了何种程度,运用起来,实战效果如何。

"这位王兄弟先停一下。"待王甫坤中途收式,他故意向周围的人说:"既然大家说不实用,哪位兄弟下来和这位朋友切磋切磋?"

话音刚落,就有人扛把大刀,跳进场子,原来是二当家刘堂。只见他大嘴一咧:"我来试试。"回手就把大刀扔给圈里一个人,跟着一个后空翻,转体又一个旋风腿,左右击出两拳,亮出一个回马式,稳稳地站立场中。人群中爆发出一片喝彩声。

俗话说,外行看热闹,内行看门道。王甫坤倒背双手,注目细看,来人五大三粗,透出一脸凶恶。再看他的出场亮相,是位外家拳的练家子,只是拳出涩滞而急躁,双脚落地时踉跄笨拙,功夫显然大欠火候,怕是身子被酒色掏得虚空了。

王甫坤一抱拳:"兄弟今天来入伙,望朋友手下留情,请了。"顺着左手请了的手势,他右腿支撑全身,左腿向前半步虚点,右手则垂向胯下。

秦六看出,他的这个姿势既表达了对对手的尊重,又亮出了自己谦逊邀战的态度,是真正武学上的不卑不亢。

秦六不禁暗暗佩服。

刘堂却毫不客气,大吼一声直接举拳扬腿地攻了上来,取双目、锁喉咙、黑虎掏心、仙人摘桃,招招致命。

此时王甫坤的太极拳,已完全不是演练时的感觉,却又完全不失演练时的风度,见招拆招,反应极快。在刘堂的疯狂攻击中,依然端庄平衡,气度开阔。

只见他的头、脚、身不停地画出弧线,仿佛与天地融为一体,将刘堂的拳脚虚实,分得清清楚楚,单腿交替负重全身,身段柔和缜密而又轻灵圆润,如行云流水般完成着与对手的接战。

看得秦六不禁大呼:"好,好一个吴氏太极拳!不过……"

原来,吴氏太极拳是中华传统拳术之一。它是以柔克刚著称,身架松静自然,守静待动,善于化解,斜中寓正,分南北两派,王甫坤正是从李左祥处学得北派太极。而李左祥留学东洋,不免化入空手道、相扑、忍术等技击精髓,用于实战,功效倍增。所以,秦六赞叹之时,略感惊诧,只是无法悟出。

就在此时,刘堂右臂伸出,肋下空洞大开。只见王甫坤右掌轻点其肋,翻身左掌一拍其背，借其前冲之力，完成了太极四两拨千斤的经典之作。只听“哎哟，妈呀”一声喘着气的呼叫，刘堂已然跌出一丈开外。

众人尚在目瞪口呆之余，秦六已然鼓着掌大步跨到场中，拉起王甫坤的双手：“好兄弟，好功夫，欢迎你入伙。”

秦六随后让人送走车把式，又吩咐他的马弁大牛、小牛，把叫王然和王侯三的两位兄弟安排好。然后拉着王甫坤的手回到厅房，热情地聊了起来。

原来秦六是山东青岛人。父亲从事棉花生意，家境富裕。他原名叫秦路，因为在家排行老六，故进入江湖后改名秦六，人称六爷。本来他们家买卖做得顺风顺水，不料遭人妒忌，坏人和日本商人勾结，搞垮了他们家的生意，还勾结官府害得他家破人亡。一怒之下，他杀了陷害他家的狗官和欺侮他家的日本商人，逃离青岛，流窜至业平县地界，聚拢江湖人士和衣食无着的农民百姓，拉杆子自立为王了。

秦六虽然成了土匪，干起了打家劫舍的勾当，但还不是无恶不作。为了生存，除了劫富济贫和对附近乡村派粮派款派工，很少做绑票生意。就是绑票，也是为了威吓收赎，从来没有杀死过肉票。一谈到日本商人的行径，他就恨得咬牙切齿。对外面抗击日寇入侵的消息，他听了也是同情和赞同的，只是没有合适的机会参与。

了解情况后，王甫坤对争取这支土匪武装加入自己的队伍，有了十足的信心。

他趁机把县里原国民政府官员投降日军，建立伪政权的情况详细告诉秦六，把共产党领导的业平县抗日救国会的活动，也告诉了秦六。两人坦诚交谈直到三更时分才休息。

第二天早饭后，王甫坤三个人碰了下头。原来这是支有四十多人和十几匹战马的队伍，成员大多是受兵荒战乱祸害的逃亡农民，也有一些兵痞、地痞。大概是受秦六仇日的影响，他们大多赞同抗战，也不愿在山林中受政府的气。但是也有人想和日本人合作，去享受所谓的荣华富贵，其中二当家刘堂是这些人的首领。

王甫坤决定从做秦六工作入手，明确主张，同时密切关注刘堂等人的动向。

这时，发生了一件事情，非常有力地推动了王甫坤他们对秦六的收编工作。

原来，第三天午饭后，王甫坤正要到厅堂和秦六深谈，走到门口时，听到厅堂传来了激烈的争吵声。他不禁停住脚步。

“六爷，这两天王家的人竟和咱们的兄弟谈抗战了，这是要拆咱们的杆子呀！”刘堂说。

“那你怎么看呀？”秦六问。

“拆咱的杆子我就和他拼命！”

“谈抗日不一定就是拆咱们的杆子，你拼的什么命？”

“日本人兵强马壮，人家要和我们共存共荣，靠上他们，我们的杆子会越来越壮大。现在抗什么战？连韩大帅的正规军都跑了，何况我们？那是鸡蛋碰石头啦！”

“我秦六就不怵他个日本鬼子！什么共荣共和，明明是要吞并咱们，和他们勾搭，就是当汉奸嘛，打死也不能给祖宗八辈丢脸。你愿意当汉奸让人骂祖宗？”

“王八蛋才愿意……老大，你别火，我说的和日本人合作也是暂时的，是权宜之计。”

“权宜也不行，想当汉奸的给我滚……”

“那是，那是……”

忽然，门外一阵骚乱，原来此时门外已经挤满了人，有人报告：“是业平县抗日救国会的，给我们送来一封信、一个人。”

“进来。”秦六发话道。

分开人群，岗哨推进来一个身材矮小、相貌猥琐的汉子。刘堂一见，抢先说道：“我不是让你遛马吗？怎么回来了？”原来，推进来的是刘堂本家——马夫小四。

“是……是遛马，可让人给截住了。”

跟进来的寨门岗哨，递来一个信封，报告说：“这是抗日救国会送给六爷的信。”

刘堂一看信封就急了：“小四你个混蛋……”骂着，他就要伸手去拿。

他的手却被秦六出手挡住了：“你急什么？”

秦六接过信封，取出信封里的信，看了看没有说话。他瞪着眼扫了一遍眼前的兄弟，看到了一个识字的，招呼过来：“来，大声念给众兄弟听！”

这个人接过信来，大声念道：“张学善秘书转刘容县长，上两次派人接洽，所提要求与优待我们的条件都同意，请敬告日军方面，我们支持大东亚共存共荣并待命行动。刘堂顿首。”

厅堂中人群立刻炸了锅：“这是让我们当汉奸呀。”

“私通官府，出卖兄弟！宰了他！”

“六爷知道吗？听六爷怎么说。”

秦六清了一下嗓子，压了压手，冲着刘堂说：“这是你干的吗？”

刘堂早已耷拉着脑袋委顿一旁，轻声狡辩："我也是为兄弟们好……"

"好个屁，你是让我们背千古骂名啊，弟兄们，你们干不干？！"

"不干，不干！"呼声一片。

秦六一挥手，决然说："我也不干！大家兄弟一场，不动刀枪不见血，愿意留下愿意走的，随意！"

刘堂犹豫了一下，还是把枪放在秦六面前，道声"后会有期"，离开了人群。有三四个人，尾随在刘堂后面，放下枪，赤手空拳、偷偷摸摸地溜了出去。

原来，进寨子之前，王甫坤就作了布置。他命令在寨子的各个路口附近，设下武装埋伏，指示如果有人摸出寨子，就要扣住仔细检查。这才发现了刘堂派出联络的马夫小四，抓住了他们准备投敌当汉奸的证据。

秦六终于下决心加入抗战的洪流，跟随共产党，举起抗日救国的大旗。

王甫坤领导的九、十区武装力量又扩大了。

第三章 鏖战业平

业平抗日根据地日见崛起，从业平可以辐射整个滨海湾区，这里人民的抗日热情和胜利信心不断增强。对此，日寇恨之入骨，于是策划反动武装势力，向业平发起了四路进攻，妄图一举踏平共产党领导的业平城。

1

业平九、十区抗日武装声名大噪。

王甫坤这支队伍开始源源不断地有老百姓报名参军，对此大家十分喜悦。就在队伍不断壮大的时候，却传来了一个坏消息，冯然和几位同志落在了汉奸保安队手里。

事件的发生出乎意料。俗话说："兵马未动，粮草先行。"为此，王甫坤交给冯然运送一批粮食的任务。傍晚时分，冯然便带上了七八个弟兄，前往业平县城附近的一处地方去取粮食。

"小然哥，这批粮食真是解了咱们的燃眉之急啊，多亏了坤哥的朋友啊。"一个战友和冯然说道。

"没错，现在正是缺粮的时候，老百姓能够给咱们凑出这些粮食，也真是不容易的。这次咱们就这几个人，一定要做到隐蔽运粮，确保完成任务。"冯然继续说，"你们一定要听我的命令，不要擅自行动。"

近来，由于刘容领导的日伪武装动作频繁，所以在出发前，王甫坤特意交代冯然，一定要格外小心。

正如此，冯然虽然选择天色渐暗的傍晚出发，心里也还是时刻小心翼翼地盯着周围环境的变化。

一行人走耕地，穿野田，隐蔽赶路约一个时辰，按时来到了城西边的一处茂密林子里，只见一个樵夫装扮的老人正在一块石头上歇息。冯然警惕地走过去，屈身问道："老人家，请问业平县城怎么走？"

"向西边再走五里就到了。"老人抬手指向西边的路。

明明向东走才能到业平县城，怎么这老人却指向西边？旁边几个人心里纳闷儿。

只见冯然突然伸手握住了老人的双手，激动地叫道："陈叔，您久等了，这次多亏您老了呀。"

原来，这个问话，是事先约定好的暗号。

老人也是颇为激动地握住了他的手："你就是小然吧，甫坤和我说过了，你千万不要跟我客气。这是咱自己的队伍，应该的，更何况我儿子也加入咱队伍了，乡亲们都支持你们，相信一定能赶走小鬼子的！"

"那太好了，有乡亲们支持，我们一定会胜利。"冯然不由得眼泛泪光，坚定地向老人表示。

说着，老人拨开身后的一大片树丛，顿时，一辆辆满载粮食的小推车出现了，足足有六辆，这是预先藏好的粮车。几个人告别陈叔，推车返回。

问题出在回去的路上。回去时推着粮车，按照来的方向，只能够走小路。深夜静悄悄的，月色朦胧。空中闪现的星光，映衬得黑夜也变得淡了，偶尔的几声虫鸣显得格外突兀。

就在几个人转过一处土坡时，突然，四周火光激射，只见好几十支火把围住了他们。看此情形，冯然一颗心瞬间沉入了谷底。就着火光，他看清了他们的着装，正是刘容的保安队。

"不许动！"

"我们是县保安队，投降吧！"保安队边蹿过来边胡乱喊话。

破釜沉舟！一看已经被敌人包围了，冯然立刻拔出了别在自己腰间的手枪，径直朝着前方扣下了扳机。但是一秒钟之后，这把枪没有反应，无论冯然怎么给枪上膛，都没有任何响动。他急忙扫了一眼身边的同伴，情况一样，自己这边没有一声能惊动夜色的枪响。

“冲啊！”

“抓住他们，他们的枪是假的。”

见没有危险，保安队边喊着边冲了上来，一下子把冯然他们围了起来。

冯然他们的枪，是今天出发前换的。那是警卫班一个叫余金的队员，说是奉命给他们换新枪，旨在提高战斗力。可是临阵换的新枪出现了这个状况，冯然疑窦丛生，却也无可奈何。

当天晚上，王甫坤一直在焦急等待着冯然几个人。时间一分一秒地流逝，却始终不见他们几个人的身影，一种不祥的感觉在王甫坤心里蔓延开来。

破晓的光亮透过窗子，一晚没合眼的王甫坤，此时肯定了自己心中的猜疑——冯然一行人出事了。他估计最大的可能，便是被刘容的保安队抓住了。几个时辰之后，王甫坤派出的人带回冯然他们被捕的消息，更加令人担心的是，城门贴出了告示：十天后，以破坏中日亲善为名，在城西门的瓮城处以极刑。

王甫坤没有想到的是，这个消息是伪县长刘容故意放出来的。他想用冯然这几位抗战队员，引出抗日武装的大部队，从而一举围歼，去向日本人请功。只不过，这是阳谋。

针对刘容的险恶用心，王甫坤把自己的想法向县委书记郑南楠做了汇报。

“县委在对付汉奸刘容的问题上，已经统一了思想，也有一整套可实行的计划，可以把你的想法纳入计划之中，你就大胆地干吧。”郑南楠指示。

七天过去了。业平县城，在战乱中难得有了一些喜庆的氛围。因为年后，接着到来的便是县城一年一度的玉王庙会，可谓是县城最热闹、最繁华的时候。

如今，尽管战火侵扰，百业凋敝，老百姓还是有着强烈的过节愿望。街上不时传来锣鸣鼓响，四处挂着灯笼和红布条，门庭角落之中，散落着的爆竹碎片，这些都在昭示着中国人对新一年的美好祝愿：“爆竹声中一岁除”“总把新桃换旧符”。商户集中的繁华街道永昌街，此时更是车水马龙，摆满门面的五花八门的商品，预示着商人们要在今年的庙会博取好利润，挣个好彩头。

一大早，县城里便响起了鞭炮声，县城大门也应声而开，源源不断的人群开始向城里涌去。

王甫坤带领十几位战士，乔装打扮成各色人等，混入人群，随着人流进入了县城。

这次进入业平县城的抗战队伍有三十人，分成了两个小队。一队以王甫坤为首，另一队由县委副书记——他的老师李左祥带队。按县委批准的计划，两队进城后，分开两头行动，把目标放在县城最热闹的永昌街上。

根据情报，伪县长刘容为了表示自己地位稳固，也为争取民心，他会亲自来参加玉王庙会。

按计划，潜入人员要做的是，先下掉巡逻的保安队队员的枪，两队再呈包围之势擒住刘容，以刘容的性命相逼，救出冯然等被捕同志。当然更加理想的是，趁机占领县衙，和埋伏在城外的同志们，里应外合，拿下业平县城。

王甫坤的一队人一路上装作逛庙会的百姓，不松不散、不紧不慢地来到了城里最繁华的永昌街。

永昌街是县城最繁华的街道。它位于县城中心，从城南门到城北门，几乎贯通全城，把一个县城分成了东西两部分。平时，街的两边都是住户和商店，逢年过节，住户和商店的前面会留出几尺宽的走道，便又各出现一排摊贩商户，连绵不断。有的还和后面的商店相互呼应，商铺中各种商品琳琅满目，家家张灯结彩，户户笑脸迎客，顾客熙熙攘攘。街上不时有持枪的保安队员巡逻，这和节日的气氛很不协调。抗战队员们就隐蔽散落在街道人群中。

王甫坤假意悠闲地逛着各个摊位，实则目光一直没有离开摊位的后边，尤其是街道两旁那些巡逻的保安队人员。

王甫坤发现，保安队八人一组，沿街巡逻，走到街上的一个拐角处，与另一队八人互换位置。

每当交叉换位，两队又分开朝两边走的时候，其中一队一定要经过一处另一队看不到的盲区，而在那个盲区，恰好有几个生意火爆的摊位，人挨人，人挤人，这就有利于自己一方的行动，又不会引人注意。

王甫坤数了一下，保安队的八个人，路过这几个摊位的时间正好有十五秒钟，而他们要在这十五秒钟之内，赤手空拳下掉这八个人的枪，虽然不容易，但是二对一，仍然有把握。他看了看周边同志坚决的神态，信心倍增。他通知其他人，在下一次保安队交接后的这十五秒时间里，找好各自的目标，以他的行动为信号，立刻夺枪。

滴答，滴答……王甫坤的心中仿佛有一块怀表，正在给他们即将打响的第一枪做倒计时……

两支巡逻队很快又交接了，往那片盲区摊位走去……忽然，王甫坤看到他们骤然停下了脚步，这几块料直勾勾朝着街的另一头踮脚张望。

只见一个人，被近两个班的保安队拥簇着，缓缓而来。那人身材矮小，目露奸光，头上戴了一顶灰色宽檐礼帽，一脸的盛气凌人，不用猜，也知道这个人就是刘容了。但出乎王甫坤意料的是，刘容身边跟着的保安队人员，数了数，竟然多达二十余人，可以说是把他保护得密不透风。

“出个门，身边还几十号人守着。”王甫坤心底暗骂一声，他同时立刻发出信号，示意同志们先不要行动。

看到刘容出现，街道上的老百姓纷纷躲避，很快让出了一条通道。从王甫坤的位置，可以看清楚了，刘容身边的护卫再加上巡逻的保安队，持枪武装怎么说也得有四十多号人了，可是今天进城的抗战队员，两队人马加起来才三十人，他们大多还只有冷兵器。

想到这里，王甫坤皱了一下眉头，沉吟了一会儿，没有动弹。半晌，又抬起头望了望刘容的庞大阵容，压低嗓音，和身旁的同志们轻声道：“走，咱们去和李左祥同志会合，再作决定。”说罢，王甫坤便领着几人，赶往永昌街的另一头。

王甫坤的脚步变得越来越快，他担心李左祥同志那边没有看到刚刚刘容的阵仗，已经贸然开始动手了，而现在动手，无疑是羊入虎口。

穿过了一个又一个的摊位，声音越来越嘈杂。刘容被他的人马簇拥着，也向这个方向走来。王甫坤是越发焦虑担忧了。

终于，他远远地看到了李左祥同志和他的人，就躲在一个拐角处。再细看那里的情况，一队巡逻的武装保安队，距那个拐角已然不足二十步距离，他们似乎准备对这个敌人的巡逻小队动手了。见此情形，王甫坤心里一紧，脚步随之跃起，身旁的队员还没有反应过来，他已然飞身而出，动若脱兔，朝那个拐角奔去。

王甫坤在拥挤的人流里，推开一个个行人，时间仿佛在此刻变得格外快，每一秒似乎都在加倍地流逝着……终于，就在保安队即将到达拐角，李左祥一行人即将动手的那一刻，王甫坤蹿出了人群，一下子撞到了那个小队的队长身上。

王甫坤身子骨本来就壮，加上着急地奔来，瞬间把小队长撞倒在地，附带着一两个队员也被带出了队伍，队形随即乱了套。

“你是什么人？！要……要干什么？！”下一秒，几杆黑洞洞的枪口指向王甫坤的头。

“长官，对不住！对不住！”王甫坤赶忙稳住身形，退后了一步，委下身躯，低着头，不断地和小队长道歉。嘴里又大声喊着，“刚刚在街的那边看到了刘县长，身边几十人跟随，好威风啊！自己觉得不胜荣幸，这不是赶回家想让拙荆也来一睹县长的光彩嘛，结果刚刚太着急，没停住脚，就撞到长官您了，实在是抱歉。”说着，王甫坤从口袋里拿出了好几块大洋，塞进了小队长手中。

小队长平时作威作福惯了，哪里吃过这样的亏，刚想继续发威，突然感觉手里进了点什么东西，略一摸，是大洋，心里顿时一喜，刚想开骂的嘴又闭上了。他只是眉头一撇，恶狠狠地说道："那么大嗓门干吗？算你小子识相，还算懂点事，下次注意，要是还有这种事，看我饶不饶你的。"

听到小队长这么说，王甫坤赶紧点头压低声："您说的是，一定不会有下次了。"说着，他赶忙抬头看拐角处，拐角处已经没有李左祥老师他们的人了，他这才松了一口气。

原来，当时李左祥一行人正要行动，猛然看到王甫坤冲出来，撞到了那个保安队长，一时愣住，接着听到王甫坤大声警示"刘县长身边几十人跟随"之后，李左祥顿时明白了王甫坤的用意，急忙带着身边的同志离开了那里，潜入了人群。

当他们在永昌街再次会合商量对策时，李左祥连声称赞王甫坤："甫坤，真是没想到啊，这刘容居然带了这么多人，刚刚多亏了你，要不然咱们全都要暴露。"

说话间，刚刚在街那边的刘容，已然来到了他们所处的位置。保安队穿着黑色制服，远远看过去，就像一团乌云，围绕四周。

"这次是咱们失策了，没有想到刘容就连逛个庙会都要这么多人守着，这狗汉奸真不是个东西。"王甫坤一攥拳，低沉地问道，"那现在怎么办？"

"只能撤了，明的保安队几十人，暗的还不知道有多少，真要是今天动手，咱们可能都走不了了。回去重新商议，不过咱们要抓紧了啊，冯然被他抓去七天了，先打探一下情况吧。"李左祥决定。

临走前，王甫坤回头望了一眼远处的刘容，而刘容似乎也是有所感地望向了王甫坤这边，无意之间，两人的眼神竟然对上了。刘容在这个平民穿着的王甫坤眼睛里，仿佛看到了一股仇恨的怒火。他虽然不在乎，却也心头一震……

当晚，业平县伪县衙。

刘容把秘书张学善和县保安队李德利、刘堂等一干人马召集起来，布置任务。

李德利，就是业平县十区原武装队副大队长，投奔刘容后，被封为县伪保安大队长。

刘堂，就是黑风寨那伙土匪的二当家。自从匪首秦六归奔抗日武装后，他为了所谓的荣华富贵，投靠了刘容，被封为县伪保安大队副大队长。

最为显眼的是，刘容请出了一位县长顾问。此人个子不高，留着仁丹胡须，脸颊有如刀削一般，一看就是日本人。他名为县长顾问，帮助县长振兴经济，实则每件事都要过问。他就是浅野一郎。

“还有三天，就是对抗日分子冯然等人行刑的日子，也是我们趁机消灭业平抗日武装的机会。”刘容奸诈的目光扫过在场的保安队头头，接着说，“这个在瓮城行刑的计划，是由皇军顾问浅野一郎先生策划的，到时候实施就看你们的了。”

“我们一定全力以赴，消灭反抗分子。”两位保安队头头急忙表态。

随后，秘书张学善按部就班地布置了任务。

只见日本顾问浅野一郎用食指捋了捋仁丹胡须，阴沉的脸上露出一丝得意的奸笑，哼道：“三天之后，按照你们中国的话来讲就是瓮中捉鳖。”

令汉奸伪县长刘容没有想到的是，他的计划引发了一个载入史册的事件：共产党领导的业平县玉王顶抗日起义。

业平县城西玉王顶，是一处方圆一里多的土山丘。山丘绿植遍布，除了茂密的灌木丛，还有松柏林、杉木林、榆树林，中间夹杂着桃李、野樱桃等野生果木，里面阡陌纵横，沟壑隐秘，很少有人来。据说，这里在古代曾经是为皇家制玉的地方，现如今，土丘的中间地带还建有一座八角凉亭。亭内柱头、亭檐等处，还刻有制玉工序的残图和篆书解说，亭上匾额上书“玉王顶”三个字。

今天夜里，就在这个方圆一里的山林里，全业平县各路抗日武装齐集。

玉王顶周围，在冬末的季节里，分外寒冷。天空上的星星，仿佛全集中在了玉王顶之上，似乎要为起义战士照明。冷风一阵一阵地吹过，带来了呼呼的声响，树木在风中摇曳，颇有一种“大风起兮云飞扬”的意味。而聚集在玉王顶的战士们似乎忘却了寒冷，每个人都热血沸腾，斗志昂扬，从玉王顶腾起了一股震天撼地的惊人气势。

在此之前，县委的会议认真分析了业平县庙会的行动。错估了汉奸刘容的警惕性，自已组织内部协调不够合理，通信联络不及时，都是导致行动失利的原因。对此，县委这次制订了更加周密的计划——以解救冯然等同志和解放县城为目标，力争起义成功。

此时，中共业平县委书记郑南楠一声令下：起义开始，占领县城。

随着郑南楠的一声命令，几千战士分部出动，如游龙般冲向了业平县城。很快，各部便来到了城下，静悄悄地包围了整个县城。攻城指挥部和军事主力设在西门瓮城之外，另有两部分分别从县城的南门、北门发动进攻。按计划整个部队如盘龙一般，静默不动，等待着内应打开城门。

而承担内应、打开城门任务的就是王甫坤。业平县城内，在城里地下党同志的引领下，王甫坤在靠近城门的一处街角中，潜伏下来，同样悄然地等待着。夜晚，保安巡逻队就在城门不远处巡逻，城门由四五个兵丁看守。

王甫坤派出三名身手矫健、单打独斗能力强的战士，在接近城门的另一个街角守候，按计划，当自己这边解决了巡逻队，发出信号，他们伺机解决看守，一举打开城门。

夜晚巡逻队的人并不多，一队仅有三个武装人员，尽管人少，但因为都有配枪，想要毫无声息地解决这些家伙，也不是一件容易的事。

午夜过后，巡逻队和守城士兵都有些懈怠了。

巡逻队散漫地朝着王甫坤隐藏的街角走来。一身黑衣的王甫坤与几名同志猛然从黑暗里蹿出来，几乎同时扑了过去，三个巡逻兵丁都没有来得及反应，瞬间便被按住了。

"别动，动就要你的命。"

"不动，没动！您饶命啊……"巡逻兵呻吟着。

"叫守城兵过来。"

"啊？这——他们哪那么听我们的话啊？"

"我不管，快叫，要不要命？要命就快叫！就说有人受伤了，让他们帮忙来抬人。"

"是是是，让班长来叫吧。"两个兵丁不约而同地向第三个人望去。

一个带手枪的，像是班长的家伙，看见有人点他，躺在地上狠狠地说道："就你话多。"不过，继而也无奈地喊起来："城门老三，老三，我这儿的一个人摔伤了，叫俩人过来抬一下。"

果然，几声呼叫之后，有两个守城兵跑了过来。

出乎意料的是，就在守城兵快到了，王甫坤已然向另外三位同志发出了行动信号时，被按在地上的一个巡逻兵丁竟然挣开了束缚，把王甫坤的人一下子掀翻了，爬起来就喊："抗日队的来了！快跑——"

只见王甫坤一个箭步跳过去，挥掌砍到了那人脖梗上，那人下面的话没有说完，扑通倒了下去。

但是，从城门过来的两个保安队员已经听到了喊叫声，感觉不对劲，反身就往回跑，恰恰看到了已经得到信号、正在冲过去解决城门守军的三位抗日战士，他们立刻向着抗日战士开了枪。

听到枪响，在城墙上的保安队员警觉地打开了探照灯。一束极为强烈的灯光，不仅照到了三位战士，更是把城门一带照得雪亮，四面八方的保安巡逻队员，闻声也围了过来，顿时枪声大作。

那三位战士在枪声中只好向城中小巷退去，显然任务没有完成。

面对这样的局面，王甫坤咬了咬牙，发出了撤退的命令。在地下党的引领下，他们再次隐入了黑暗，消失在城内巷道。刚刚被他们擒住的巡逻小队的几个人也一并被弄晕，拖入了黑暗中……

枪响之后，城墙上保安队的布防更加严密。

在城门外指挥的郑南楠也心里一沉，他明白，这是王甫坤从里面打开城门的计划失败了。于是，下令各个埋伏的部队原地待命。

枪声也惊醒了位居城中的伪县长刘容。

“什么原因？为什么会有枪响？”惊醒的刘容立刻责问警卫。

“是——是……是士兵走火……走火。”警卫想多一事不如少一事，也就搪塞了过去。

刘容也不睡了，想着老娘还在厢房，就蹑手蹑脚地走过去，看看老娘睡得安稳，也就放心了。原来，别看刘容奸猾，可是也知道孝顺老母。他是个商人，把个人得失放在首位。现在看日本人风头正盛，以为投靠日本人，可以混得有权有钱，但是风闻抗日武装日益强大，也是整天担心自己的安危。现在，日本侵华陆军派来了浅野一郎，名义上是经济顾问，为振兴业平经济活动出谋划策，实际上什么主意都拿。有日本人做主，他也壮了胆，就决心孤注一掷了。

按照浅野的主意，以捕获的抗日战士冯然等人为诱饵，公开执行枪决，如果抗日武装前来劫法场，就一举抓获他们；如果不来劫法场，也可以震慑百姓，扬日本人的威风，趁机向上面的日本人邀功请赏。

第二天上午，业平县城西门瓮城。

瓮城，又叫小月城，是修建在城门外的半圆形护门小城。

业平城的西门大开，西门的瓮城城门略小，不过有两个修建成三十度夹角，两门紧闭，中间一条走道把主城门和两个瓮城城门连在一起。

以冯然为首的抗日战士被反绑着双手，背靠一侧城墙站立。对面，靠近走道的就是伪县长、浅野和一众大小汉奸官僚、武装的保安队卫兵。四周有数不清的围观百姓。

刘容环顾四周，瓮城城墙上埋伏着他的保安队员，百姓的四周有他的保安队员持枪看守。抗日武装要想劫法场，真比登天还难。想到这里，他放心了，胆子也壮了起来。

“业平的百姓听着，眼前的这几个人，就是抗日分子的下场。跟着皇军走的，就是大大的良民，好处大大的；反对中日亲善的，就是破坏分子，要枪毙的。”刘容说完这几句话，一看居然没有人买他的账，眉头一皱，推了推他的秘书张学善，他的秘书就跳出来，喊起了口号：“拥护大东亚共荣！”“建设大东亚共荣圈！”

底下百姓一阵骚乱，纷纷地议论：“这真是汉奸呀！”

“日本鬼子是你亲爹呀。”

“共荣个屁啊！”

这时，站在城墙下要被行刑的人群里，突然有人带头喊起了口号：“打倒日本鬼子！”

“誓死不当亡国奴！”

“坚持抗日，反对投降！”

先是冯然在喊，紧跟着十几个人一起喊，慢慢围观人群中有不少人也跟着喊了起来。

喊声中，刘容以为是劫法场的抗日武装要行动了，急忙向浅野望去。此时，浅野却向刘容大声喊道：“快点！快点！”

刘容还没有明白：“不等他们劫法场了？”

“等个屁，你没有看到老百姓都要暴动了吗？快点行刑！”

“行……行动，快点行动，把这些人围起来！”忙乱中，刘容把“行刑”听成了“行动”，立刻命令保安队出动，妄图把四周的百姓圈在一起，再行甄别。立刻，四周一片骚乱。

“我让你行刑，你在干什么？！”浅野一看刘容没有听自己的命令，怒而质问他。

不承想，下一秒浅野的声音就直接被四周的骚乱声淹没了。只见瓮城城墙上突然出现了挥舞的红旗，几十杆长枪，都向下指着他们，一片“缴枪不杀”的喊声四起、连续不断，更加令人吃惊的是，瓮城外面也传进来震天动地的喊声：

“缴枪不杀！”

“中国人不当卖国贼！”

“城里的兄弟们上有老下有小，不要给汉奸刘容卖命了！”

“汉奸滚出中国！”

一时间，县城四周喊声雷动，刘容毕竟是经商出身的投机投降派，哪里见过这阵势。这喊声，在他听来，仿佛整个业平县的人都来和他算账，不禁大惊失色，魂都快吓出来了。

这时，守城的保安队长李德利和副队长刘堂跑过来，上气不接下气："县长，不好了，业平完了，整个县城都是抗日武装，我们被包围了，这可怎么办才好啊？"

更加令刘容胆寒的是，不知什么时候，他的老娘被人搀扶到离他不远的地方，指着他的鼻子骂起来："你个不争气的东西，干什么不好，非要当卖国贼，非要当汉奸。我们都没有脸去见祖宗啊！"说罢，号啕大哭。

此时的刘容已经六神无主，再看周围，刑场上的人都已经被人们主动解绑释放，保安队员也已经四散逃命了。瓮城两个城门大开，扛着红旗的武装队伍正在蜂拥而入。他急忙像要抓住最后一根救命稻草一般寻找着浅野一郎，却发现后者早已经没有了踪影。他不禁长叹一声，跌坐在了地上。

原来，昨天夜里王甫坤经过袭击城门失利后，回到隐蔽处，正在考虑下一步行动方案时，突然从业平地下党方面得知，瓮城有个多年废弃的藏兵洞，是和瓮城城墙、主城墙相连的。于是，在地下党的帮助下，他带领战士和地下党武装，秘密通过藏兵洞，突然缴了城墙上的保安队员的枪，同时，趁着敌人慌乱，打开瓮城城门，以城头挥舞红旗为号，里应外合，一举突进了各个主城门。

这场战斗，抗日武装未伤一兵一卒，拿下了整个业平县城。

听着欢呼胜利的声音，望着瑟瑟发抖的伪县府的人员和丢盔卸甲的保安队员，县委书记郑南楠高兴得一只手抹下军帽，搔了搔自己光亮的头，另一只手握着王甫坤的手，开怀大笑："这个才是真正的瓮中捉鳖呢！"

2

浅野一郎趁乱逃出了业平县城，一溜烟地跑回了朱岛市。

当他面见他的上司井上村时，仁丹胡须还是蓬乱着，刀削似的双颊颤抖着，而本来就矮小的身材，显得更佝偻了一些，他不停地向上司检讨："业平县的事情没有办好，县城让共产党领导的游击队夺去了。"说罢，显出一副狼狈猥琐准备挨骂的样子。

奇怪的是，这位平时那么喜欢辱骂下级的井上村并没有责怪他，反而晃着那颗硕大的、像猪头一样的脑袋，安慰他说："这不怪你。浅野君为了帝国的利益，孤身犯险，势单力薄，做到现在，已属不易。不过，橙组织认为，你还是应该搞你的本行。"

橙组织，是日本陆军本部领导的特务组织，总部在东京。浅野一郎作为这个组织的骨干，一向很受重视，原本希望在他们占领的地区，有自己的经济专家为帝国利益服务，没想到弄巧成拙。

“难道有新的任务？”浅野一郎很感谢组织一直在关照他。

“是的，已经任命你为朱岛市大和银行总经理。搞金融是你本行。至于业平县的事情嘛，我们已经做了安排。”

浅野一郎是因为沙河镇的事，才改弦易辙的，没有想到这次因祸得福，又回到了老本行。他故作关心的样子：“我很惦记业平战事，可以告诉我一些吗？”

“很快你就会知道。这次战役是四路进攻业平城，不过，我们不用亲自动手，我们是让中国人打中国人。”说罢，井上村阴险地呵呵笑了起来。

浅野一郎不解地仰视着自己上司的那颗肥硕的脑袋，用手比画着一个圈：“他们，真的会分四路大军进攻业平？”

“当然，南面的国民党官僚武装张铭，北面的军阀部队焦真清，还有东面两路土匪武装秦塘和地方武装刘同祥，共四千多人。虽然他们各怀鬼胎，但后面都有大日本帝国的身影。”

听到这里，浅野一下子明白过来，也跟着呵呵起来：“请教阁下，四路进攻，要夺取的最重要的地方是哪里？”

井上村毫不掩饰地指着墙上的地图断言：“夏堡镇！”

春天到了，万物复苏。

明媚的春光带给了人们希望，带来了播种耕耘的鼓舞，带来了新一年丰收的期盼。

一早，王甫坤推开屋门，慵懒地吮吸着满是生机的气息，望向远方，似是看到了胜利的光景，嘴角不由得扬起一丝微笑。

“东哥，今天来报名参军的老百姓更多了，里面还有很多妇女。”一声招呼打断了王甫坤的思绪，来人正是冯然。

原来在解放业平县城之后，以郑南楠为书记的中共业平县委，认真分析了当前的局势，认为必须抓紧胜利的有利时机，迅速扩大党所领导的武装力量，以确保在今后环境恶化的情况下，仍然有足够的军事优势。为此，负责宣传的李左祥，按照县委决议，大力加强战地宣传：组织宣传队、召开群众大会、演出救亡戏剧、演唱抗日歌曲、努力鼓动着人民群众的抗日热情，这些都收到了很好的效果。县城里，越来越多的百姓报名参军，加入抗战队伍，父送子、妻送郎的事迹，比比皆是，一时间，高昂的抗日情绪充满了业平县城。

“太好了！一切都在往好的方向发展！”在民众积极的参军热潮中，最令王甫坤动容的还是越来越多女兵的加入。她们冲破了几千年封建思想的束缚，割发去裹，走出了自己的小家庭，加入了抗战的大家庭。

望着王甫坤高兴的模样，冯然顿了顿，随即又说：“东哥，还有一个不好的消息和不知道好坏的消息。”

“什么？不好的消息。”

“是。咱们部队有个中队长被暗杀了，听说是混入队里的汉奸勾结日本特务干的。”冯然说。

中队长相当于正规军连长，是抗日部队的骨干。这可真是不幸的消息，王甫坤沉吟片刻，问道：“那个，那个不知道好坏的消息是什么？”

“这个更要跟你汇报了。你还记得我们运粮食被袭击时枪不响的事吗？”

“当然记得，那就是内部人员作祟。”

“我怀疑，这个人就是当时去领枪发给我们的余金。我们在瓮城获救后，由于没有证据，他仍然留在我们的警卫班里。最近，我发觉他突然和县委警卫队里的人热乎起来，偷偷摸摸没事就往那里跑，不知道啥意思。”

王甫坤听了，也觉得奇怪。他的警卫班和县警卫队没有交叉工作关系，而余金又是从原来日伪十区队来的归属人员。他一下子警觉起来：“小然，你注意观察他，我也派人去了解了解。”

“要不先停他的职或者调到后勤去？”冯然建议。

“是不是急了点？那样会引起怀疑，也不便观察，还是以静制动为好。”王甫坤说。

正说着，县委通讯员来了，通知他去开会。

当王甫坤离开县委会议室的时候，天已经黑下来了。会议中大家讨论的内容一直在他的脑海中回荡：抗日部队人员复杂，有国民党抗日进步人员，有地方乡镇武装合并人员，有山寨土匪归顺人员，也有敌伪军投诚人员。队伍鱼龙混杂，当前又面临敌人环伺，随时会向我们进攻的危险，部队里甚至出现了向共产党争夺领导权的苗头。于是，讨论中，《业平抗日支队锄奸大纲》应运而生。

从此，作为县委任命的业平抗日支队第三大队大队长的王甫坤，脑袋中多了一根弦。

散会的时候，太阳已经落山。

王甫坤回去时，天刚擦黑儿，收复后的业平城的经济生活显露出了活力。

街道两旁的小卖店、酒馆、饭肆不时有人进进出出，人来人往，似乎并没有受到战争的影响。

当王甫坤经过一个院落时，听到院子里人声鼎沸。他悄悄靠过去，原来是驻扎在里面的一部分战士，饭后胡乱议论。

“听说业平支队是从中央脱离出来的，说业平支队不服从中央领导，破坏了抗战总计划啊？”

“怎么可能啊？我们可是赶走了汉奸刘容，处处为咱们老百姓谋福利啊！”

“这倒也是。”

“你是听谁说的啊？”

“就是业平支队那个，什么军事干部训练班的赵指导说的啊，他们几个人在那儿讨论的，我也是偷偷听到的，好像支队内部不太团结啊？”

“啊？那我明天也去看看。”

听到这里，王甫坤微微皱起了眉头。“军事干部训练班”这个名字，很快就在他脑海中浮现出来。

刚刚王甫坤听到的那个赵指导，就是军事干部训练班的教官赵深潭。当初，业平支队的领导层在研究提高部队战斗力的时候，决定成立军事干部训练班，培养自己的武装骨干。这个训练班的一大特点，就是直接从老百姓中吸收人员。有几个原本都是国民党旧部的人，后来也加入了业平支队，由于他们都有战斗经验，政委便把这个训练班完全交给他们领导。这其中就有赵深潭。

如今听到这些议论，他感到似乎出现了一些问题。王甫坤悄悄地退回街上，决定明天去看看，这几人葫芦里边到底卖的是什么药。

第二天，王甫坤早早地起了床，随便地穿上普通的衣物，还戴了一顶草帽，压低帽檐。他相信，只要不是距离特别近，应该不会有人认出他来。

如往常一般，县城里的有志青年，争先恐后地来到颇有名气的军事干部训练班。王甫坤紧跟着涌入的人流步入里面。

训练班坐落在一家富户的谷仓，几百平方米的谷仓里，很快站满了人。教学是开放式的，政治教育是每次必不可少的内容。

今天讲课的就是教官赵深潭。

只见他挥舞着手，神气十足地说：“以后咱们的训练班，将会单独组成一支部队，而你们便是这支部队的中坚力量。”赵深潭吸了一口气，提高嗓门接着说，

“这支部队是独立的，是隶属于我的，我便是这支部队唯一的指挥官。你们将在我的带领下，指哪儿打哪儿，无往不胜。我们这支部队会越来越强大，会成为抗战的生力军！”

赵深潭站在台上，对着训练班的人如是讲道，慷慨激昂。

乍一听，赵深潭是想培养出一支精锐来，有利于积极抗战。已经有了政治敏锐性的王甫坤，却听出来味道有些不对。这种方式难道不正是向未来的战士灌输军阀主义吗？虽然没有提什么派别的话，但一听便能感觉出争取领导权的味道。结合昨天听到的议论，他感觉问题严重。

想到这里，他决心要做些什么。

王甫坤压了压帽檐，从地上抓了一把泥土，抹在了两边的脸颊上，清了清嗓子。下一刻，便用激情高昂的嗓音喊道：“长官，听您说业平支队是擅自行动，没有服从中央的领导，可是他们把我们这些老百姓，从刘容那个鬼子走狗手底下解放出来了啊？”

本来正说得吐沫星子乱喷的赵深潭，突然听到下面有人打断他的话，眉头一挑，想要找到这个声音的来源。他阴鸷的目光扫视全场，最终停在一个戴着草帽、满脸泥污的农民身上。

赵深潭没有多想，直接脱口而出道：“我们几人是上峰派下来的。业平支队虽然解放了业平城，但实际上，他们打乱了其他部队下一步行动的节奏。这种擅自的行为，实则是一种非常恶劣的、破坏抗战的行为！”然后，又轻蔑地说，“你一个老百姓，哪里知道这些？！”

“我们就知道，谁真刀真枪地打日本鬼子，谁就是正确的。”说罢，这个农民转身对四周的人们鼓动着：“大家说是不是？”

其实赵深潭这些话大家听下来，也总觉得怪怪的，业平支队可是赶跑了汉奸走狗的英雄，这怎么一下子还成了破坏组织、影响抗战了呢？可是碍于赵深潭是军事干部训练班的总教官，大家也都不好说什么。如今经王甫坤这一番话，顿时把几个思想敏锐的人的情绪调动了起来。

“是。”

“谁打鬼子谁正确。”

“支持业平支队！”

“支持共产党抗日！”

有人开了头，人群自然也开始骚动起来，一些脑子快的人，很快就想明白了，对王甫坤的话，纷纷附和。

赵深潭刚想再开口，只见王甫坤突然摘下了草帽，一把抹干净脸上的泥污，冲着民众高喊道："大家安静一下，我其实是业平抗日支队第三大队的大队长王甫坤。今日赵深潭同志无心之举，讲了错话，我们要将错话及时纠正，杜绝在我们身边出现的军阀主义。赵同志，你明白了吗？"最后一句问话，王甫坤特意提高了音调，眼睛直直地望着赵深潭。

原来，根据党的抗日民族统一战线方针，对国民党和一切党外人士，要团结为主，但是在武装部队的领导权上，也要寸步不让。

王甫坤正是按着这个原则处理眼前的事件的。他一双猛虎般的眼神一下子震慑住了赵深潭。

听课学员们的目光也跟随着王甫坤的眼神，望向了赵深潭。一些被赵深潭笼络的人，本来还不信王甫坤的身份，可看到赵深潭此时脸色灰暗，完全失去了意气风发的精神，愣是语塞无话，一下子心里也明了了。眼前的王甫坤不但身份无误，而且一语中的。

半晌过后，只见赵深潭面容扭曲着，从嘴中艰难地挤出来几个字："明白了，今天说错了，我一定会及时改正的……"

如果眼神能杀人，赵深潭此时已经杀了王甫坤几千几万次了。问题是共产党领导的业平支队的功劳，老百姓都看在眼里，民心所向，他也只能低头认错了。

王甫坤将训练班的情况向县委做了汇报，县委迅速采取了组织措施，避免了事态进一步恶化。不久，赵深潭就秘密投向了国民党顽固派，在阴谋叛乱时被消灭了。

其实，在这个地区，投靠日寇的国民党顽固派针对抗日的共产党武装的阴谋一直在进行。

业平支队警卫队的大门紧邻县委，两者斜对面不远的地方，有个小饭馆。饭馆门脸儿不大，现在人不多，只有两桌客人。他们各自要了壶酒，几碟冷荤，低声细语，边吃边喝边聊。

靠窗的位置，一老一小，像是进城买东西的乡下人。

靠墙角的一桌，被三个人围着，都是穿军装的大兵，盒子枪斜背在肩，看着威风凛凛。三个人似乎并没有把一老一小的乡下人放在眼里，饮酒说话，除了声音故意压低，全无忌讳。

"这是司令犒劳自己人的，希望大家不要客气。"说话间其中一个人伸手掏出两根金条，放在桌上，又分别推给对面的两个人。

“司令太客气了，无功受禄，这怎么好意思呢？”对面的两个人边假装推托边伸手接过来。

“咱们自己人，怎么能叫无功受禄？三天以后，枪炮一响，就是哥儿几个立大功的时候，只要成功拿下目标，十条八条黄鱼也是妥妥的。”

“余哥来了不止一趟了，这是看得起我们，请转告司令，弟兄定当全力以赴。”说着，三人举杯一饮而尽。

这个余哥就是王甫坤的三大队警卫班的余金。另外两个人是业平支队警卫队的副队长和炊事班班长。

余金的阴谋是收买策反业平支队警卫队，配合顽军的四路进攻，袭击县委机关。顽军，就是国民党中不去抗日却顽固地反共的部队。他们经常在日本侵略者的蛊惑下，向共产党领导的抗日武装发起袭击。这次的四路进攻，就是其一。

余金自认为，已经安排计划得神不知鬼不觉了，就等胜利消息传来后去立功请赏了。

三人酒足饭饱，拱手道别，各自离去。

殊不知，靠窗一老一小的食客、门外卖糖葫芦的商贩、卖针头线脑的小贩，都是王甫坤派出的侦察人员，他们的任务就是查明余金是和支队警卫队的什么人在密谋什么事。

三天以后，城里并没有响起枪炮声，傍晚，王甫坤却收到了张铭要向业平发起进攻的情报。

王甫坤把冯然叫进正房堂屋里：“张铭已经有动静了，你跟我去郑书记那里汇报，看看有什么任务。”

余金在外面听得清清楚楚。

县委郑南楠书记办公室里，县委的主要领导几乎都在。

郑书记一见王甫坤来了，十分高兴：“你一定有新的情报吧？”

“是，张铭的部队出动了。我们怎么行动？”

“你的情报很准确，但是并不完整。我告诉你，这次不仅仅是张铭的部队，我们周围整个顽军军队，几乎都出动了。显然，他们是在为日本侵略者打头阵。他们是从不同方向来的四路人马，我们就叫它四路进攻吧。”

“不管四路也好，五路也好，一定要让他们有来无回。请问，我们要完成的任务是什么？”

“这次顽军的四路进攻，不可以轻视，他们都是得到日本鬼子的物资装备支持的。仗会打得很艰苦，我们一定要有充分的思想准备。”

“县委判断最难啃的骨头是哪路？最重要的阵地是哪里？”

南楠书记笑着回头看看其他几位领导，意思是说王甫坤真是我们的虎将，然后转过身，一指墙上的作战地图说：“张铭要进攻的是夏堡镇！”

正在这时，房门被推开了，有人喊着：“开饭了，开饭了。都这么晚了，晚饭夜宵一起来了。”

随后，有抬馍筐的，有抱碗的，有端菜的，有提着汤盆的，跟着那个喊话的人络绎闪进屋内。很快，菜、馍、汤就上了桌。

“雪中送炭啊，我可是真饿了。”一位参会的干部，抓起一个馍，就要往嘴里送。

“是啊，是啊，就是那个雪中——”

话音未落，有人压低声音喝道：“别吃！有毒！”

霎时间，众人愣在了那里。

只见随着炊事人员进来的冯然，已经把枪口抵在了那个领头的炊事员的腰上。他清楚地认出，这个人就是和余金见面喝酒的炊事班长。

“你，你胡说。”那人还在狡辩。下一秒，旁边的王甫坤一下子捂住了他的嘴巴。

只见南楠书记看了看王甫坤，王甫坤心领神会地点了点头。他接过冯然的枪，低声对炊事班长说道：“朝外面大声喊我们都倒了，快点！”说着用枪使劲地顶了一下他的腰眼。

“好——好，好，我喊。”炊事班长一下子被吓坏了。

他缓了一下神，深吸了一口气，紧接着冲外面喊道：“他们都不行了，他们都倒了。”

屋里话音刚落，只听县委大门外有撞门的声音，接着有“冲进去，冲进去”的喊叫声，好像门开了，有人呼哧呼哧地闯进来。不过，没有多久，院里突然响起一片“不许动”的叫声，随后就安静下来。

这时，王甫坤几步跨到门前，打开房门，只见正对房间的院门大开，一群右臂系着白毛巾的士兵，狼狈地抱头蹲在院子中间，四周则是更多的三大队的战士举枪围着他们。

这时，从后面进来一位战士，抱着一个木箱，里面是准备好的一只大老鼠。战士把一点汤、菜、馍放进木箱，老鼠扑上去，几口就吃光了。不过几十秒，老鼠就四肢抽搐躺地不动了。县委的同志和周围的人顿时被惊得目瞪口呆。

原来，敌人密谋在顽军四路发起进攻的时候，由叛变的炊事班长用毒药毒杀县委干部，进而由叛变的警卫队员占领县委机关。不过，在王甫坤向南楠书记汇报后，就变成守株待兔了。

这时，有人向王甫坤汇报，抓捕余金时，他负隅顽抗被击毙了。“他这是罪有应得。”冯然愤愤道。

郑南楠书记接着说：“小然说得对，一切背叛抗日民族大业的人，都逃脱不了人民的惩罚。今天，就是我们对抗敌人四路进攻的第一仗，完胜！”

“南楠书记，那我们三大队就接受任务开赴夏堡镇了。”

“好，祝你们旗开得胜。”说着，郑南楠把王甫坤拉到自己近前，他习惯性地抹下军帽，搔了搔光亮的头顶，凑近他的耳朵小声说，“去夏堡镇要过大黄村，回家看看吧。这是命令。”

那是一个风雨交加的夜晚。

像往常一样，吕春花把三个孩子哄睡了，自己又在煤油灯下一针一线地纳鞋底。

男人在外面跑是很费鞋的，鞋底要密实才好。没有一双好鞋，怎么跑得起来？

豆大的煤油灯火苗亮得一闪一闪。她抬起手在头发上篦了篦针锥，又使劲扎进鞋底，穿过麻线，双手紧紧地拉紧那条线，一粒稻米长的针迹就生成了。她翻过来，仔细看了看鞋底上密密麻麻的针迹，心里飘过一丝暖意。

随着“啪啪”拍窗的声音，有人用压低的嗓音说：“孩儿他娘，孩儿他娘，开个门。”

吕春花一惊：“哟，孩儿他爹回来了。”

她急忙从炕头下来，走到门前，拔开门闩，推开门，一股冷风夹杂着雨点冲进门来。她顾不得风雨，一侧身，跟着一个人影儿敏捷地一闪身进了屋，随手带上房门，摘下草帽，连身上的蓑衣都没有脱，雨水淋湿一地，人笔直地站在她面前。

果然是王甫坤回来了。

“这是自己家，怎么老是翻墙头进来？”自从抗日的旗号亮出来，王甫坤十天半月回家一趟是常事，吕春花早已习惯，只是随口娇嗔地埋怨一下。

“这不是怕惊动街坊吗？”王甫坤轻声说道，脱下蓑衣。

望着丈夫湿漉漉的脸庞，不知是汗水还是雨水，吕春花心痛地抓起一条毛巾递给他，关心地说：“还没吃晚饭吧？我去做。”

“不用了。”他说着，顺势抓住了吕春花的手，“我这次回来就是要告诉你，上级有新的任务，要调我去别的地区工作。”

他把马上上战场说成调工作，善意地撒了个谎。

吕春花的手没有抽回来，只是说："上级让走就走呗，只要想着回来就行。"

不知道什么时候老大醒了，用手撑着头望着他们俩傻笑："爹回来了，别走了。"

吕春花不好意思，笑着抽出手来。王甫坤走到床边，用手抚摸着老大的头，轻声说："是啊，回来看看你们。不过，马上要走，是有任务的。"他慈爱的目光扫过另外两个孩子，"以后回来看你们的时间会隔得更长了。"

吕春花说："长就长，也不是没有长过，只要回来就行。"

王甫坤抬眼看着她："我要走了。"

吕春花拿出了一双鞋塞给他："这双鞋是新做的。"随后，又关爱地嘱咐，"要换着穿，不要委屈了自己的脚。"

王甫坤把鞋别在后腰，转身挨个摸了摸孩子的头，再转身披上蓑衣，戴上草帽。

这时，床上的老大忽然亲昵地叫了声："爹——"

吕春花忍不住又叮嘱道："一定常回来看我们。"

听到吕春花的叮嘱，已经走到门前的王甫坤忽然又转过身来："春花，我会回来的。"

显然，这话王甫坤是说给吕春花听的，也是说给炕上的孩子们听的。然后，他推开门，闪进雨夜里。

吕春花靠着门框，一直用手撑住门望去，任凭风雨袭进小屋。

"春花！"听到王甫坤这样称呼她，使她有一种异样的温暖从心底升起。

过去王甫坤离家时，从来没有这样称呼过她。这使她在享受暖暖的爱意中，仿佛夹杂着一丝丝莫名。她眼巴巴望着王甫坤的身影越过院墙，消失在夜雨中……

此后，吕春花把三个孩子养大了……

吕春花送走了孩子的爷爷奶奶……

多少年后，村里人经常看到吕春花，从破旧的小院家中走向村口，嘴里不停地念叨："会回来的，会回来的。"

日复一日，年复一年。

膏药旗换成了青天白日旗，青天白日旗换成了五星红旗。

这个执着的女人依然每天早上走向村口，至黄昏才返回自家小院。

但是，王甫坤再也没有回到大黄村。

3

在夏堡镇镇口，随着“轰轰”两声巨响，烟尘刹那间腾空而起，弥漫在整个桥面上。两株倚靠在桥基上的白杨树，被连根拔起，掀倒在河堤下。

爆炸的气浪冲过来，压得大家几乎喘不过气。爆炸过后，透过烟尘，桥面上传来敌人冲锋的吼叫声和机枪、步枪射击的“嗒嗒”声，震耳欲聋。

躲在掩体后面的抗日战士，听见敌人的叫声，一个个都从掩体后面抬起身来。

“先放炮，再冲锋。”大家早已经熟悉了敌人进攻的路数。等到敌人的身影出现在阵地面前时，一阵手榴弹迎头砸去，跟着就是一阵排枪，夹着机枪点射。敌人一看，手榴弹在自己冲锋的人群中开了花，也顾不上卧倒，争先恐后扭头便跑。当烟雾散尽时，王甫坤清楚地看到，桥面上只剩下十几具敌人的尸体，剩余的敌人已经统统逃回了自己的阵地。

这是敌人第二次冲锋了。按着原先的安排，王甫坤认为，他的三大队二中队已经完成了桥头阻击任务，是撤出战斗的时候了。

进攻桥头的敌人是顽军张铭的先遣部队。当张铭来到时，已经是两攻未克，见此情景，他气急败坏地怒骂：“笨蛋，连座桥都拿不下来，真没用。立刻重新组织进攻，再拿不下来，我枪毙你们。”

他命令集中手炮、机枪，同时，拉过几条船，搭桥过河，加大进攻力度。

十几分钟后，顽军在敌酋张铭亲自指挥下，开始了第三次进攻。敌人的炮声隆隆响过，烟雾又起。机枪响过，冲上来的喊叫声不但穿过桥面，也在桥下河面响起。桥那边喊叫声刚刚穿过烟雾，突然，桥这边响起了冲锋号声：“嘟嘟……”号声悠扬、嘹亮。一听冲锋号响起，烟雾中的顽军士兵，以为抗日战士从对面发起了冲锋，大都赶忙匍匐在地，停止了进攻，也有的又往回跑。就这样，一直到烟雾散去，顽军士兵才摸索上来，见没有遇到抵抗，就呼啸着冲过来，这才发现阵地上已然空无一人。

原来，王甫坤准备撤出战斗时，就让小然传达下去——清点装备，分班集合，命令是，听到冲锋号响，撤出阵地。

再看张铭这边，很是得意。毕竟是他来了，才占领了桥头，算是打了胜仗。张铭骑在马上，驻足桥头，瞭望夏堡镇，不免踌躇满志。

张铭，宽额翘眉，两眼不大，却有些拥挤，鼻梁尚挺拔，两个嘴角却天生向下撇去，一副张狂的模样。他是保定军官学校最后一届毕业生。自认身负文韬武略，常常自比曹操，发誓要做出震惊天下的大事。

夏堡镇，是业平县的拱卫之镇。有民谣说：

一座石桥高坡迎，
半镇土楼半镇庭，
镇河如龙穿城过，
越过龙头是业平。

这几句民谣家喻户晓，也就是说，只要穿过镇子，越过镇外河流拐弯处的龙头山，就是直奔业平县城的坦途大道了。

张铭抬头望了望桥旁，不远处有一座长满树木的高坡，心想，民谣中“一座石桥高坡迎”，高坡就是这座叫作龙尾坡的土山吧，桥就是刚刚打下的那座石桥了。如果从龙尾坡高处封锁桥面，恐怕会插翅难过吧？那他们为什么在桥头阻击自己的部队呢？保定军官学校毕业的张铭满心狐疑。“土八路，哪里懂什么战术。”他想起和日本陆军特使秘密会见时那位特使说过的话，心中也就释然了。

“穿镇而过，杀奔业平！”他命令道。

王甫坤带领二中队撤出战斗后，马上命令队伍，补充进第一中队的战斗部署。按计划一中队是部署在镇中的。

原来，王甫坤来到夏堡镇后，向驻守的同志了解了这里的建筑物分布和环境状况，也知道了关于镇子的民谣。

“半镇土楼半镇庭”，说的是在这个镇子上，由于有很多有钱的生意人，所以在平房庭院外，还修了很多两层或三层高的小土楼，远远看去，就像一个个坐落的土堡，这也许就是夏堡镇名称的来历吧。为了躲避战乱，居民大都逃离镇子，这里就成为理想的巷战埋伏的地方。

在向一中队下达任务时，王甫坤是这样说的：“我命令第一中队，划成十二个战斗小组，分别埋伏在不同的楼中，记得找这些土楼。”王甫坤拍了拍身边二层的小楼的墙壁。楼虽然没有多气派，却是实打实的有个能上楼的楼梯。可能是这里的地势原因，靠近地面常有扬尘飞起，灰尘会迷惑敌人的眼睛，掣肘敌人的进攻。

“我带着二中队几十个兄弟，先去进镇的石桥建立阵地，打他个阻击战，杀杀他们的锐气，然后再撤到这一带，进行埋伏。在这里，发挥地形优势，和他们打巷战，干他们个措手不及！记住，敌人人数、装备都占优势，不要硬扛，等待时机。”王甫坤继续布置道，“我的枪声，就是展开攻击的信号。”

这时，在石桥前后方向一二里远的路上，若是从天上看，能看到密密麻麻的人流，这正是张铭的部队。在第五战区中日会战时，作为团长的张铭，临阵脱逃，带着自己的部队，跑到胶东南一带当起了土霸王，将部队命名为保安旅，自任旅长。先是夺粮抓丁，残害百姓，进而秘密勾结日寇，图谋称霸一方。

这次在日本陆军策动下，张铭纠集焦、秦、刘三家顽军部队，四路进攻业平，就是为了自己的最大利益。他在马上，还不忘对部下叮嘱：“记住，攻打业平，剿灭抗日武装，保存自己，扩大利益，这才是我们的目的。”面色阴冷，语调狠恶。

张铭的部队络绎通过石桥，沿穿镇的河流前进，离镇中心越来越近。

时间一分一秒地过去，王甫坤感到，周围的气氛似乎凝重起来。偌大一个镇子，空荡荡的，只有镇边的哨塔和旁边两个小屋子，不时有几个老人的身影闪现。

站在哨塔上的王甫坤心头紧绷，只见在视野范围内，顺着河旁镇中大道不断有顽军武装涌入——鸡屎黄的军服密密麻麻的——占满整条街。最少也得有个千余人，而且看上去队伍整齐，训练有素，机枪小炮，武装齐全。

空气似乎慢慢地凝固了，王甫坤甚至能清晰地听到身边冯然粗重的呼吸声。

忽然，他一只手按在冯然的肩膀上，故意轻松说道：“喂，紧张什么，以后这种都是小场面！”

“对，不紧张！”看到身旁的王甫坤，似乎和平常的时候没什么两样，冯然心中瞬间安定下来。

“走，战斗马上开始了。”王甫坤拎起身边的枪，拉着小然下了哨塔。

“兄弟们！打起十二分精神，敌人马上来了！”下了哨塔，他招呼着屋边的几个战士。说实在的，众人虽有勇气，但是面临敌我武装的差距，心中依旧会有几分惴惴。

天空不知什么时候，忽然暗了下来，一团团的云遮住了太阳。

张铭的部队离镇中心越发靠得近了。他骑马走在部队的中间，举起望远镜，发现街的四周远近似乎并没有人，只有横七竖八一些散乱的街垒掩体，证明曾经驻守过军队。

“石桥一战，把他们吓破胆了吧。这叫王师所至，望风披靡啊。”他轻蔑地对旁边的副官说。

“是，是，望风而逃了。”副官阿谀逢迎。

话音刚落，“砰”的一声枪响，他的军帽应声飞落。这下吓得张铭滚鞍落马。

这一枪，正是王甫坤的战斗号令。

接着，“乒乒乓乓”，来自街道两边的枪声不绝于耳。

刹那间，张铭的队伍中就躺倒了数人。饶是他身经百战，也是吓了一大跳，不禁冷汗直流，慌忙躲到了部队中间，命令部下围住保护他，嘴里却发着狠：“打！他们没几个人，不让他们全交待在这儿，老子不姓张！”

王甫坤伏在土楼掩体窗口下，摇了摇头：“可惜，今天的天气不是很好，有不小的风，要不然那一枪能打中张铭。”原来，从哨塔下来，王甫坤带人转眼上了一座土楼。

张铭的部队仗着火力优势，向街道两旁的土楼疯狂扫射，一时间，压得王甫坤几个人头都抬不起来，眼看这里不行了。

“走！从屋子后边绕过去，往咱们另一个埋伏点退，都给我注意脚下！”在连绵不绝的枪声之中，王甫坤说的话几乎是喊出来的。于是，几个人背靠着土楼墙壁，边躲避着对面的枪林弹雨，边进行转移。

按计划，当一座土楼被攻击得无法当作掩体之后，可以想方设法转移到另一座完好的建筑继续战斗。像飞来飞去的山雀，他们叫作飞雀战。

其他组的同志，也会这样与顽军军队展开巷战。

一时间，地上尘土飞扬。张铭的部队，毕竟也是受过正规训练的军队，快速集结、集团进逼、火力压制、轮番攻击等，都是他们的长项，很快王甫坤的战斗组几乎每一个埋伏点都受到了攻击。

王甫坤让冯然等三四个战士，每人拿出一至两颗手榴弹，用尽最大的力气同时向敌人抛去，只听震天的声音中，烟尘弥漫，顿时延缓了敌人的脚步，而王甫坤几人也是趁着这个空隙，躲进下一个建筑物继续射击。

夏堡镇街中心不过方圆几十亩的地方，张铭上千人的部队除去保护他的人，大部分人很快便冲进了镇子的纵横街巷。“追！打！就这么点人，还能让他们跑了不成？”顽军督战的军官们喊叫着。

忽然，嘈杂混乱的巷子深处，不知道从哪里又响起了冲锋号声。这次，号声一响，四面枪声骤然强烈起来。

顿时顽军军中，不断有人在枪声中倒下。随着各个方向的枪声，土楼下面的顽军队伍里只要有一个人倒下，以这个人为中心，会如涟漪般扩散扑倒，如此各个巷子中的顽军队伍都乱了起来。一阵枪声以后，接连出现了第二阵枪声、第三阵枪声……在这些狭窄的巷子里，尽管都是受过训练的部队，却被子弹逼得前拥后挤乱作了一锅粥。

“在土楼上！打！冲上去！”顽军队伍中终于有人察觉出来。

“门打不开，撞也撞不开！”原来王甫坤早就让事先埋伏在每栋屋子里的兄弟，把屋子里的重物，全堆到门口。这样至少敌人来了，很难进去。进不去门，敌人只能往楼上不停地开火，妄图用猛烈的火力，压制住埋伏在楼上的抗战兄弟们。这时候，只见楼上的抗战战士纷纷拿出了准备好的集束手榴弹，拉线、扬手、掷出，一气呵成，三秒钟之后，只觉整座土楼都在震动。随着一束又一束的手榴弹扔下去，加上王甫坤让人提前布置好的绊线手雷，也被敌人触动，楼下如同来自地狱般的惨叫声不绝于耳。

“快跑啊，快跑啊，啊——”这是几条巷子中，今天所能听到的最多的呼喊。在这狭小的空间内，子弹与手雷爆发出前所未有的强大威力。尽管抗战战士的弹药数量有限，但一齐发出，瞬间形成枪林弹雨，使冲进巷子的几百来人的部队，几分钟内死伤惨重。

不知是因为战损太大，还是什么原因，顽军士兵开始退出巷子。

看到他们撤退，王甫坤并没有贸然行动，他命令身边的几位战士继续查探敌情。

望着逐渐远去的敌人，王甫坤终于立直了腰，长吁了一口气，又一次拍了拍身边冯然的肩膀。不过，冯然好像还没有从刚刚杀伐的激战氛围中走出来，双手依旧紧紧地握着枪。王甫坤这一拍，把他吓得打了个激灵。

“好了，顽军撤退，真是悬。这些顽军汉奸兵，要是再疯狂硬打下去，那说不定咱们这帮弟兄都得交待在这里啊。”王甫坤好像是对冯然说的，也好像是对自己说的。

“为什么啊，坤哥？”一旁的冯然问道，“咱们能打他们一次，就能打他们第二次啊。”

“你个棒槌脑袋！看看你还有几颗子弹！”王甫坤瞪了冯然一眼，敲了他的脑袋一下。

冯然这才意识到，刚刚打得太冲动了，完全忘记了弹药的事情。现在仔细一看，全身上下包括枪里，只剩下不到二十发子弹了。这一看给冯然吓出一身冷汗，疑惑道："不过，他们为什么撤啊？"

"这个也是我想知道的，这不，我已经派人去侦察敌情了。"他略加思索，"趁这工夫，统计一下你们的战损。走吧，看看其他弟兄们怎么样了。"

几人下了土楼，走进其他巷子。巷子中，硝烟掺杂着血腥的味道，残肢断臂随处可见，战争的残酷令人触目惊心。

此时，有的战士已经把堵在门口的重物挪开，从门里边出来了。在二中队里不乏刚刚加入的新兵，甚至还没上过战场。有几个刚从土楼里边出来的战士，看到外边这番场景，直接扶着墙哇哇地吐了起来。王甫坤看到战士不断从土楼里边走出来，但还是有几栋楼，应该有人埋伏在屋子里，现在却没有了动静。楼梯被炸得七零八落，木制梯子的碎片飞得到处都是。

王甫坤轻轻地叹了口气，招呼着身旁的战士搭起人梯，几个人借着人梯的力量，翻到了二层的位置。二层有个小露台，翻上二楼的王甫坤，看到了倒在血泊里的几位战友，全身上下血肉模糊，几乎已经看不清模样了。看上去应该是敌人的手雷扔进来了，里面没有人能够躲过去。

他痛苦地闭上了双眼。敌人的死，他不害怕，更不紧张，但是战友的牺牲，让他心痛至极。王甫坤从屋子里面找到几张大麻布，把战友的身躯裹了进去，又通过人梯送了下去。牺牲的弟兄远不止这六个，尽管战士们大都在二层，但是一些子弹依旧穿透了墙壁，刺破了血肉……

最后整理完毕，总共牺牲了十九个兄弟。其中有新兵，有老兵，有些人甚至在昨天还和他谈笑过。身边冯然已经哭得稀里哗啦。王甫坤强忍着泪，让人把牺牲者的遗体，用推倒的墙覆盖起来。然后，把其余的同志集中一下，他宣布，这里的任务已经完成，听号声自动撤出，全部向龙头山阵地集中。

正说着，派去侦察的同志回来了，他们带来了重要消息。

张铭站在街心，面色铁青。进镇时枪声一响，他便来到了队伍最后面，四周卫队环伺，他安心了许多。

看到眼前的战况，张铭全身颤抖。他没有想到，还没看到业平城，光是经过一个小小的夏堡镇，便让他损失了近百号人马。他不能再拖下去，必须立刻进击业平。

"立刻组织火炮射击，覆盖炸平所有藏匿武装的建筑。"他狠狠地向部下下达命令。"我把建筑物都炸平了，看你们还往哪里藏。"张铭想。

命令刚刚下达，不知道从巷子里的什么地方，又传来了军号声。很快，部下报告说："抗日部队消失了。"

"抗日部队消失得无影无踪。打了就跑，这个战术高明，我要知道这个部队的指挥员是谁。"张铭问副官。

"据说，是业平支队的三大队队长，"副官毕恭毕敬地回答，"他叫王甫坤。"

"哪个军校毕业？"

"没有上过军校。"

"咦——"惊诧中，他没有再说下去，脸色却十分难看。顷刻，他大声命令："全体立刻集中，穿过夏堡镇，以最快的速度打进业平！"

"打进业平，那要看他能不能过龙头山。"王甫坤已经站在了龙头山的阵地上。他边说边环顾了一下阵地。

龙头山不过是片矮小的土坡，上面长满灌木，只是因为自然造化之功，使它坐落在穿镇而来的河流前，从高处俯瞰下去，颇似传说中的龙头，所以叫龙头山。

在这座坡上，也是自然造化之功，使这座土质的山坡，在雨水多年冲刷下，形成纵横阡陌和沟壑，交叉林立，从军事学看，这是一片天然的壕沟阵地，易守难攻。

龙头山的后面，就是通往业平城的大道。只有占领龙头山，才能够进攻业平城。

王甫坤接着说："就是说，要看他张铭有没有这个本事，要问问我们这些抗日战士答应不答应！"

"不答应，不答应！"阵地一片吼声。

阵地战的战斗真是十分惨烈。

顽军进行炮轰之后，士兵如潮水般冲上来，抗日军的阵地上霎时枪声爆响，串串火蛇，四处飞舞。阵地前有人倒下了，阵地里也有人倒下了，人们只顾着射击、投弹。震耳欲聋声中，顽军士兵又如潮水般退去。爆炸震响像突然发生一样，又突然停止，阵地一时间如死一般寂静。烟尘散尽，阵地前草丛焦土中，留下一片顽军士兵的遗体。不过，十几分钟后，又一轮的震响开始了……

"这都多少次冲锋了，我就不信他们是铜墙铁壁。"张铭双手叉腰，疯了似的，一边大骂手下，一边督促继续作战。

龙头山前，像绞肉机似的阵地战已经打了几个时辰。

王甫坤在战斗间隙，检视了一下自己的部队：一中队队长秦六牺牲了，二中队队长鲁虎牺牲了，几年来出生入死的弟兄还有一大片躺倒在战壕里、阵地上。他想起，在黑风寨劝说寨主秦六参加抗日的情景；他也回忆起，在第十行政区武装队，争取队长鲁虎脱离汉奸队参加抗日的情景。不禁心中充满伤感，伤感又很快变成一股股愤怒的火焰。他忽然登高振臂："抗日弟兄们的血绝不能白流，让我们坚决守住阵地，保卫业平城。"

"消灭敌人，保卫业平！"誓言响彻阵地。

就在敌人新一轮进攻开始时，一位支队的通讯员冒着敌人的炮火找到了王甫坤。

"王大队长，郑南楠书记通知我们，增援的第一大队和第五大队马上就到。"正在说的时候，敌人的火力竟然减弱了。

王甫坤像是突然想起什么，喊道："小然，命令三中队配合援军继续坚守阵地。命令一、二中队没有受伤的战士随我出发。"

当他带领部队离开龙头山阵地不久，就听到山前响起了抗日援军冲锋的嘹亮军号。

张铭听到冲锋号声从自己阵地侧面响起，知道抗日军的援兵到了，匆匆抵挡了一阵，便败下阵来。他是个聪明人，一看形势，自己再战下去，可是有被围歼的风险。有枪才是草头王，没有了部队，自己啥都不是。想到这里，他立即命令部队撤出夏堡镇。

兵败如山倒，张铭骑在马上，大部队哗哗地跟在后面跑。张铭穿过夏堡镇街，跑到石桥前，勒马回望自己的部队，只见落败的士兵，慌慌张张，东拉西扯，狼狈地向石桥涌来，全然失去了来时的凛凛威风。

此时，他又抬头看了一眼民谣中石桥侧的龙尾坡，忍不住对副官说道："我要是他王甫坤，在龙尾高坡之上埋伏一支奇兵，堂堂军校毕业的张将军就真的要被围歼了！"

话音刚落，高坡上传来一片喊声："缴枪不杀，投降留命。"跟着，一串串子弹从高坡射来，手榴弹的爆炸声也在石桥左右响起。周围有士兵纷纷倒地。张铭大惊，伏身马上，也不敢上桥了，直接冲进河里，好马会浮水，三蹿两跳，竟然毫发无损地爬上对岸。

张铭回头，看到部队被封锁在桥上。"四路进攻，险些成了为他人作嫁衣裳。”他想着，眼看自己要成光杆司令，不禁惊出一身冷汗。他立刻下死命令给身旁的军官：“组织力量，加强火力，压制龙尾坡上的抗日军，救不出我的部队，我枪毙你。”

副官赶忙掏出手巾，一边递给张铭擦脸，一边安慰道：“我们不过是走了一次华容道，英雄还是英雄。”

张铭望着自己正在冲关的队伍，不知道是该哭还是该笑，真是偷鸡不成蚀把米……但对那位能够抢先占据龙尾坡地利、扼住石桥退路的抗日军指挥员王甫坤，他仍然不免产生钦佩之情。

原来，王甫坤一听己方援军将到，立刻想到强弩之末的张铭一定会趁机溜走，而最好的拦截地点就是龙尾坡。所以他立刻带领部分战士，预先退出龙头山阵地，绕路返回石桥，抢先占据坡上有利地形，集中火力，进行伏击拦截。

但是，毕竟敌人人数和装备占据优势，王甫坤和他的战士用尽全力，张铭还是带领大部分人员逃出了夏堡镇。

值得高兴的是，夏堡镇一役，抗日军彻底粉碎了南路顽军的进攻。

接着，王甫坤得到的消息是，四路进攻的三路都被打败了，只有北边朱集一路，还在鏖战。

县委指示，三大队向北边进发，支援朱集。刚换下阵地来的三大队，又开始执行新的艰巨的任务。

一个时辰之后，王甫坤带领的三大队与从朱集败退下来的六大队会合了。

朱集也是一个镇子，镇外到处飘散着硝烟的味道。

这里是六大队的战场。六大队采取的是和敌人正面对抗的方式，本来势均力敌，但是由于队伍不纯，其中一个中队中途倒戈，战场瞬间成了一边倒的局势。六大队节节败退，无奈撤出了朱集。

如今的六大队驻扎在离朱集镇四五公里的地方，后面就是直奔业平的官道了。

王甫坤带领的三大队到达后，看到六大队的抗日军士兵们，个个筋疲力尽、垂头丧气，完全不似精气神儿十足的三大队战士。

六大队队长叫江州。他是在玉王顶起义时，带领他的江湖弟兄参加的支队，后被任命为六大队队长。由于一直在其他地方执行任务，和王甫坤还是起义后第一次见面。

王甫坤与江州一见面，就觉得他面熟。

“你就是沙河镇通聚钱庄的大伙计吧？还记得你为一位乡下姑娘出头解围的事情吗？”江州提示道。

王甫坤一下想起来，忙问：“江队长当年的那些弟兄，还都跟着你吗？”他知道江州是条汉子，手下就很难说了。

“唉，别提了，这次要不是他们叛变投敌，朱集也不会丢了。”江州不情愿地发着狠，接着说，“闲话不说了，我先说说情况吧。”

王甫坤点点头。

江州详细叙说了现在的战况形势和朱集的地理环境。

王甫坤沉吟了一会儿，说：“我想，他们打下朱集，正在得意。咱们不要硬碰硬，换一个打法，你看怎么样？”

江州注视着他，认真地听着。他继续说出了自己的想法：“现在就是一个很好的机会。到夜里，咱们派战斗小组佯攻过去，等他们反应过来了，咱们再撤。等他们回去，我们又攻过去，反复几次，让他们在夜里警惕一晚上，等到早上的时候，他们也就疲惫松懈了，到时候就是咱们大部队全力反攻的时候了。这个叫敌驻我扰，兵不厌诈适时反击。”

江州思考了一下，觉得三大队和六大队兵合一处，这样的打法力量足够了。而王甫坤的策略确实有道理：“好，就按你说的办，我们立刻组织战斗组，今晚就投入战斗，协同作战，夺回朱集镇。”

江队长和王甫坤的双手紧紧握在一起。

朱集镇的夜晚，安静而不平静。白天的硝烟在空气中还没有消散，空气中仍然弥漫着呛人的气味。居民畏惧战乱，大都离开了，十室九空。

焦真清是北路进攻业平的顽军部队的头领，统领千人，号称旅长。他自以为白天打了胜仗，当晚布置好各部门的任务后，可以高枕无忧了。准备明天直接杀奔业平。

不想，刚刚睡下，就有警卫跑来报告：“镇前发现有业平抗日军活动。”

“什么样的活动？”

“像是小股侦察。”

“侦察个屁！我们已经把他们打得七零八落了，成不了气候。去，看住就行了，让各部加强防卫，防止他们进镇捣乱。”说罢，焦真清倒头睡了。

刚刚睡着，外面响起枪声，步枪中竟然还有机枪连续的“嗒嗒”声。

警卫又慌慌张张跑进来：“报告。”

“什么事？”这次是副官挡了。

“抗日军来了。”

“多少人？”

“不多，有个十几号吧。”

“混蛋，十几个抗日的就把你们吓着了，亏你们白天还打了胜仗。命令各部打起精神，一个抗日军不能放进来。”副官心里也有气，又补充了一句，“让他们闹腾去吧，别再来烦老子。旅长要是知道，非毙了你们不可。”

“是！”

士兵再也不敢随便报告了。

就这样，三大队和六大队组织的战斗组，轮番上阵，反复虚张声势地假装进攻，焦真清的部队一惊一乍，被折腾了一个晚上。

焦真清虽然偶尔被枪声惊醒，但没有人来告急，他翻身又睡着了。

副官先是有些警觉，士兵不来报告，慢慢地他也把枪声当成催眠曲了。

待到凌晨，突然安静下来，偌大的一个镇子，竟然连个鸡叫声都没有了。

旭日东升，天色渐渐明亮起来。林地之中，点点萤火散去了光亮，晨曦中升起雾霭。三大队和六大队的反击在此时迅速地拉开了序幕。

首先，镇子外面突然响起了冲锋号声。随后，镇子前面和两边伴随号声响起一片枪声，显然，抗日军从三个方向发起了进攻。

这下，副官沉不住气了，连忙去敲长官的房门，还没有走到门前，焦真清已经慌慌张张从门里面出来了，急问：“怎么回事？有部队在进攻？”他有点不相信自己的耳朵。

还没有轮到副官开口，一名警卫冲进来，喘着气喊：“真的不好了，业平抗日部队从三个方向冲来了。弟兄们挡不住了。”

“有多少人？”

“多了去了，乌泱乌泱的！”

“不可能啊，这么快来了援军？阵地呢？”

“折腾一晚上，弟兄们正睡得香呢，谁料到这些败兵敢卷土重来啊，都跑散了。”

正说着，枪声像炒豆似的，手榴弹爆炸的声音离他们越来越近。显然，抗日军已经攻进镇里了。

副官见此状况，急忙劝长官："旅长，看来他们的援兵到了，我们的兵犯不上去送死，要保存实力，要保存实力啊。"

一句话点醒梦中人，焦真清连忙大喊："赶快集合所有部队，立刻撤出朱集！"

"是。"副官跟着又补充了一句，"按老规矩，警卫队负责殿后。"

三个方向进攻朱集的正是王甫坤的三大队和江队长的六大队。中间一路带队进攻的是王甫坤。果然如王甫坤所料，被战斗组袭扰了一夜的焦氏顽军军队，虽然仍然守在阵地上，但早已经疲惫不堪，大都躲进民房睡觉了。被业平抗日支队三、六两个大队三个方向穿插分割，又是手榴弹，又是排子枪，一通打击。在顽军眼里，如天降神兵，早已经扛不住了，纷纷向朱集北面当初进来的路上败去。进行反击的两个大队的战士如入无人之境。

王甫坤后面紧跟着冯然和部分战士，很快就攻到了焦真清的旅部。他手持驳壳枪，看了看紧闭的大门，向冯然做了个手势。

上来两个战士，一左一右，猛地向大门撞去，就听"咣当"一声，两扇大门分开左右，一下子就撞开了。王甫坤趁势跳过门槛，向里冲去。突然，一颗手雷从大屋里扔了过来，落在他的身旁。他尚未收脚，就让人扑倒在地，身子被压在下面，接着，一声"轰"的爆响，刹那，烟尘笼罩了四周。

王甫坤使劲翻过身来，还没有顾上看护住自己的是谁，抬手就先向大屋扔出手雷的方向射出一梭子弹，就听"哎哟""哎哟"两声，两个顽军从大屋台阶上滚了出来，其中还有一个当官的模样。

王甫坤这才低头看去，护在自己身上、以身相救的原来是冯然。此时，冯然浑身血肉模糊。他用手试探鼻下，已然气息全无。悲伤和愤怒瞬间涌上心头，杀敌报仇的热血涌上来，使他不顾一切，纵起身子要冲过去，就在身子腾空后，猛觉得头被什么撞击了一下，仿佛跌入深渊，身不由己向下扑去。随后，耳边响过战士们向前冲的激烈脚步声，有人在喊："卫生员，担架，担架……"随即眼前一片漆黑。

朱集一线的顽军彻底被击溃了。

日寇策划的顽军四路进攻彻底失败。

下部

第四章 战火青春

工作和生活，战斗和爱情，是革命者常常需要抉择的实际问题。有人问，战争能不能改变一切？事实上，战争真的在改变一切。一枪，仅仅是一颗穿脑而过的枪弹，就抹去了王甫坤最重要的生活轨迹，开始了王甫坤更具传奇色彩的工作和生活。

1

王甫坤仿佛是在梦中。

一曲悠扬的沂蒙小调，自远而近，又自近而远地在他耳边朦朦胧胧地飘荡着：

人人那个都说哎，沂蒙山好，
牛羊那个满山哎，粮满仓，
青山那个绿水哎，禾苗壮，
高粱那个红来哎，谷穗黄……

那歌声亲切、清脆、甜美，使他产生了强烈的寻声探源的渴望。他挣扎着想睁眼，又感觉仿佛有两块石头使劲压在眼皮上，怎么努力也睁不开。他不甘心，他一定要亲眼看看那甜美的声音是从哪里来的。朦胧中，他终于掀翻了压在眼皮上的石块。蓦然，他看到一块雪白的幔帐中，打开着一扇窗户。从窗口望过去，一双水灵灵的眼睛闪烁着温婉的目光，正从一张粉嫩圆润的女孩子脸上向自己望过来。而那笑靥拥簇的嘴唇不停地一张一合，正在发出甜美的歌声。

朦胧中，他以为自己发现了这个秘密，不禁兴奋地随着歌声哼了起来："哎——哎——"

"他醒了，他醒了！"有人大声喊道，"快去叫医生，快叫医生。"

这时，有个身影飘过来，关上了窗户，歌声消失了。

王甫坤懊恼地又闭上了眼睛。

当医生再次唤醒他的时候，他说的第一句话竟是："窗外唱歌的女孩是谁？"

"她叫艾瑗。"医生感到很奇怪，心想，都昏死过去的人了，竟然醒来的第一句话是问唱歌的人！但医生仍然平静地告诉了他。

"哪……哪个'yuàn'？"

医生更加奇怪了，不禁多看了他一眼，发现他的眼神发亮，期盼地望着自己。医生没有说话，顺手在一张纸上写下了"艾瑗"两个字，指给他看。

那温婉的目光、甜美的歌声和艾瑗的名字，像刀一样刻在他的脑海里。

"那请告诉我你的姓名。"一名身穿白大褂、脖子上挂着听诊器的医生和一名护士站在病床前，护士拿着纸、笔边问边写。

"我的姓名？我姓什么？叫什么名字？"他迷茫地望着医生回答，"不知道。"

"嗯？你的年龄？"

"不知道。"

"你不知道你为什么躺在这里吗？"

"我为什么躺在这里？我怎么知道？！"

"你在这里昏迷十几天了。"

"十几天吗？为什么？不知道。"

"你连你自己是谁都忘了吗？"

"我是谁？我是谁？我怎么会不知道？"

护士告诉他，他在战斗中头部负伤，被送到战地医院时就已昏迷不醒了。

"是吗？什么战斗？我负伤了吗？我不记得了。"他用手摸了摸自己缠满绷带的脑袋，感到一阵疼痛，这才相信护士说的是真的。

医生告诉他，这里是八路军战地医院。战斗中，一颗子弹从他头部穿过，他在昏迷中几经转移来到这里，现在靠药物维持生命，已经昏睡了十几天。医护人员检查后，看看问不出什么就出去了。

躺在病床上，王甫坤努力地回忆着，希望想起些什么，但始终无济于事，除了头时时作痛，什么也想不起来了。

之后的几天，医生都是用听诊器给他检查前胸和后背，每次都很满意地点点头。护士却很失望，对眼前这位已经苏醒的重伤员，仍然是一无所知。

既然什么都想不起来，他索性什么也不想了。

醒来的这几天，他的精力恢复了许多。有了精力，他环顾四周，想知道这里的情况。

这个病房只有十平方米的样子，是农民住宅改造的。房中有三张病床，木架似的简单木床上，床头支着一个木杆，上面吊着个玻璃瓶，装满液体的瓶子口伸出两根胶管，管口上的针直插进自己的手臂。另外两张床上都有伤员，一个伤在前胸，另一个伤在大腿。听说话的口音，他们都是山东人。

房间墙壁雪白，正面有一扇窗户，挂着幔帐，现在窗子关上了。他不知不觉间又想起那天的事——窗外甜美的歌声和那个叫艾瑗的女人。

听病友说，这里是抗战军人的战地医院，专收治重伤员，窗子外面是个带席棚的小院。那天是省“抗敌协会”宣传队来医院慰问演出。他就是在那天的歌声中醒过来的。

胸部受伤的战士告诉他：“你一醒过来，把医生、护士都招来了，害得我们看不成演出。”

“怪不得那天的窗户关上了，原来是我醒了闹的，对不起了。”他很抱歉。

“你醒了就好，快点养好伤，看演出、打鬼子两不误！”腿受伤的战士说完哈哈大笑。他俩受到感染，也随着笑起来。

其实，这就是有名的八路军海西医院。海西医院散落在根据地十几个村落里，有地上部分和地下部分，上下是相连的。地上是普通民房，地下是根据地军民挖的地洞，地洞有地道连接，形势紧张的时候就从地上转入地下。治疗上，由于敌人封锁，西药奇缺，大多使用中药治疗。医院虽然简陋，但是干净整洁，医生、护士都非常尽职尽责，组织上想方设法在药品、营养上满足医院需求。

由于医护人员亲人般的悉心看护、治疗，医治效果还是卓有成效的。战士们恢复得很快。病床上的伤员也轮换得很快。

王甫坤所在的病房，那两张床已经换过六个伤员了。现在，他也能够下床了。在此期间，他似乎回忆起了一些事情：入党时的情景、钱庄的情景、与土匪打交道时的情景，甚至那些起义、攻城，枪林弹雨中的情景……但是，他是谁？他始终无法记起他曾经有过的生活、有过的亲人。他陷入了深深的苦恼之中。他也不止一次地找医生询问恢复记忆的办法。医生告诉他，人的大脑皮层有神经元细胞，是专门负责记忆功能的。如果神经元细胞只是受了一般伤害，假以时日或许还可以恢复记忆。但是，当子弹穿透大脑的时候，一部分神经元细胞完全被破坏了，人就会失去这部分神经元所储存的记忆，并且永远不会恢复了。这颗子弹恰恰破坏了他生活中最重要的记忆，他的这部分记忆必须从零开始。

他想，他不是个不明事理的糊涂蛋，一旦明白了这个道理，他会为了未来重新战斗！这天早上，当护士又拿着登记簿试探地问他时，他想都没想脱口说出了自己的名字。

"姓名？"

"王甫坤！"他自己很奇怪自己脱口而出的名字。不过，"天行健""地势坤"一类的古文字义在脑袋里转了一圈后，他以为，"甫"应了"开始"之意，"坤"应了"大地"之意。

"你想起来了？"

"对，我要在这片土地上开始新的生活、新的战斗！我叫甫坤。"

为什么姓王，他没有说，心里却充满要在今后的战斗中做得最好、做出最让人羡慕的成就。

他以为，从此以后他就叫王甫坤了。

其实，他自己并不知道，他原本就叫王甫坤。

王甫坤就要出院了，他要求回部队。但是他去哪支部队？失去组织联系，自己很纠结。医院方面也很踌躇：王甫坤是几经转移才来到这个医院，在战乱年代，搞清楚他的来龙去脉并非易事。

办手续出院那天，他正在医院门口徘徊，忽然有人轻拍他的肩膀："你不是——"

他回头一看，并不认识。"你是谁？"他傻笑着问。

"我是谁？我是业平郑南楠啊！"郑南楠并不惊讶，只是有些奇怪，那么聪明的小伙，怎么会变成了这样？

原来，郑南楠来时，先到医院看望了住院的其他战士。医院领导向他汇报，一个因头部受伤失去部分记忆的同志不知道回哪支部队的事，也知道这个人叫王甫坤。

现在见面，郑南楠才知道院方说的这个人原来是自己的老部下，他立刻兴奋起来，因为王甫坤不只是自己的战友，他还是一员抗战的猛将。

"你再想想，我是你的上级，业平县委书记，你的入党宣誓会的主持人。"郑南楠笑眯眯地望着他。

王甫坤冥思苦想，郑南楠看他想得辛苦，就拍拍他的肩，说："不要着急。"顺手摘下自己的帽子，挠了挠光头。

正好，医生走过来。郑南楠焦急地走上前去，拉住医生："大夫，你看有什么好办法？这可是我的一员虎将。"

"郑南楠书记！"忽然，王甫坤叫出了郑南楠的名字。

几乎同时，加上警卫员，三个人都把惊异兴奋的目光转向王甫坤。

原来，王甫坤看到郑南楠用手挠那发亮的头顶的动作和走路的姿态，猛然记起了他。

"你小子想起来了！"郑南楠高兴地说，"要出院了，那你回家看看，再回部队吧。"

"家？什么家？部队就是我的家。"

医生把郑南楠拉到一旁，告诉他，王甫坤可能只是恢复了记忆的零星片段，有些记忆也许一生都不会恢复了。

郑南楠问："这个是不是那个选择性失忆啊？"

医生回答："可以这么说，不过记起什么，忘掉什么，不是由他决定的。也就是说，不是主动性失忆，而是被动性失忆。通俗地讲，能够恢复什么记忆是要看运气的。"

听了医生的话，郑南楠想了想，既如此，不如顺其自然，也许全新的环境更加有利于他的工作，何况现在是战争时期，不容许有更多的考虑。

他走到王甫坤面前说："我现在是党领导的山东人民抗日游击队旅长，也兼任业平周围三县警备司令，本来你可以到我那里去，但是，党组织在山东需要一名去抗敌协会自卫军工作的军事干部，你就去那里当副团长吧。"

抗协自卫军是中共领导的山东省国民抗敌协会的武装力量。王甫坤清楚自己又回到了组织的怀抱。他紧紧地握住郑南楠的手，眼中噙满泪花。

第二天，他接到了赴任的命令。

山东沭临县抗日根据地。

沭临河边的浅滩上，几位军人装束的女孩子在洗衣服。她们有的在河边淘洗，也有的赤着脚，挽起裤腿下了河，边洗边打闹嬉笑着。

不知道什么时候，对面河堤的官道上，一个骑着高头大马的青年军人，向这边驰骋而来，引得她们的目光不约而同地随着那青年矫健的身影移动。

那是一匹白鬃东洋马，马背上坐着的青年后生，头戴军便帽，背上行李包，上身前倾，顺路飞驰，跑过桥，很快就来到了她们旁边的堤岸。

这时，女战士们才看清楚马背上的军人——眉毛高耸，丹凤眼，鼻梁直挺，五岳分明，英姿勃勃。

只见他勒住马，一招手："同志们，请问南谷庄在什么地方？"

"你找南谷庄，你是什么人啊？"南谷庄是抗协自卫军的一个团部所在地，在岸边洗衣的女战士警惕地反问。

"哟，警惕性还很高嘛！我是——"

话未说完，一只河鸥突然向着马头掠过来，白马一下子惊了，跃身向河滩冲去。"嗒嗒嗒"，马蹄声急，冲进河滩，扑进水中。

马上的后生，急忙狠勒缰绳，可是已经来不及了。

马从斜刺里向河水中洗衣嬉水的人群冲过去，扬起双蹄扑向一位托着水盆、背对白马的女战士。那个女战士一回头，本来应该闪避，不知怎的，竟然愣住了。周围其他女战士也愣住了，事情发生得太快，快到几乎所有人都没反应过来。

就在惨剧将要发生的瞬间，只见马上的骑手，一鹤冲天，离开马鞍，背包顺势甩到岸上，紧接着又一个鹞子翻身，双手直奔那位女战士的双肩，手刚好触碰到她的肩头。被抓住肩头的女战士不由自主地旋过身子，跟着觉得自己的后腰被一只粗壮的手掌牢牢地托住了。就在马蹄落下的刹那，大家惊讶地发现，女战士整个身子随着那搂紧的手臂，一同飞离原地，"扑通"一声落入八尺开外的水中。

这时，扑空的白马反倒安静下来，又向前冲了几步，挺住身子，大口大口地喘着气，一边喝着水，一边把头沁进水里，涮着并抖起了马鬃，四周如降大雨般激起一片水花。

只见他们两人一先一后从水中站起来，浑身湿漉漉的，马上的青年还紧紧搂着女战士。

其他女战士虽然惊魂未定，但是看他们俩的狼狈模样，又都哄然大笑起来："艾瑗，你们真像落汤鸡呀！"

艾瑗！后生心中一颤，虽然立刻不好意思地松了手，可还是不顾自己此时的尴尬，下意识地用一只手扶住她。望着她惊恐的样子，爱怜地问："伤着了吗？"艾瑗摇了摇头。

他把艾瑗扶上岸，交给那些围拢过来的战友。然后趁着战友们互相安慰时，牵过白马，重新背起背包，问清楚了南谷庄的方向，扳鞍认蹬上了马。

"我是到团部来报到的，我叫王甫坤。"他好像是说给大家听，更是说给艾瑗，说完，策马向庄里奔去。

他没有听到的是，女战士们望着他的背影，纷纷称赞他救人的义举和救人时的矫健身姿。

王甫坤到团部任职的第三天，就接到了上级的通知。抗协组织要向东南扩建，抗协自卫军不但要保护好抗协机关，还要全力抗击日寇和降日国民党顽固派，扫清东进的障碍。

当时，抗协自卫军只有两个团。一个团负责警卫抗协各级机关，武装东扩的任务就落在王甫坤所在的这个团的肩上。

东扩有两个障碍：一个障碍是沭临河河堤的武装据点，另一个是位于据点群后面交通要道的拾仔镇。

沿着河的东面，敌人建立了五个据点。这些据点在河堤上紧密地排开，互联互通，成为掎角之势，在拾仔镇前面，形成一道易守难攻的屏障。而堤的后面，就是驻守在东扩必经之路、水陆交通要道的周黑头的部队。王甫坤仔细研究后，想出了一个捣毁敌人据点的破敌方案，并且决定亲自带队执行。

这天后晌，太阳快要落山的时候，一辆骡车驶出了拾仔镇。车上满载着粮食、猪肉、蔬菜，还有香烟、水果、干货，骡车经过守镇士兵岗位的时候，岗哨还打哈哈：“老邢，又给前面送给养？早点儿回来，还能赶上喝酒啊。”

老邢是镇上伪守军军需处的随员，是个好酒之徒。每三天给堤上据点送一次给养，这是他的例行公事。

镇口离据点没有多少路程，走官道一个时辰可以打个来回。车只是要在中间拐个弯，绕过一片松树林就到了。自从伪军建立据点驻扎以来，都是他从镇上运送给养，一直平安无事，何况路上看不到闲杂人等，而车上还有一个扛枪押车的呢！

骡车慢腾腾拐过松树林。这里拐弯处路段两边树木丛生，向前望不到据点，向后看不到镇口。老邢像往常一样哼着小曲，眯着眼任凭骡车前行。扛枪押车的向后仰着身子，双手托着后脑勺也优哉游哉地靠在车上。

突然，从林子里窜出两个人，一人一支盒子炮，指着车上两个人：“别动，要活命就听话！”

“不动，没动！”车停下来。嘴上说不动，老邢可是个见过场面的人，手就向腰里摸去，不想其中一人噌地跳上车，枪口已经顶在他的脑袋上，手也被人家像铁钳似的紧紧抓住了。随后，腰上的手枪就被人拿走了。老邢好心痛，不是别的，那个防身的家伙，可是自己两瓶上等锅烧换来的，现在一次没用就被人家拿走了。

“你们是哪路朋友？报个万儿（名字）！这可是皇协军的防地。”他以为是遇到了土匪。

“我们是抗协自卫军！”一听是西边的军队，两人立马蔫了。

来人一个看住姓邢的，另一个二话不说，扒下那个扛枪伪军的衣服就给自己套上了，又把他捆起来，眼蒙上，嘴堵上，放倒在松林深处的树丛里面。

一会儿，就听骡子被吆喝了两声，车子载着给养和三个人就又走起来。不过，车上除了这个老邢，还跳上来两个自卫军战士——抗协自卫军副团长王甫坤和他的侦察员罗兴。

原来，王甫坤派出的侦察员已经摸清了拾仔镇里给据点运送给养的规律。所以他和罗兴早早就埋伏在松林里面。他们专等给养车绕到松林凹处，前后都被树丛挡住时，劫持给养车，乔装假扮，进袭据点。

现在，由侦察员罗兴扮成车夫，邢姓随员坐在对面，王甫坤倚在车帮上，在后面用枪顶着他。骡车不紧不慢地到了据点门前。

说是据点，其实就是一个建在河堤上、官道旁的两层房高的砖石地堡。它位于河堤后面，地堡两侧修了一人多高的土围子，土围子内部圈起二亩多地。围子里有两间房子，供人生活起居和弹药储存。

五处据点，建筑模式大同小异。这五处据点，共有守军一个连百余人，平均每个据点二十人左右。平时，除了门岗一人值守、土堡四人轮流警卫，还有十几个人留在外面，等待轮班。

骡车停在中间这个据点的门前，门开了。原来是据点门岗的值守人员，老远就看到了给养车，看到车上有熟人老邢，就主动开了门。“老邢，今天送什么好吃的？”哨兵随口问。

王甫坤用枪口一顶邢姓的后腰，邢姓随员赶忙回应：“好吃的，好吃的！”

侦察员罗兴跳下骡车，伸手递过去一包香烟，哄骗他：“先来先得，别客气。”

“还是镇上肥呀，烟都是整包的。”哨兵接过香烟，边说边挥手让骡车进院。

王甫坤推着老邢也跳下车，示意罗兴看好姓邢的。就在哨兵关上据点大门时，他一枪柄打在哨兵后脖颈子上，哨兵顿时晕倒，王甫坤托住他的后背，直接把他推进岗亭。

晚饭已经吃过了，院子里空荡荡的，估计人都在屋里鬼混。他们立刻押着姓邢的直奔土堡门前。

这个中间的据点和其他的据点建筑布局有些不同。其他四个据点的大门到据点地堡都必须经过士兵休息的房间。而这个据点的土堡和房子，是建在靠河堤的一条直线上。房间在土堡后面，离土堡还有一段距离。据点大门距离土堡的门最近。所以王甫坤选择了中间据点作为突袭对象，就更加有利于隐蔽。据侦察，这五个据点是成连的建制，连部就设在中间这个据点。

王甫坤押着姓邢的猛地推开地堡的门，一层只有十平方米大。两个士兵把大枪扔在一边儿，正嘻嘻哈哈地在桌子旁看着一张画。

坐着的士兵，抬头见到老邢来了，后面还跟着一个老百姓和一个不是本部的伪军，觉得有些奇怪——老邢送给养，从不进土堡，再说纪律也不允许呀。

他很不屑地质问："老邢，谁叫你跑到这儿来了？"

"张班头，我专门给你带来好东西。"

听说专给他送来好东西，那个坐着的张班长立刻松弛下来。他贪婪地欠身向前张望，只见穿军装的一只手提着两只烧鸡、一瓶白酒过来了。

两个人喜出望外，忙伸手接过，还没看清楚是什么酒，就各自觉得脑袋"嗡"的一下，一声不吭地趴在桌子上了。此时，姓邢的见过了他们二位的手段，自然作揖求饶不已。王甫坤道："先委屈下吧。"顺手也让姓邢的趴在桌上了。

然后，二人小心翼翼地踏上螺旋木梯，直奔二层岗哨。

二层没有门，两名伪军背向梯口，靠着半人高的土堡墙，举着枪监视着河堤方向。

不想，他们刚要到梯口，下面一层发出"咣当，啪——"连着两声响。王甫坤回头一看，是晕倒在桌子上的老邢，不知道什么原因，从桌子上滚下来，碰倒的凳子又砸在酒瓶上，酒瓶碎了，酒味一下子蹿上来了。

响声也惊动了岗上的伪军，其中一个警惕地说："楼下怎么了？我下去看看。"说着，回身就要下楼。

他们两人急忙紧贴楼梯死角，趴下来。

就听另外一个伪军说："看什么看，你没有闻出酒香来吗？小心班头骂你！"

伪军听了，停下了脚步，嘴里嘟囔："又喝，我们这儿卖命，他倒会享福。"

趁这两个伪军又把身子靠上土堡墙时，王甫坤、罗兴二人使个眼色，几乎一同蹿出梯口，闪电般直扑两个伪军，"噗噗"，瞬间同时撂倒对方。

此时，天色渐晚，罗兴向堤下的芦苇丛打了个响哨。就见芦苇丛中，三十多名战士鱼贯而出，越过官道，沿着土围墙边直向大门跑去。

正好，一个伪军从房子里出来去茅厕，看到大门口的士兵不见了，跑过来一瞧，发现晕倒在岗楼里，刚要回去叫人，此时大门开了，他立刻成了抗协自卫军的俘虏。

抗协自卫军战士们冲到屋子门口，开门一看，伪军横七竖八，有的躺在床上睡觉，有的围着桌子打牌，屋内乌烟瘴气。

“不许动！我们是抗协自卫军！”

一见冲进来这么多自卫军战士，四仰八叉散落的伪军，谁也不会拼命。兵不血刃，这个据点就被拿下了。

他们把所有的俘虏关在屋子里。按照计划，在土堡上点起火把，又向天空开了几枪。

另外几个据点听到枪声，纷纷打电话过来询问：“怎么回事？”

“抗协自卫军进攻了。”伪连长胆怯地望着自卫军战士的枪口，大声回答。

“多少人？我们去支援吗？”对方请示。

“废话，我命令你们快来支持，里应外合消灭他们。”

过了半袋烟工夫，突然四个据点几乎同时枪声大作，间或还有机枪连续不断的“嗒嗒”声、手榴弹的爆炸声。没过多久，枪声减弱，在零星的枪声中，四个土堡都点起了火把。

原来，按计划王甫坤和罗兴胁迫敌军需邢姓随员带路，骗开据点大门，夺取据点。同时，他们组织了五个小分队，每个小分队三十人，武器装备齐全，趁着黑夜，分散渡过沭临河，隐藏在敌据点附近——河边堤下的芦苇荡中，等待王甫坤和罗兴偷袭成功，火把为号，引诱其他四个据点的敌人出来援助。待据点空虚时，围点打援，一举夺下各个据点。哪个小分队夺得据点，同样在土堡上点火为号。

抗协自卫军计划周密，实施得很成功。出据点支持的伪军，看看五个据点都陷入了熊熊的烈火中，前进不成，回守无望，只好狼狈地逃去了拾仔镇。

正在这时，刚刚夺取了据点的战士跑过来，向王甫坤报告：“逃跑的伪军又返回了。”

果然，据点背对的拾仔镇方向枪声大作，子弹是向着据点飞来的。王甫坤仔细听了听，心想：从据点逃走的伪军怎么会有胆子打回来呀？

原来，被王甫坤他们捆在松树林里面的那个伪军，不知怎的挣脱了捆绑，跑回了拾仔镇。

镇里周黑头既是镇长，也是日军任命的伪军司令。他听了这个伪军的报告，从被抗协自卫军袭击的经过中一下子悟到什么，立刻警惕起来。他问部下：“你们觉得自卫军要做什么？”

“是抢咱们的枪吧？”

“是截咱们的给养？”

“是给咱们个样儿看，要要土八路的威风？”

“笨蛋，这是自卫军冲着咱们五座据点来的。”周黑头马上判断出了抗协自卫军的意图，“据点是拾仔镇的屏障，卢大队长，命令你的人马，全部集中，出去增援据点，一定要阻止自卫军的偷袭。其他各部，加强镇上的防守警戒。”

那个卢大队长，江湖出身，一身匪气。他立刻集合了一百多士兵，跑步出发。刚出西门，他们就听据点方向枪声已然响了起来，没多久，亮起了火光。

队伍过了松树林，就见五个据点的败兵正稀里哗啦地跑了过来。这伙败兵认识卢队长，连忙停了下来。

“那边什么情况？”卢队长问。

“报告，据点都被自卫军占领了。”

“你们连长呢？”

“头头都被人家抓了当俘虏了。”

“他们人多，我们打不过。”败兵七嘴八舌。

“不就两个化装的土八路吗？到底有多少人？”卢队长疑惑了。

“多了去了，起码比咱多两倍。”

卢队长一听，心里也发怵，可又一想，不比画比画也显得自己太屃了。于是，横下心来，大声呵斥道：“咱们的人也不是吃干饭的，机枪班在前面，给我把据点夺回来！”

这样，后面的兵裹着撤回来的败兵，又反身向中间据点方向开枪呐喊着冲去。

其实，王甫坤听了战士的报告，听到拾仔镇方向的枪声，心里就有了谱。

他立刻通知五座据点的战士做好准备，互为掎角之势，相互火力支持，敌人一旦进攻，听到中间据点的枪声立刻投入战斗。战士们刚刚占了据点的有利位置，又缴获一批枪械，正想大显身手。

眼看敌伪军进入有效射程，“打”，王甫坤一声令下，中间据点的机枪、步枪、手榴弹立刻响成一片。跟着，两边据点的枪声也向中间据点前的敌人射来，五个据点的火力形成一张交叉火力网，一下子把敌人罩在了里面。

就在命令伪军士兵向上冲时，卢队长自己却原地未动。当他看到眼前的阵势，刚才还想立功的心气，一下子被抗协自卫军的强大火力扑灭了，就剩下想着如何保存实力交差了。他急忙传令撤退。就这样，卢队长带人张牙舞爪而来，结果是丢下五六具尸体，架着七八个伤员仓皇逃走了。

被捣毁的据点还在燃烧，熊熊火光透过刚刚降临的夜幕，映红了旁边的沭临河。

2

这次胜利，给了抗协自卫军很大的鼓舞。他们决心按照上级的指示一举拿下拾仔镇，打通向东南扩展的通道。

这天，团部会议室正在讨论进攻拾仔镇的方案。

“拾仔镇三面临水，一面有五个据点拱卫，现在五个据点被我们拔除，但正面进攻仍然会造成较大伤亡。大家看看有什么好办法拿下拾仔镇，但伤亡程度要降到最低。”王甫坤说。

“我觉得当务之急还是要了解拾仔镇防务情况。前些天的侦察结果，怕是在敌据点清除后会有变化。”有人发言。

“拿下据点后，他们防范也加强了，侦察员进出不易。”另有人说。

正在议论，忽然室外一阵骚动。“怎么回事？”警卫跑出去问。

“抓了个拾仔镇过来的奸细。”

“正好，带来问问情况。”

奸细双手被捆着，被推进屋内就嚷嚷：“我不是奸细，我不是奸细！”一见到王甫坤，忽然不嚷了，先是愣住神，接着猛然叫了声：“你是坤哥！”

“坤哥”，这个称呼听着很近，又很远。王甫坤皱了皱眉头，看看眼前的人，感觉似曾相识，不禁也是一愣。

那个奸细接着说：“坤哥，你忘了我们在沙河镇通聚钱庄的日子？”

说到通聚钱庄，王甫坤依稀记得张掌柜一家和一众伙计，但其他确实模糊了，他仔细搜寻记忆，猛地想起眼前的人：“是小杰，刘胜杰。”

“快松绑，你怎么在这里？”王甫坤听说通聚钱庄倒闭后，很多年轻人参加了抗击日伪的斗争。

松绑，落座，小杰娓娓道来。

原来，离开通聚钱庄，他和大生到了业平县县城。他们先是在一家钱庄当伙计。七七事变后，他们都参加了抗敌训练和抗日活动。后来到前线去，战斗中和部队失去了联系，就一边流浪打工一边寻找抗日队伍。

“大生呢？”王甫坤想起另一个钱庄好友。

“我们一起流浪到拾仔镇，在当地钱庄当伙计。”小杰说，“在拾仔镇时，听说沭临河西，有抗日队伍抗协自卫军，我们就想投奔抗协自卫军。我便先出来联系联系。大生现在还留在钱庄里等我的消息。”说到这，他诧异地问，“我叫你坤哥，你怎么不答应？”

“我还纳闷儿你怎么叫我坤哥呢。这里，从来没有人这样叫过我。”

“就是坤哥嘛，那时候吕伯……”他的话头被人打断。

“这是我们王副团长，他叫王甫坤。”有人出面解释。

王甫坤又补充了一句：“我们是革命队伍，这里没有什么坤哥。好，你也不要胡乱想了，说说镇上周黑头部队什么情况。”

小杰看看坤哥没有回答他的意思，也就打住这个话题。

关于镇上的情况，他来时有意在镇里转了转，把看到的伪军布防情况记在心里，这时候果然派上了用场。

小杰谈到镇上伪军司令周黑头：“他是文员出身，当过县长，虽然自己不懂军事，可是手底下的军官倒有几个是行伍出身。他自己打仗外行，敛财、好色倒是行家里手。”

“那这个周黑头的行踪一定和这两样有关系吧？”王甫坤问。

“伪军十天发一次军饷。我在钱庄时，他每到部队发饷的第二天，就到钱庄兑银票，数量很大。”

“贪污军饷吧。”有人插嘴。

“我还听他的跟班说，他的家眷在青岛，镇上只有一个相好的姘头。姘头住在离周黑头的司令部很近的铜锣巷。每到发饷的第二天，去了钱庄，晚上必定歇在姘头家里。”

王甫坤听着小杰的介绍，一个“擒贼先擒王”的计划逐渐在心中成形了。

周黑头，原名周家贤。他不是本地人，是从西北一个小城市走出来的，因为聪明有学识，做过军阀韩复榘的门客，沾了这点光，竟然步入仕途。

他在当拾仔镇镇长之前，曾经当过一任业平县县长。他不是科班出身的县长，但在官场历练的这些年，到底看清了国民政府的本质，反而得出“要有钱，要有权”的人生经验。所以一好专权，二好贪钱，这成了他的两个爱好。这两个爱好使他腰包逐渐鼓起来了，可是也埋下了祸根。

原来，那些年，这里很多地方的农村有“积谷”的传承。所谓“积谷”，就是一些乡村士绅通过公议，要求各家农户出力，拿出部分多余的粮食存在一起，以备灾年时分享渡灾，这些粮食名为“积谷”。

不想，周家贤到任后，利用职权勾结地方无良乡绅，偷偷将百姓救命的“积谷”倒卖，钱款私分侵吞。后来，因为分赃不均，事情败露，引起公愤，激出民变，十里八乡百姓聚众声讨。在他前去弹压民众时，被愤怒的百姓围困，险些丢了性命。最后，当着民众的面，具结画押，答应全额退还款项才被释放。

这次民众的义举虽然被镇压下去了，但是周家贤的专权和贪婪的面目，也被揭穿了。当局为了平息民怨，只好把他罢官降职。正在这个时候，日本侵华战争爆发，他投靠了日本人，把老婆孩子送去青岛，自己一心一意在拾仔镇当了汉奸镇长和伪驻军司令。

“乱世英雄起四方，有枪便是草头王。”周家贤深知此理，所以当了汉奸以后，对军务倒是十分恭谨。镇上的关卡地形，士兵的操持训练，各种军务会议，他都亲力亲为，从不懈怠，而且十分严苛。

一次，有个士兵出操，晚到十分钟，正好被周家贤临检时发现。他就罚那个士兵围着拾仔镇跑十里，而他骑着马跟在后面，脸色铁青，跑得那个士兵累倒，他还在马上吼叫，逼着那个士兵又站起来，直到跑得吐血晕过去了。所以，士兵背后除了叫他周黑头，还叫他周催命。

正因为他对待军务的态度，日本人专门奖励给他一辆带挎斗的摩托车作为公务用车。他也乐于享有，从此，他出巡就用摩托车了。他经常自吹自擂：“有我在，拾仔镇的防卫形似铁桶，固若金汤。”

每到士兵关饷时间，他都到钱庄一趟，把克扣士兵的粮饷和冒领的空饷，通过钱庄汇去青岛老婆孩子的家里。余下的就自己挥霍和供养情人了。

周家贤做梦也想不到，就是这两条，会把自己的性命搭进去。

根据情报和小杰的介绍，周黑头这个伪军司令，在拾仔镇有大约五百人的兵力，分三个大队，九个分队。在镇的南、北河边码头一线，各有一个大队驻防；西面官道方向，又有一个大队防守；东面是敌伪后方，布防伪军较少。除了南北码头，有水道天险，镇的东西两面有高墙铁门，防守甚严。

王甫坤的计划是：在南、北沭临河的对岸芦苇荡里，各准备十几条渡船，各隐蔽约二百人的队伍，西面官道两侧，也隐蔽一支人数相当的队伍。入夜，这三支部队进入指定位置，等待信号发起进攻。同时，由小杰和六名侦察人员假扮生意人先行进镇，伺机执行“擒贼先擒王”的策略。

早上，拾仔镇东门。

由五头毛驴组成的酱菜驮队，夹在拥挤的进镇人群中慢慢移动。

驮队里，每头毛驴驴背的两边都挂着两个一人高的木桶，桶上或写着“黄酱”，或写着“腌菜”，棕色的木桶和黑色的大字在人群里时隐时现。驮队的每头驴都有人牵着。驮队的旁边还跟着一位账房先生，肩上的褡裢露出半截子算盘。驮队领头的是位穿着长袍马褂的小伙子。

镇门开了，小伙子和账房先生一前一后，领着五头驴的驮队随着人群涌到大门前。东门正冲着敌伪占领区，平时不需要检查就进去了。

“上锋有令，近日奸人作乱，凡进镇者，必须严查！”看门的伪军端着大枪吆喝着。

驮队被拦在门前，领头小伙赶忙上前，满脸堆笑地介绍：“镇上百居园的货，请您查验。”

一个伪军绕着驮队转了一圈，偶尔用手拍打下木桶，木桶发出“咚咚”的声音，说明是实实在在的满载。还有一个伪军掀开桶盖看了看，见除了黄酱就是腌萝卜、腌盖菜，空气中飘着酱香。镇上百居园在这里是有名的酱园。他挥了挥手，意思是放行。

驮队正要进门，不料，一个挎“王八盒子”的伪军又将他们拦了下来，阴阳怪气地说道：“这可是非常时期！”挥了挥手，意思是要卸载查验。

长袍马褂小伙赶紧拉住他的衣袖：“百居园可是镇上的老字号，恭候您随时到园里喝茶。”说着，往他手里塞了一块银圆，悄声道，“您说得对，非常时期，非常感谢！”

挎“王八盒子”的不过是借故刁难，他捏了捏手里的银圆，见好就收，就摆了摆手：“老字号？走吧。”说罢就又去盯别人了。

驮队有惊无险，一行进了拾仔镇。

这支驮队是抗协自卫军的侦察队，穿长袍马褂的是小杰，账房先生是王甫坤，其他人就是罗兴等侦察骨干。

小杰对拾仔镇很熟悉。他领着驮队找到一处空旷的院落，把驮队带进去。院子很宽阔，有五六间大瓦房，都是空着的。看来，房主人早已不在这里住了。这里离闹市也很近，是个闹中有静的好地方。

大家迅速卸下木桶，很快从木桶的黄酱里捞出武器——八支用蜡纸包好的匣子枪。

整理好武器，安置好驴子，已经过了晌午。草草吃了点东西，罗兴带领五名战士隐藏在屋内，小杰和王甫坤去镇上各处踩点，熟悉地形。

拾仔镇是个千户多的大镇，有一条连接东西镇门的大街，和一条连接南北码头的大街，十字交叉处为镇商业中心。交叉路口耸立着一个九丈多高、十三层的玲珑石塔。两条大街两面挤满大小不一的商业店铺，内中摆满了商品。可是战事频仍，街面显得萧条，只有饭馆、酒楼，依然不乏客人进出。

小杰领着王甫坤看了钱庄的位置。钱庄位于西街，两边距离闹市近，人多耳目多，不是个动手的合适地方。

小杰趁没有人注意，把大生招呼出来，特意嘱咐他现在没有了“坤哥”，只有王甫坤副团长。大生一见王甫坤，高兴得说不出话来。他们要求大生多注意周黑头的动向。然后，他们又远远地看了周黑头司令部的驻地。

他们决定在钱庄附近守株待兔，认准了，伺机再作决定。

周黑头出行是坐在挎斗摩托车里的。挎斗摩托车是日本人送的。他觉得这玩意儿是日本人奖赏的，有面子，又很时尚，开起来“嘟嘟”作响，比骑马又快，又安全，又方便。两个马弁：一个开车，一个坐在后面，他坐在挎斗里很威风。

今儿个正是发饷的第二天。果真如小杰说的，晚饭之前，周黑头坐在挎斗摩托车里疾驰而来。到了钱庄门口下车，马弁拎着一个硕大的布袋，跟随他进了钱庄。到钱庄门口，他还警惕地回头巡视了一下四周。

大家这才看清楚，这个周家贤镇长的真面目：个子不高，中分头，一张马脸上，右颧骨有颗蚕豆大的黑痣，在本来黑乎乎的脸膛上凑份子，致使这个脸更加显得发黑，难怪人称周黑头了。

一袋烟的工夫，周黑头带着马弁走出钱庄，登上挎斗摩托车，马弁手里的布袋已经不见了。摩托车轰鸣着离开钱庄。

大生这时候从钱庄里溜出来，通知王甫坤：刚刚从马弁口中确认，周黑头今晚去铜锣巷姘头家里。王甫坤让大生留下来半夜一起行动。

入夜，镇里除了酒楼饭肆灯光闪亮，尚有人推杯换盏，街道上一片漆黑。时而有巡逻队在街上提着马灯走过，故意发出声响，像是给自己壮胆。

王甫坤一行八人，在小杰、大生的带领下，分成两组，趁着黑夜躲开巡逻队，分别潜到铜锣巷附近。

铜锣巷是个只有两户人家的死胡同，一户躲避战乱去了外省，院门常年紧锁。剩下的一户就是周黑头的姘头——莉莉的家了。

铜锣巷就在周黑头的司令部旁边，司令部的岗哨只要稍微注意一下，就能看到巷口。周黑头特意将自己的姘头安排在司令部附近，也是他心思缜密的地方，毕竟安全第一嘛，再加上他不高兴有人搅他的兴，所以巷子并没有设置岗哨。两个马弁把周黑头送到后，转身开车回了司令部。

午夜过后，司令部门口换岗，哨兵就松懈下来了。

趁此时机，王甫坤和战友们一个个溜进了铜锣巷。

今天来的，除了王甫坤、小杰、大生，罗兴和其他人都是团里侦察排的顶尖高手。

黑暗中，他们紧贴着院门旁边的墙。这几个人听听四周，除了报更的梆子声，别无它响。

只见罗兴往下一蹲，第二个人跳上他的肩。王甫坤是第三个，一只脚也踩了罗兴的肩一下，另一只脚一点罗兴另一个肩膀，“唰”地上了第二个人的肩。王甫坤的脚下面有两个人，他们开始紧贴着墙挺起身，王甫坤借着下面两个人贴墙同时挺身而起的势头，猛地也把身子一挺，向上一蹿，扒住了近两丈多高的墙头，一偏腿就骑在了墙上。

王甫坤察看了一下墙里的地势，从腰间摘下一盘绳索，一头扔下墙外，有两个侦察员立刻接住。他抓住另一头，转身轻轻向墙里移动，落地后又悄无声息地打开院门，其他人紧接着挨个进了院子。

院子很空旷，只有两株茂盛的海棠树和几盆花，空地铺满青砖。离院门五丈余就是五间正房。正房靠东的房间，有鼾声传出来。

侦察队向正房移动时，有人不小心碰响了地上的一个空花盆，“哐当”一声吓得大家立刻停住了脚步。

东屋的灯亮了，有个女人问：“小翠，什么声音？”小翠，是莉莉的丫鬟。

西屋的灯也亮了。这时，“喵——喵——”，逼真的猫叫声传来。“小姐，闹猫呢！”小翠在西屋说。

“真讨厌。周爷，没事。”女人嘟囔了两句。这个女人想必就是周黑头的姘头莉莉了。

原来，西屋住的是丫鬟，东屋的周爷就是周黑头。侦察员逼真的猫叫声让屋里的人放了心，少顷浓重的鼾声又传到院子里来。

罗兴向前轻轻地拨开门锁，打开屋门。罗兴、王甫坤和另外两个侦察员闪身进入屋内。

不知为什么，东屋的女人忽然又把灯点亮了，一翻身，“啊——”的一声惊叫，她看到三支乌黑的手枪的枪口对着他们。

“不许出声！”罗兴厉声说。

“又怎么啦？”周黑头头蒙在被子里生气地发问。话音未落，他就被赤身裸体拉出绣花被子，看到枪口他一下子惊醒了，但并不惊慌，只是狼狈地起来抱拳说：“各位是哪路朋友？求财吗？我给！”

“少废话，穿衣服！”

周黑头的姘头莉莉赶忙拉起被子，蜷缩在炕角。周黑头穿上衣服下了床。

此时，大家看得更清楚了，他还真不愧叫黑头——短短的头发下一张黑黝黝的脸膛，右颧骨上一颗蚕豆大的黑痣“趴”在脸上，说话时一耸一耸，显得脸更黑了。

“外面就是我的司令部，你们闹大了，可是有进无出！”他见来人并不理他，转为傲慢地说着，扫了三个人一眼，继续威胁道，“劝你们乖乖地拿钱走人。”

此时他想，这些人要是强盗，必定包头遮脸，怕露了面目。可是，眼前这些没有见过的人，一个个张目怒脸，并不怕被人认出来，他们到底是什么来头？

只见王甫坤拿枪指着他的头：“我们是抗协自卫军，打电话，让你的三个大队长、副队长来这儿开紧急会议。”

这一下，他才明白了，却难以相信，暗想：“我这里，他们也敢来？”可是，他们就在眼前。周黑头有点慌，敷衍道：“半夜三更开会，人家信吗？”

“你告诉他们，你要私下发饷外的奖赏，不许带卫兵。”说着，用枪口顶了顶他的头，“要想活命就照做，想为日本鬼子当替死鬼，那也容易，就是想想值不值。”

周黑头知道遇到了真正的对头。他不情愿地拿起电话，王甫坤又按住话机，警告他说：“照我说的说，乱说要你的命！”说着又瞪了缩在床角的莉莉一眼。罗兴跟着也瞪着她，威胁地哼了一声。

莉莉见状，赶紧随声附和：“周爷，照这位大爷说的做吧，别出岔子了。”莉莉怕连累自己，嗲声嗲气地敲着边鼓。

王甫坤松了手，电话接通了。

“要司令部值班室。”听到那头有人接了，周黑头发话，“喂，你是谁？”

“你是谁？”对方还很横。

“长贵吧？你个兔崽子，听不出我是司令？！”

长贵是值班的副官，这才听出是司令的声音，急忙回道：“是，是，司令，我是长贵，这么晚了……”

“什么这么晚了，我命令，通知三个大队的大队长、副队长马上到铜锣巷开会，顺便告诉他们会后发饷外奖金。”

“是，会后发饷外奖金。”长贵重复了一遍，停顿了一下，大概和司令很熟了的缘故，他又嬉皮笑脸地问，“司令，属下斗胆问一下，有我的吗？”

“今晚知道的就有。告诉他们，不许带卫兵。”

“是！告诉他们，越少人知道越好，不准带卫兵。”

过了半晌，司令部门口的岗哨发现，黑夜中的铜锣巷口忽然热闹起来。一会儿来俩穿军装的，骑着自行车进了巷口；一会儿又来俩骑马的军人，把马放在巷口，进了巷子。远远看去，大都是当官的。这期间，司令部的值班军官长贵也跑到司令部门口，朝铜锣巷口望了望，看到有马有车，知道长官们正在去司令那里，就放心了。

有个哨兵问：“巷口咋那么热闹，别有啥事吧？”

“那是长官拜见司令，站你的岗吧！瞎操心！”在这的部队里骑马骑车的，都是大小官儿。看到车马差不多到齐了，长贵也就回去做领奖金的发财梦去了。

又过了半晌，司令部门口的警卫看到，铜锣巷口又热闹了一阵，一会儿有军人骑着车走了，一会儿又有军人骑着马走了。而后，热闹的铜锣巷口重新安静下来。

将近五更，东方露白，围绕拾仔镇的南北沭临河河面渐渐升起了浓雾，一丈之内什么也看不见。

忽然，铜锣巷莉莉家院子里响起了机枪的声音，“嗒嗒……嗒嗒……”连续不断。紧跟着，西门方向传出了进攻的冲锋号，进攻的呐喊声和射击“啪啪”的枪声连续不断。守护西门的伪军急忙打电话给司令部呼叫长官，司令部值班室回答，没有见到西门大队的长官。伪军一下子不知所措，毫无组织地朝着西门阵地外仓促开枪，正在慌乱中，西门内的阵地后面“嗒嗒……”地也响起了机枪声，间或还有手枪射击声，守阵地的士兵纷纷被射中倒下。

“不好了，我们被围攻了，快撤吧！”

“他们围上来了，快逃命吧！”大呼小叫四起。呼叫声、枪声响成一片，伪军纷纷放弃防守，向东撤退。西门阵地就这样被抗协自卫军攻占了。

再说，隐蔽在沭临河对面芦苇荡中的抗协自卫军战士，听到镇里机枪声大作，立刻乘船冲进雾中，直扑河对岸码头。也就半炷香的光景，船接近了码头。船上的战士冲着岸上刚射出几个齐射，对面的守军就给打蒙了，乱成一团。船出现在河面，还没靠岸，南、北码头的伪军阵地后面也响起了机枪声。

“队长呢？队长呢？”

“长官不在，打不打？”

"长官都跑了，打个屁！"士兵乱得像没头苍蝇，纷纷撒腿往没有枪声的东门跑。

渡河的抗协自卫军，没费多少枪弹，就占领了南、北码头。

这场战斗都在王甫坤布置的作战方案的设计中。当作为先头部队的侦察小队擒获周黑头后，就会让他下命令，叫三个守镇门大队的伪军正、副大队长全部到铜锣巷姘头家开会，并且不让伪军长官带卫兵。其实，他们本不愿意来，但是一听司令发钱，倒怕警卫知道自己多领钱了，所以反倒不愿意带卫兵了。结果迈进铜锣巷莉莉家大门一个，就被抓一个，直到全部被抓获，关进西屋。

然后，又由侦察员换上他们的衣服，派其中三个侦察员携带鞭炮和汽油桶，分别骑车、骑马离开铜锣巷，隐藏到西门和南、北码头伪军阵地后面。

当听到镇里的机关枪响起时，要求西门外的抗协自卫军立刻吹响冲锋号。西门伪军阵地后面的侦察员就点燃汽油桶中的鞭炮，造成自卫军大部队大规模进攻的态势。

这个季节，正是河面起雾的季节，雾中行船不易被发觉。当南、北码头伪军阵地后面的侦察员听到机枪声后，再过半炷香的工夫，立刻也点燃汽油桶中的鞭炮，配合船上抗协自卫军的进攻。估计这个时间船上的抗协自卫军，趁着大雾已经到达码头了。

整个战役，只留下东门让伪军逃跑用，应了兵法不使其"置之死地"而已。

不过，双方都没有想到，实战中伪军因为群龙无首，一听阵地后面有机枪声，立刻逃奔东门作鸟兽散了。

三个方面的抗协自卫军一边抓俘虏，一边压缩伪军的防守阵地，逼迫敌人向东门跑。敌伪军一看东门没有自卫军进攻，跑出去过了桥不远就是他们控制的地区了，也就不再拼命抵抗，争先恐后地逃命去了。

再说，王甫坤他们在铜锣巷点燃汽油桶中的鞭炮，接着听到西门冲锋号声，估计敌司令部里也乱了套。他立刻命令一个侦察员看住被捆绑的周黑头等一众敌伪头头，就和其他人持枪扑向司令部。

司令部门口的岗哨早已不见踪影。进入司令部，只见一个士官还在拿着电话喊："什么？西门失守？南、北码头要守住！我正在联系司令，联系司令……"他觉察到一支枪的枪口抵住自己后背，电话不由自主地从手中掉了下来："别杀我，我只是个副官传令员，我叫长贵。"

“命令他们放下武器，投降吧！”

其他几个侦察员搜索了四周房间，除了被俘的几个电话员、接线员、文书，连周黑头的马弁都不见了。俘虏把电台、武器和各种文件等一大堆物品堆在司令部地上。

王甫坤在清理战利品现场，忽然看到了那个看守周黑头的侦察员：“呀！你怎么在这里？俘虏呢？”

“跑不了。我一看你们进了司令部，就闲不住了，手痒痒。”他掩饰不住脸上的兴奋。

“小杰，快跟他去黑头那儿看一看。”王甫坤还是放心不下，立刻命令他们去查看莉莉家。

进了铜锣巷大院，两个人傻了眼。除了一地绳子，只有丫鬟小翠坐在地上，不停地抽泣：“周黑头骗我说撒尿，我给他解开绳子，就把我打晕了……”原来，这个侦察员离开时，把看管的责任留给了丫鬟小翠。

这场战斗，歼灭俘虏敌伪军一半，抗协自卫军无一阵亡。只是可惜，由于自己的疏忽，没有给那个侦察员下死命令，结果让周黑头和几个敌伪头头钻了空子，随同部分敌伪军从东门逃走了。

拾仔镇攻下来了，这里的天亮了。

3

占领了拾仔镇，抗协自卫军既要加强阵地防卫，又要在建立基层政权上做工作。同时，战斗队伍也需要扩大编制，进行休整，以便展开进一步的行动。

这些都需要抗协自卫军的宣传队，他们在拾仔镇对群众开展宣传、动员、组织的工作，以加强抗日力量，增强抗日信心。

王甫坤开过团务会，又带着警卫员小杰，巡视了几个主要的阵地。打了胜仗，战士们士气高涨，纷纷摩拳擦掌，准备争取更大的胜利。

王甫坤心情很好，看到占领拾仔镇没两天，老百姓情绪稳定，街上的商业活动也恢复了，心中很是宽慰。

他到阵地检查后，也想看看拾仔镇的民情，就带着警卫员小杰，从南码头走到邻近中心的商业街上。

商业街道拐角处，有一座很大的酒楼。说它大，也不过占地一亩，房间十余间。它是这个镇上唯一称得上酒楼的地方。不过，门脸确也堂皇，尤其显眼的是旁边墙面留有丈余的一块画壁，上面有李白的一首诗——《留客中行》：

兰陵美酒郁金香，
玉碗盛来琥珀光。
但使主人能醉客，
不知何处是他乡。

这个镇子离兰陵不远。据说李白曾经客居兰陵，留下这首脍炙人口的千古名句。拾仔镇的酒楼拿它来彰显自己，倒也无可厚非。刚刚战后，这里还没有完全恢复往日的繁华，只有零星的客人。

门口的酒保，一见他们，就殷勤地往酒楼里让，王甫坤微笑着问道："生意还好？"

酒保一看王甫坤一身戎装，就知道他是有身份的人，满脸堆笑，忙不迭地回答："托您的福，正在越来越好！""正在"，这两个字是酒保形容街市恢复的状态，用得恰到好处。

王甫坤听着蛮顺耳，但是并没有进去，只是笑着摆了摆手，边手指前面边走过了酒楼，听到酒保还在后面招呼："欢迎您下次光顾！"

原来，王甫坤看到前面挂着的一面类似酒旗的招牌，上书一个大字"糁"。什么是糁？这是鲁南地区的一种小吃。做起来不复杂，吃起来非常香，物美价廉。

它是用鸡鸭煮汤，在汤里加上麦仁、面粉，熬成稀糊，再加上葱、姜、盐、胡椒粉、五香粉、香油，再根据个人爱好，加入酱、醋、辣子，最后加入鸡肉丝、鸭肉丝或者牛羊肉丝，配上炊饼、烧饼、煎饼皆可。它的历史悠久，古书上有"七日不食，藜羹不糁"的记载。

王甫坤和小杰各要了一碗加了鸡丝的糁，就着煎饼吃了起来。

已经过午，店里客人也不多了。从他们坐的位置，可以看到拾仔镇商业中心广场十三层宝塔下，已经搭起了简易的会台，宣传队员正在用演说、演唱、曲艺等各种文娱形式，开始自己的宣传活动。

看到抗协自卫军军人演出，台下的观众十分踊跃，人挨人站得满满的，还不时爆发出热烈的掌声。对面街上的参军报名站，不少青年报名入伍，要求参加抗协自卫军。

王甫坤和小杰吃好后，付了饭钱，来到宣传队演出的会场。看了一会儿演出，没有见艾瑗出场，很是奇怪。他自打到团部报到的路上，马跃河滩救艾瑗之后，都个把月过去了，虽然宣传队归自卫军领导，但是他忙于军务，没有时间看宣传队的演出，自然也没有再见到过艾瑗。现在闲暇一时，竟然立刻想到了她。

他让小杰去后台探问，才知道艾瑗并不是正式演出人员，只是在人手不够时补补场子。她隶属于宣传队的行政后勤，估计现在在宣传队的驻地。

宣传队驻地在北码头附近。王甫坤不由自主地沿着商业街踱向北码头。商业街的尽头就是北码头。码头前面有个硕大的石头牌坊。这个牌坊，一洞两柱。两边立柱下有抱柱石鼓，方形石柱两侧雕刻着飞龙，石柱架起斗拱卷云头的顶子。牌坊向南的立柱面上有一副楹联。

上联是：朝送千帆去，帆连帆不断。

下联是：暮迎万斛归，斛叠斛满仓。

牌楼正中横幅题为：七星伴月。

王甫坤端详了一下上面的字，有些奇怪：这是学的柳公权的书法。柳公权，陕西铜川人，拾仔镇属山东沭临县，又在临沂地区，临沂古称琅琊郡，唐代出过大书法家颜真卿，所以遍观这个地区的碑亭匾额，名胜古迹，其题字著文，无不以颜体为荣，很少采用其他书法家的书法——虽然这里爱好书法的人也会遍临名家诸帖。这座石牌坊用陕西长安柳体，可见当初这位题字的先生是想弘扬诸家的书法了。王甫坤暗暗佩服。

抗协自卫军宣传队驻地，就在牌坊左边，白墙红门院子里盖了一排青砖大瓦房。刚进驻地院子，就听见里面女人们叽叽喳喳的说话声，很是热闹。透过玻璃窗，他们看到，几个女战士正围着一名写传单的女战士指手画脚。那名女战士在花花绿绿的纸上，一笔一画地奋笔疾书“团结起来一致抗日”“抗日救亡，反对投降”等抗日宣传口号。

这个女战士书写的是颜体楷书，笔力刚强浑厚，气势庄严雄浑。王甫坤曾读私塾，而私塾是最讲究教授毛笔书写的。看这个女战士用中锋挥毫，遒劲有力，便知必是有较深的颜体书法造诣。写完一联，便有人铺晾地上，看时，已是一地颜体书法了。此时，她又写完一联，抬头满意地微笑着审视自己的作品。

这一笑，王甫坤记得太深刻了。他看清了，这是艾瑗。

王甫坤让小杰悄悄地把艾瑗请出来见面。小杰刚刚当上团长警卫员，宣传队员们并不认识他，所以并没有人注意他走进来。他来到艾瑗旁边，小声说：“门外有人找你，能出来见个面吗？”又笑着补充了一句，“别担心，是熟人。”

“没看见我正忙着，让他来。谁呀？”

小杰凑近拢起手，对着她耳朵根更小声地说：“是首长！”

“哦。”艾瑗放下笔，疑惑地看了看小杰，斜挎盒子枪的小伙子正真诚地向自己微笑。

她和旁边的人打了声招呼，随着小杰出了门。一出门这才看清楚来人是团长王甫坤。她赶紧迎了上去，敬礼道："团长，你好！"原来，打下拾仔镇，王甫坤就被任命为团长了。

"艾瑗同志，你好吧？那天在河滩没伤着吧？"

"早没事了，你看我不是挺好吗？"边说，艾瑗边转了一个圈。

"你看，一到了南谷庄就忙，也没抽出时间去看你，这次拿下拾仔镇休整才腾出时间。"王甫坤笑着，大大方方地看着艾瑗。

"团长是专门来看望你的。"小杰在一旁插话说。

"那就谢谢团长了！团长还没仔细看过这里吧？我带路，去看看吧。"

"你不是还要写标语吗？"

"任务已经完成了。"她把写标语叫任务。

"那好！"

其实，王甫坤对这里码头的地形，在战斗演示时就很清楚了，但是对这里的风土人情倒是不甚了解。现在，乐得艾瑗陪自己走走，大战后人的心绪也能松弛一下。

他们俩出了大门，信步穿过石牌坊，步下码头台阶。小杰远远地跟在后面。

"你的颜体字写得不错嘛。跟谁学的？"王甫坤问。

"那是我爹逼我临帖临出来的。什么颜真卿、柳公权，什么欧阳询、赵孟頫，他们的帖我都临过。不过临帖最多的还是颜体。"艾瑗不无得意地说。

"我看到你写的传单了，那楷书写得方正圆润、端庄雄秀，既有刚劲的笔力，又有筋、有骨、有锋芒，深得颜体精髓！"王甫坤真诚地称赞道。

听王甫坤说得头头是道，不禁心里一动，莫非团长也懂书法？

其实，自从沭临河畔，马踏扬波的惊险之后，艾瑗一直十分感谢他，以后也只是远远地看到过这位团级首长，没有这样近的相处机会。今天相处，既感到突然，又觉得亲切。

信步走来，艾瑗早已没了在首长面前的拘谨约束，尽显出她的活泼清纯而又不失个性的气质。

站在石牌坊下码头的台阶上，正好可以清楚地看到石牌坊的另一面，两边柱子上也写有一副楹联和横额。

上联是：岸落拾仔创伟业。

下联是：阳照宝塔拓鸿基。

横额：玉带北斗。

艾瑗用手一指石牌坊的楹联，调皮地问道："团长既懂书法，可否为属下讲解一下牌坊上的字写得如何？"

王甫坤对艾瑗的调皮愈加喜欢了："哈哈，你这个调皮鬼，是不是要考考我呀？好，我就说给你听听。"

艾瑗故作一脸郑重，谦恭地表示："洗耳恭听了。"

"这副楹联，显然是柳体楷书。柳公权是在吸取了颜体、欧体两家的长处，创出了柳体。"他望了望艾瑗，接着说，"观察柳体楷书，要抓住潇洒、清瘦、有劲道的特征，就是常说的有柳骨。书写特点是，方起圆收，短横粗壮，长横瘦长，竖画挺进，撇画锐利，捺画粗重。结构上，总体来说，中宫要紧而四肢展开……"王甫坤边说边指点着楹联字体，对照楹联字体书写的运笔笔力、字的结构、书写的法度，再和柳体比较，指出楹联的不足，褒贬上下，侃侃而谈……

艾瑗望着眼前的这位首长：高大魁伟的体魄和英俊潇洒的面庞，丰富的学识，流畅的谈吐，儒雅的风度，哪像几天前还在枪林弹雨中冲锋陷阵的战将？

艾瑗被吸引住了，被深深地吸引住了。本来还残存在她心中对首长的敬畏，慢慢变成了敬佩，又慢慢变成了无以名状的敬慕……这时，王甫坤讲的内容反而不那么重要了。

她傻傻地望着对方，似乎不在听他讲什么，眼中只有他那文雅谈吐的身姿。直到感觉肩膀被拍了一下，才猛然愣过神来，脸也"唰"地一下子红了："哎，你讲解得太好了！我都快看到题写这副楹联的老夫子了！"

"哈哈……"两人不约而同地大笑起来。艾瑗笑得略显尴尬。王甫坤笑得畅快惬意。

"听你的笑声，让我想起来你的歌声，是你的歌声，把我从昏迷中唤醒的。"王甫坤述说了在八路军野战医院疗伤的经过，再次真诚地表达了自己的谢意。

"我那可是滥竽充数。"明白了他说的那次演出，艾瑗不好意思地说："是演员临时缺位，我补场，救场如救火嘛。"

"我可不那么看，对我来说，你那是天籁之音呢，我永远不会忘记那天的歌声，"王甫坤停顿了一下，凝视着艾瑗，深情地说，"更忘不了那天用歌声唤醒我的姑娘。"

艾瑗听了，面若桃花。

拾仔镇东南四十里的地方，有个叫徐家沟的村子。

徐家沟土地贫瘠，却盛产红色的岩石，剥开表土，红色岩石就露出来了。人们农忙时种地，农闲时就成了石匠。石匠们制作石砖、石板，用石砖垒房，用石板修桥铺路，还可以作为商品销往外地，是当地农户一笔不小的收入。

共产党山东分局领导的抗敌协会，它的机关就驻扎在这里。

这里有个托儿所，大都是抗敌协会同志们的孩子，所长叫宁云芸。她是抗敌协会秘书长绍田的妻子，是艾瑗的妈妈。抗战时的托儿所，为了躲避敌人的扫荡，孩子们是被分散寄养在周围农村家庭的。所长平时的工作就是检查寄养状况和帮助收寄孩子的农户解决困难。

此时，宁云芸正踏在石板路上，去访问受托养育孩子的农户。忽然她看到从村口方向，颠颠地跑过来十几匹马，扬起一阵灰土。她下意识地摸了摸腰上的手枪，不由得停下脚步观望。

马队临近，一个年轻战士飞身下马，走到她跟前问："同志，请问绍秘书长的家在哪儿？"

宁云芸剪了齐耳短发，腰束皮带，一看就是抗日军人的打扮。所以这个年轻战士称她同志。她警惕地回问："你们是哪个部队的？"

"抗协自卫军一团。"年轻战士回答。

"我是绍秘书长家里人，请问找他有什么事？"

这时，大家已纷纷下马，后面一位年龄稍大的军人走到前面来，行了个军礼，尊敬地解释："我们是来汇报工作的。"抗协是自卫军的上级，绍田是抗协的秘书长，这话没有错。

"那应该去办公驻地，为什么非到家里来不可？"

"这是我们团长。"看似警卫员的人向宁云芸介绍说。

"我叫王甫坤，还有些私事要谈。"年龄稍大的军人说。

宁云芸明白，他们是自己人了。徐家沟村口就有自卫军的站岗哨位，想必是已经盘查清楚，才放进村里来的。

"哦，还有私事。"宁云芸重复着，上下打量着这位团长。

王甫坤一见宁云芸自言是绍田的家里人，直觉告诉他，这可能就是自己未来的丈母娘，又解释道："是艾瑗委托我们来家里看望的。"其实，王甫坤是完成了任务路过这里，为了显示亲近就撒了个善意的谎言。

一听是女儿委托的人，宁云芸果然禁不住多看了来人两眼，口气缓和下来："我是艾瑗的娘，走吧，家里坐。"宁云芸领着他们走回自己的家。

抗协秘书长绍田在徐家沟的住宅是一座普通的农家小院。红色石头的围墙地基，土坯墙，柴门半掩。战士们留在门外，只有警卫员小杰随同王甫坤进了院门。院子不大，三间房，红石板铺地，红石头作墙基，很显眼。

一进院子，宁云芸就抑制不住兴奋地喊了声："老绍，来客人了！"

房门开了，一位中年男子迎出来。这人中等身材，身体微胖，一身当地农民装束，留着短发，四方脸，宽前额，眼睛透着沉稳和智慧，最明显的是鼻头下有着微陷的人中，这使人觉得他总是笑呵呵的："我当是哪位贵客，原来是王团长，快请进。"作为领导，他们是见过面的。

小杰留在院子里。王甫坤随着主人进了房间。王甫坤刚一落座，绍田就称赞："王甫坤啊，你不简单，横扫敌据点儿，巧攻拾仔镇，真厉害。"

"那是上级指挥得好，战士们打得好。"王甫坤真诚地表示。

"谦虚当然是好的，但个人功绩还是要肯定的嘛。你这两仗，都上了我党的《大众报》嘛！听说艾瑗他们宣传队要编成曲艺节目宣传呢。"

谈到艾瑗，王甫坤说组织已经通过了，要发展她入党，还要送她去抗日军政大学学习。他们从学员的个人成绩，聊到整个宣传队的发展情况，从巩固抗协自卫军东扩战果到中国抗日战争发展的未来，两个人聊得很是投机。

宁云芸自打给客人倒过水后，一直在旁边笑吟吟地望着王甫坤，合不拢嘴。

正谈得高兴，街上传来了马嘶声。小杰在外面报告，是抗协来了人。来的人是抗协袁秘书，他进来就匆匆忙忙和绍田耳语了几句。

原来，袁秘书是苏联留过学的，俄语很好。他告诉绍田，据共产国际的消息，苏联正在计划远东的援华方案，山东局要给抗协新任务。同时，日伪方面又有新的侵略动向，山东局要求各地党组织结合本地实际情况，研究对策。说完他就匆匆地走了。

王甫坤听出来是有敌情了，就立刻和两位长辈告辞了。

当他率队奔回拾仔镇驻地的时候，才蓦然想起来，此行虽然是顺路拜访，但目的是向艾瑗的两位老人家谈论求娶艾瑗的婚姻大事，可是从见面到离开，竟然没有提到这件事，他懊恼不已。

艾瑗和王甫坤决定结婚了。艾瑗把结婚的日子定在了抗大毕业的第二天，她说从抗大毕业赶回来办喜事，这叫双喜临门。王甫坤双手赞成。

新房就选在团部大院的一间小房子里。房子后面有玻璃窗，可以看到沭临河。前面，有一座假山，一条小径绕过假山直通办公的地方。

王甫坤和艾瑗决定，战时的革命婚礼一切俗套都免了，白天各忙各的，晚上被褥合在一起，就算结婚了。可是，团部和宣传队的人还是把新房装扮了一番。

新房屋里屋外，贴满了同志们送的喜联。屋里简单的木床床头，紧靠墙上贴着一个大大的双喜剪纸。床对面的条案上，摆着一对红烛，被子是灰绿色的军被，上面铺了一条崭新的鸳鸯戏水的床单，床单上面也有个大大的“喜”字剪纸，周围撒了些红枣、花生。新房喜气洋洋。

王甫坤送走了贺喜的战友，就一直等着艾瑗，直到日头西沉，还不见踪影。

原来，抗大一分校的毕业仪式一结束，艾瑗就应该返回自己的驻地。鲁南的抗大一分校，距离拾仔镇有百多里地的距离，如果正常往返，只有一天的脚程。

但是，艾瑗分配在学校的闪光队里。为什么叫闪光队？就是闪闪发光的意思，能够出成绩的队。无疑，闪光队是在抗大分校里表现最优秀的一个队，更是一个年轻人较多的队。俗话说能者多劳，闪光队承担的任务自然也就更多。

闪光队队长姓张，也是个女生，身材苗条，行事干练，面庞清秀，嗓音洪亮，一柄手枪系在腰间紧束的皮带扣上，英姿飒爽。本来，毕业礼举行完了就可以走了，但是闪光队又进行了一次队列表演，延长了结束时间，当其他学员走后，他们还在做收尾工作。结果，阴差阳错地错过了最佳撤离时间。

收尾过后，学员们各自回到宿舍，准备收拾一下行李就撤离了。就在这时，传来了紧急集合的哨声，大家迅速地跑到学校操场集合。清点人数后，张队长宣布，接到上级指示，必须马上撤离。原来敌人趁着夜色，已经从前面偷袭过来了。

十几名队员从后面迅速地离开了学校。学校后面是一片树林和一个土坡，大家穿过树林越过土坡，听听后面没有追兵的声音，以为已经穿过了敌人的包围圈，没想到，另一股敌人是从学校后面扑过来的。

就在学员队伍走出小树林，将要爬上土坡时，前面传来了敌人说话的声音：“是这个地方吗？”问话的像是个头头。

“是，是，没错。”

“怎么看不到学校呢？”

“走错路了吧？”

学员们听着敌人的悄声叫骂，赶快按着张队长的手势，全都悄无声息或匍匐在地或贴靠土壁，躲藏在土坡路边一处不高的断崖下，靠着夜幕和树丛的掩护，大气也没敢出。要知道当时女队员，除了张队长有一把手枪，其他人全是赤手空拳。

土坡上，敌人的小声嘀咕声不断传来，说明他们正顺着土坡路奔向树林。敌人的脚步仿佛就在队员头顶上踩踏，烂土碎石直接滚落到学员的脸上、身上，敌人的一只脚跑得偏了，直接踩到学员的肩上，学员硬挺着都没有哼一声。直到敌人全部进了树林，张队长才带领大家重新爬上土坡，向河道奔去。只要过了河，就算突围了。

一行十余人在夜幕中往桥的方向弯腰疾速前进。刚到岸这边的桥头前，突然从学校方向传来枪声。原来，偷袭抗大分校的敌人发现扑了空，又反身追了回来。他们远远地看到了河堤上的人影，黑夜里为了给自己壮胆就开了枪。没想到这枪声引发了河对岸敌人的注意，也开了枪，子弹立刻封锁了桥面与河道。后面的敌人以为河对岸发现了突围的抗大学生，枪声越发响得紧了。于是，张队长和她的十几名学员就陷入了后有追兵堵截、前有敌人拦阻的境地，形势立刻危急起来。好在有夜色的掩护，敌人也是"麻秸秆打狼——两头害怕"，处于只敢放枪不想露面的状态。

就这样，过河的路桥被敌人封锁了。敌人的机枪、步枪交叉射击，桥上根本无法通行，就连桥下也子弹横飞。

带队的张队长很有指挥才能。她戴上头盔，主动匍匐上前侦察地形，正在观察时，艾瑗凑上来。

"队长，桥面是不能过了，敌人封锁太厉害。"

"你有什么主意？"张队长征询她的想法。

"我观察，敌人是从对面桥头开枪的，桥面不能够过了，河面也容易被敌人发现，也不能过。只有桥下还有敌人子弹够不到的死角。"

"是吗？"张队长观察着。

"你看，即使子弹打过来，也是有角度的，只要我们闪在角度里，就会避免伤亡。"艾瑗建议。

"说得对。"张队长这时也发现，桥下看似子弹横飞，但角度是固定的，只要躲开这个角度，就有机会。

她当机立断，命令大家跟在艾瑗的后面，使劲弯下身子，弯到不能再弯而且可以快速移动的程度，在桥下顺着桥墩隐蔽过河。

敌人的机枪一梭子一梭子地打过来，打得桥墩和桥梁上的泥土灰渣四处飞溅。他们一行十多人，按队长所说在艾瑗后面，一个跟紧一个，悄无声息地弯腰前进，踏入齐腰深的河水，深一脚浅一脚的，又踩过河两边一腿深的淤泥，就这样他们全部平安过了河。

为什么敌人的枪弹封锁不了桥下？因为细心的艾瑗观察到，交叉射击的子弹弹道，要比河面高两尺，当她把过河建议告诉张队长时，张队长也已经注意到了，她们的想法不谋而合，所以张队长立刻下令过河。就这样，学员们紧随艾瑗弯腰过河，只听到子弹“嗖嗖”地从头顶飞过，却没有人受伤。

敌人一个劲地隐蔽射击，却不敢出来，所以无法发现学员们早已经到达了对岸。当后面追击的伪军到达桥头时，还在奇怪，难道抗协自卫军飞上了天？

天明时，学员们穿过了敌人的封锁线，大家互相瞧一瞧，发现两条腿膝盖以下齐刷刷的全是黑泥巴，不禁嘻嘻地笑起来，戏称自己为“铁腿军”！

过了河以后，大家分散了，各回各的驻地。艾瑗跑了一整天，才回到拾仔镇。她先到宣传队驻地洗了个澡，换了身衣服，几个本来已经去过新房贺喜的战友，又簇拥着她去了新房。

推开新房门，看到王甫坤正在独守红烛。天近半夜，战友们才嬉笑着离开，屋里只剩下新郎、新娘。

“今天累坏了，跑了百八十里。”艾瑗把今天的情况说给王甫坤听。王甫坤饶是身经百战，对心爱的人的历险经历，仍感到十分紧张。

他故作轻松地说：“你走那么远的路程一定累得够呛，还是先烫烫脚吧。”说着就跑出去打了一盆热水，“来，我帮你泡脚。”不由分说，就帮艾瑗脱了鞋袜。

艾瑗没有说话，只是幸福地望着王甫坤。在宣传队，她只是匆匆忙忙洗了身子，脚确实又酸又累。

王甫坤用手试了试水温，然后小心地抬起她的双脚，放进热乎乎的水里。顷刻，温暖和爱意从艾瑗的脚底一直升到心窝。

“你看，脚都有些肿了。”王甫坤心疼地说。

王甫坤一边把水撩到她的小腿上，一边用手按摩着她的脚。艾瑗惬意极了。

王甫坤轻声问：“舒服吗？”

艾瑗笑眼迷离，幸福地点点头。

“那以后我天天给你洗。”

那一夜，什么都没有发生，只是艾瑗在丈夫怀里，睡了一个一生中最踏实、最舒服的囫囵觉。

第五章 铁血金融

抗战，一边是火线杀敌，一边是巩固根据地。巩固根据地，要保护民生，金融战线很重要。这里虽无喊杀之声，但也演绎着刀光剑影的殊死斗争。王甫坤正是在这个岗位上续写了传奇。

1

1943年，根据中共山东分局的指示，抗协自卫军番号撤销，整编归入八路军。按照需要，王甫坤调入中国共产党创办的北海银行北海区支行任行长。他和艾瑷带领罗兴、小杰、大生等人来到银行驻地南莒县履职。

王甫坤受命北海区支行行长后，很爱在市面走动。凭他过去在钱庄工作的经验，做银行离不开市场，更离不开商户。做了银行，为了工作方便，军装又换成了长袍马褂。小杰、大生还一百个不情愿，王甫坤说："这叫到什么山上唱什么歌。"

今天，是南莒县城关镇的集市。自从八路军在这里建立了根据地后，基层政权稳固，市面繁荣，购销两旺。集市贸易更是繁荣旺盛的市场的晴雨表。

此时，王甫坤又和罗兴从银行溜达出来，沿街看看。他们顺着银行向东一路走来，到了集市最热闹的地方。

山东各地的集市，大同小异。这里除了本地土特产品，还有外地贩运来的各种百货日用，各家门户多余物品互通有无，再加上走街串巷的小贩，打把式卖艺的江湖艺人，等等，三教九流，各色人等都在集市上各取所需，才使集市人头攒动、分外热闹。

两人正在边看边聊，忽然不远处一道院墙旁边乱了起来。就见几个彪形大汉正对着一位穿着蓝布短衫的青年人大吼："还不还钱？还不上钱就拿你老婆抵债。"

青年人忍气吞声，不停地作揖："各位大哥，再缓缓吧。"

一个八字眉、留有短胡须的瘦身汉子，操着尖尖的嗓音，阴阳怪气地说："欠债还钱天经地义，咱们是按合同办事，还不上就拿你老婆抵债！"

青年人不满地回答："光天化日之下总不能抢人吧！"

这时候，一个壮汉抬手就是一掌打在年轻人脸上，跟着一脚踹在他身上，年轻人立刻倒在墙根，鼻血流了下来。"还敢跟师爷顶嘴，抢人又怎么样？！"壮汉说着又要下手。

罗兴一个箭步跨到跟前，伸手抓住壮汉的手："有话好好说，不要打人嘛。"壮汉不知道怎么了，扬起的手却发不了力了，不由自主地就把扬到半空的手垂了下来，嘴里却不服输地嘟囔："挡横儿怎么着！"

那个留有短须、被人称为师爷的人，这时也转过身来："你们什么人？不要管闲事。"

他看罗兴和站在后面的王甫坤一身长衫，一脸正气，像是有身份的人，他的话音客气了许多。又因为知道这里是八路军说了算，不知道对方什么来头，也就不敢造次。只是说："这二位，他欠我们钱，欠债还钱，到哪儿都是这个理儿。你说对吧？"

"理儿是不错，但是你们动不动就打人，还要抢人家老婆，就欠礼数了吧？"王甫坤针锋相对地质问。他再仔细看了看这个师爷，感觉似曾相识，只是正在解决冲突，尚且无暇细想。

旁边围观的人群开始只是愤愤不平，现在看到有人出头讲理，也就硬气起来，不少人随声附和："就是，太霸道了吧？"

"该有人管管他们！"

看看犯了众怒，以师爷为首的一干人只好罢手。"今天就到这儿，再宽限你三天，三天不还，看我怎么收拾你！"说罢，悻悻地带领大汉们离去。

待围观人群散开，王甫坤近前询问详情。这个年轻人先是道谢，然后后悔地说道："我叫刘华，大家叫我阿华。他们是放印子钱的。我是卖炒货的小本生意人，只为养家糊口借了三十元，已经还了五十元了，还不行，硬要还一百元，我实在还不起，他们就这样逼我，是不给活路呀。”说罢，掩面痛哭。

“这位兄弟，像你这样小本经营借贷的多不多？”

“很多呀。”

“为什么不去银行或者钱庄借贷呢？”

“那里门槛多高啊，我们也不了解。我们本小利微，没有门路，再加上彪哥的人欺骗利诱威胁，只好铤而走险了。”

王甫坤想到，上级指示过，北海银行的责任就包括打击高利贷，维持金融稳定和市场稳定，让根据地的人民安居乐业。

他略加沉吟，说：“我们是此地北海银行支行的，请你告诉那些需要贷款的商界朋友，我们银行可以帮助他们。还有，放印子钱就是利滚利的高利贷，是不合法的，是八路军主张坚决取缔的！”

“你说得当真？”阿华满怀希望。

罗兴回答：“北海银行是八路军开办的，这是我们支行行长。他说的千真万确。”

王甫坤点点头。

阿华一把攥住他的手，泪水夺眶而出：“八路军可是救了我们呀！”

第二天，阿华带着一些需要贷款的生意人来到了北海银行支行。王甫坤让小杰、大生招呼他们，吩咐按八路军的规矩，给这些生意人办理贷款。他又单独和阿华了解了更多的情况。

原来，放高利贷的一伙人是一个人称彪哥的手下。这个彪哥，名字叫马彪，是城关镇一霸，纠结一批地痞流氓，不但放高利贷，还暗地里操纵市场，谁不听他的，轻的打一顿赶出市场，惹恼了他敢杀人灭口。他过去和官府往来密切，在这一带，谁也不敢惹他。

“马彪的师爷什么来路？”王甫坤顺便问。

“那倒不甚清楚，只听说打得一手好算盘，精通账房业务，据说当过钱庄大伙计。”阿华说。

王甫坤了解清楚了，心里浮现出当年珠算大赛的情景，暗想：“真是山不转水转，在这里又碰上了刘德福，边想边琢磨解决办法。”

马彪一伙聚集的地方在城关正北一个小巷子里。两扇普通的黑漆门，两个小石狮子蹲在门的两边。看上去既没有大户人家的气派，也没有小商小铺的寒酸。门口还挂着一块牌子，上面写着：利利财富。

彪哥——一个满脸凶悍的中年人——正在听手下叙说昨天集市上的事。这件事本来应该是昨天说的，可是昨天马彪喝花酒去了，在烟花巷小翠红那儿风流了一夜，直到今天早上才回来。现在，听了账房师爷的叙述，他气不打一处来，问道："这两个穿长衫的家伙什么来头？敢挡我们的财路！"

"彪哥，有人看到他们进了北海银行，怕是这个……"说着用手比画了个"八"字。

彪哥听说和八路军有关，马上踌躇起来。师爷凑过来说："八路不好惹，连日本人都怯阵，现在南莒县归他们管，我看还是收敛些好。"不过，他也想到其中一个长衫客，似乎在哪里见过，可是又想不清楚，也就没有说下去。

"怕什么，哪朝哪代不是这样？！欠债还钱，我不信八路军能改了千年老规矩。现在，他们在明处，我们在暗处。他做初一，我做十五。想让我不好受，我先让他们难受。"说罢，他把人聚拢过来，详细布置了一些事情。

北海银行支行门口，几个大的商贾正在进进出出。这里，除了小贩阿华来那天，有很多人跟随来银行办事，近几天，几乎没有一般的经商小贩或其他百姓上门。

王甫坤很是奇怪，他让罗兴去了解了解到底发生了什么事。没过多久，罗兴回来报告，有几个不三不四的人在离银行几十步远的街头巷口活动，一见有人想到北海银行存贷款，就上前拦住，连哄带吓，不许他们到银行来。一般人可禁不住这种恐吓，只好绕着走了。

这时，阿华也来哭诉，他和其他从北海银行借贷的人也都受到了人身威胁。

"看来，是到收拾这帮坏蛋的时候了。"王甫坤气愤地说。

"对，你看怎么办？"罗兴望着自己的行长。

"要办就要出重拳！走，跟我去趟军管处。"

"王团长，什么风把你吹来了？"军管处的江处长名叫江州。他是原业平抗日支队第六大队的队长，朱集镇打击敌人四路进攻，和王甫坤有过命的交情。后调任抗协自卫军二团任参谋长，在工作上和王甫坤也有交集，所以更是热情。军管处是负责城市管理的，找他正对路。

"银行家好不好当啊？你是行家里手！"像他这一级干部，都听说过王甫坤干过钱庄大伙计，对这行有经验。

"什么银行家？我现在得求你帮忙。"王甫坤打趣着。

江处长一边给他们倒水，一边说："行，有什么事儿说吧。"

王甫坤把他们掌握的马彪这帮流氓地痞为非作歹的事儿说了一遍。江处长一听就火了："几个小毛贼还了得了，敢在这里闹事？！这事儿好办。"他打了个电话，让负责治安的陈参谋过来。

不一会儿，陈参谋来了。陈参谋，原名陈川森，是一位来自南洋的爱国华侨，参加八路军后，改名陈穿标。为什么改名？这里面还有一个轰动军区的故事。

陈川森生长在南洋一个水乡沼泽地区。他自幼喜欢随大人猎取水禽，练就一手百步穿杨的好枪法。在一次全师比武中，他用大肚匣子枪，五发子弹，在标靶上打出三个洞。报靶的报出三发三十环、两发脱靶的成绩。大家觉得奇怪，这样的成绩，等于三发打在靶心，怎么会有两发脱靶呢？重新验靶后，这才确定，五发子弹中，竟然有两发从一个弹孔穿出！观看比武的首长赞道，你哪里是陈川森，分明是陈穿标嘛！从此，大家都叫他陈穿标了，原来的名字，反而没有人提及了。

陈穿标年近三十，白净面皮，腰挎手枪，精神抖擞，透着南方人的精明、干练。他听了情况介绍后，说："王团长说的这种情况，四城镇子都有类似反映，是我们管理城市必然遇到的问题。"他还沿袭着军中的习惯，称呼王甫坤之前的职务。

"哦，看来有普遍性，"江处长想了想说，"那就不如声势搞大些，威慑一下，杀一儆百。"

大家都赞成江处长的判断，四个人坐在一起，商量起了方案。

利利财富商行，办公室里灯火辉煌。

马彪斜坐在太师椅上，一手端着一把宜兴紫砂茶壶，一手拿着一支香烟。啜口茶水，吸口香烟，正在扬扬自得："师爷，这回够北海银行喝一壶吧，我给他们留着面子，要是换个主儿，我早就让他们滚蛋了。"

"那是，那是，您什么人，您是彪哥，"师爷接茬儿道，"您随便出个主意派俩小弟，他们就吃不了兜着走。还想跟您较劲，姥姥！您要不给他生路，他北海银行就得关门大吉。"自从跟了马彪，刘德福当年珠算大赛时的那点子豪气，也都荡然无存，全变成谄媚阿谀了。

正说着，门房高喊："北海银行支行行长王甫坤到访！"

"哟，说曹操曹操到，咱就会会他。"别看马彪混蛋，但也会虚头巴脑，眼见王甫坤和罗兴进了中厅，连忙迎出来："请进，请进。"马彪拱手让座。

双方坐定，马彪又拱手道："王掌柜，贵银行与敝商号并无商业往来，今日来访，不知道有何贵干？"

“我们都是金融商行，商户百姓犹如供养我们的衣食父母，我们怎么能够用高利贷吸他们的血呢？这咱不成了吸血鬼吗？！再说高利贷如杀鸡取卵，等于自毁供给。不知道马老板同意不同意？”王甫坤单刀直入。

马彪奸笑着假惺惺地表示：“同意，完全同意王掌柜的说法，我们绝不搞高利贷，何况那也是违法的呢。”

“既然马老板知道违法，又同意我们的说法，就请马老板放弃高利贷，把借据还给商户，如何？”

“我们没有搞过高利贷，如何发还借据？”马彪抵赖。

这个回答是在王甫坤预料之中的，他不过是从社会影响、统战大局出发，先礼后兵而已。

“我这是看在大家同业分儿上，关照一下。贵商行既然没有放过高利贷，那是最好。就此告辞。”王甫坤说罢起身离开。

马彪咋咋呼呼：“不送，常来常往啊！”看着他们出了门，立刻骂起来：“跟我唱高调，老子不吃这一套。”

师爷刘德福这次照面，彻底认清楚了，原来来的支行行长，就是当年夺走自己“铁算盘”名号的王甫坤。真是冤家路窄，不禁心惊肉跳，凑过来对马彪说：“小心驶得万年船，还是别让人家抓住把柄的好。”

王甫坤和罗兴正要迈出商行大门，一个这里的伙计急匆匆地进门来，差点和他们撞个满怀，嘴里叨叨：“不好了，都抓了，都抓了。”他一路冲进办公室。

他们两人看在眼里，心里明白，第一步奏效了。

走出巷子，他们和一位穿着灰色长衫、戴着礼帽、提着皮箱的人擦肩而过。巷子不宽，来往人也不多，王甫坤习惯性地朝他瞥了一眼，蓦然觉得这张面孔似曾相识，脑海中却搜不出一点蛛丝马迹。

罗兴靠上来说：“看来江处长、陈参谋他们行动了。”王甫坤答应着，二人加快脚步赶回银行。

在利利财富商行的客厅中，那个急匆匆的伙计跑进来：“了不得了，彪哥，我们去北海银行干事的兄弟都让军管处给抓了。”

师爷两手一摊：“怎么样？我说得小心吧，别再兜了底。”

“这个王掌柜什么来头？他前脚来，我的人后脚就被八路军军管处逮了，这太巧了吧！师爷，你说得对，赶快把印子生意借条账本换个地方藏好，别让八路揭了老底。”又看了看周遭的人，“只要跟着我，不管谁当权，咱们照样吃香的喝辣的，八路能把我怎么样？他不还要拉我们一起打日本的吗？”话音未落，一眼看到门房领进来个穿长衫、戴礼帽的人，立刻打住话头。马彪使了个眼色，让所有人都离开了房间，他说要会会重要客人。

王甫坤和罗兴回到北海银行，江处长和陈参谋已经在那里等他们了。他们相互交流了情况。陈参谋说：“有十几个造谣生事、威胁群众的坏蛋，都被我们抓了。他们承认那个彪哥是放高利贷的，也是他们的后台。”

“关键是要有证据，”王甫坤说，“光有人证不行。阿华他们这些商户也都指证马彪他们，但是口说无凭，没有借据不行。这帮家伙很狡猾，商户手里什么有力证据都没有。估计他们有两本账，关键物证是借据，现在在他们手里。我们今天已经跟马彪他们打招呼了，这叫‘勿谓言之不预’。下一步就是要想方设法找到他们的借据。”

“对，有根有据，这样才更有利于打击这帮坏蛋。”罗兴附和着。

这时，艾瑷进来给他们添茶，插话说：“找证据就离不了账房，谁管账啊？”

“这是嫂子吧？”江处长是见过艾瑷的，只是艾瑷和陈穿标还是第一次见面，陈穿标客气地问道。

“你是陈参谋吧，”艾瑷热情地和陈穿标握手打招呼，“甫坤说这次行动就靠你们了。”

“兄弟部门，互相支持是应该的，何况还有领导的支持。”陈穿标指了指江处长。

“艾瑷提醒得对，借据、账本都是账房先生经手，我看先从账房师爷入手。咱们分个工，我们继续审讯抓住的坏蛋，你们负责监视利利财富商行。”江处长说。

“好，就这么办。”王甫坤一口答应。

说到利利财富，王甫坤又想起在巷子口遇到的穿灰色长衫、戴礼帽、提着皮箱的人。这个人仿佛就在脑海中呼之欲出，却又实在没有清晰的目标，只是那张微翘的嘴角一闪一闪地挥之不去。

人的大脑就是这样神奇，大脑的记忆功能受损后，人需要留下的记忆偏偏毫无痕迹，无意识留下的记忆痕迹却会突然闪现。

此时，这个人面庞上微翘的嘴角，一闪一闪地从王甫坤脑海中猛然清晰了，他看到的是日本人佐佐木。

马彪要会见的重要客人，正是这个日本人佐佐木。

“马老板，看看我给你带来了什么好东西。”说着，来人把随身携带的皮箱提到桌子上，打开箱盖一指，“请看。”

马彪近前探身一看，眼睛立刻就亮起来。箱子里是一捆一捆的纸币。他拿起一捆，抽出一张仔细地用手指摩挲着，又对着光线看：“这是真法币！”

佐佐木一伸手“啪”地把箱盖合上，骄傲地说：“这是十万法币。把它们花出去，就是真币，花不掉就是伪币！”

马彪抖着手里的那张花纸，不停念叨：“看不出，真的看不出。”

“这是大日本帝国科技的伟大体现！钱是拿来了，希望你们赶快花出去，后面会陆续送来，要多少，有多少。哈哈……”

“什么代价？”

“花出去，就没有代价；花不出去嘛，”佐佐木嘴角一翘一翘地奸笑，“大日本的厉害，你地知道！”

“不就花钱吗？小菜一碟，来多少花多少！”马彪又抖着花纸跟着放声大笑起来。

傍晚时分，北海银行支行中，阿华急匆匆地带来一个半大小伙，叫二秃子，说是他的小兄弟，在利利财富商行帮厨，有重要的事情报告。

“你在那家商行看到什么？快跟王行长说。”阿华紧催他报告。

“不要急，慢慢说。”王甫坤让他们坐好。

“我在那儿帮厨，那天晚上送菜时，听见马彪嘱咐账房师爷，把什么东西送哪儿保存，还说是什么命根子，等风声过后再取回来。”

“什么时候送的？”

“啥时候送不知道，只听说他要亲自送，让师爷把东西准备好。”他回头看了看阿华，“我大哥说有重要情况就报告，我也不知道这个情况重不重要。”

“重要，很重要。”王甫坤感谢地鼓励他。

送走阿华，王甫坤和罗兴一商量，觉得马彪要转移收藏的可能就是账本，即使不是账本，也会和他们的罪恶行为有关。王甫坤要求罗兴从师爷下手，查出藏匿的东西到底是什么。

师爷是谁？王甫坤猜对了，恰恰就是原来通聚钱庄的大伙计刘德福。自从那一年算盘大赛走了麦城，他就一蹶不振，离开了业平县，凭着手上的本事和馊主意多，混东混西，最后落在了南莒县的马彪处，成了他的账房师爷。他常年混迹其中，早磨没了那点儿豪杰英气，倒是多了许多狗仗人势的流氓习气。俗话说，相随心生，坏事干多了，人模样都变了许多，连王甫坤都差点认不出来了。

彪哥好色，师爷好酒，这里道上人都知道。当晚，师爷刘德福在酒馆喝得有八分醉意，晃晃悠悠往家里走。快到家门口时，突然有人用布袋套住他的头，扛起来就走。他刚要喊出声，就听有人威胁他："别出声，出声要你的命！"别看刘德福平时耀武扬威，此时吓得灵魂出窍，酒醒了大半，一声也不敢吭了。

过了一会儿，他觉得自己被放在一棵树的树根上，有人问他："你想要活命吗？"

"要活，要活，各位大哥是哪路好汉？我是城关彪哥的人，有话好说。"

"要活命就说实话，明白告诉你，我们就是冲彪哥的钱来的。"有人敲了一下刘德福的头，师爷感觉是一把大刀的刀背，脊背一阵发凉。

"我问你，你为彪哥准备藏起来的东西，是什么财宝？彪哥藏在哪儿了？"

师爷一听，真是求财的道上朋友，只是猜不出是哪条道上的。江湖规矩是求财不要命，他放了大半个心。

"哈哈，朋友，那个哪是什么财宝呀，是商行放贷的账本和借条呀！不信你们去查，就藏在他的相好烟花巷小翠红那儿。"

"你敢发誓？"

"我敢对天发誓！"

"算了算了，可能我们搞错了。"

这些人突然出现，又突然消失了，只把套住头的刘德福留在大树底下。

王甫坤听了罗兴带领小杰、大生智取情报的经过，不禁笑出了声。

按照情报，军管处陈穿标带领战士，拿着搜查证，以检查日本汉奸的证物为名，搜查了烟花巷小翠红的房间。小翠红是烟花巷当红的姑娘，有自己独立的小院。院子很小，只有一个房间，房内简单空落，几乎一眼就看遍了。

战士们很快从床底的箱子里找到一个黑色皮包。

"这个皮包是你的吗？"陈穿标问。

小翠红一看就慌了神。她不知道这个皮包里装的是什么东西，但是彪哥说过，藏好这个比命还重要的东西，等取时给她一大笔钱。她赶紧上前夺过皮包，搂在怀里，急促地表白："这是我自己的，我自己的。"

"那你知道这里面是什么吗？"

皮包上了锁，小翠红没看过，也不敢看，只是想彪哥的东西肯定是值钱的，那就是金银珠宝了，就说："那是俺的体己钱，半生的依靠呀。"

"好，既然说是你的，我们不会动它，请你打开让我们看看。"小翠红哪里打得开，正磨叽时，老鸨进来了。

“请你让她打开皮包。”陈穿标客气但满脸威严地对老鸨说。

“打开吧，让军爷看了好放心。”其实，老鸨也想看看小翠红到底藏了多少体己钱。

小翠红只好乖乖地把皮包递过来，嘴里嘟囔：“打不开。”

战士打开锁，只见皮包里是几个纸本子和一沓纸片。陈穿标看了看，正是要找的东西。

“这东西可和汉奸沾边，我再问一句，是你的吗？”

一听与汉奸有关，小翠红赶紧摆脱干系：“我记错了，不知道是谁丢下的。”

“既然无主，那就先没收了，失主来了让他到军管处认领。”

军管处的人走后，小翠红一下子瘫坐在床上。只是老鸨挺失望，没有看到小翠红到底藏了多少体己钱。

公布《取缔高利贷条例》的大会已经到了快结束的时候。台上，和军管处领导坐在一起的是当地商会金融界有影响的老板、掌柜。台前，低头弯腰面向看台下面谢罪的几个地痞，是军管处抓捕的破坏分子。台下，站满了商铺老板、行商小贩以及普通百姓。会场四周，有几个八路军战士持枪警戒。王甫坤和艾瑗几个人也挤在台下人群中。为了团结大多数人抗战，从统一战线需要出发，军管处把马彪安排在台上就座。从大会宣读取缔放印子钱的条例开始，每一次讲到高利贷的事，马彪心里就哆嗦，怕连累自己也成为台前谢罪的罪犯。

“现在，我们进行大会最后一项，烧毁高利贷借据！”陈穿标代表军管处宣布。

王甫坤在会上很认真地观察马彪的表情。马彪一听烧毁借据，心就提到嗓子眼了，脸颊的肉都哆嗦起来。

两个战士抬来了一个铁盆，放在台前，在盆里点起火种。这时候的会场上，像有一块磁石，吸引着所有人，大家都把目光聚集在火盆里，一时鸦雀无声。

另外一个战士，从背包里拿出一沓借据，故意抖了抖，随后一张一张地扔到火盆里。刹那间，火苗跳跃熊熊燃烧，腾起一团烟雾，会场顿时欢腾起来，响起一片鼓掌叫好声。

此时，马彪已经看出，烧的正是自己藏在小翠红房间里的高利贷借据。那烧的是他的钱！

王甫坤也清楚地看到，马彪的脸上露出由紧张到担心，再到懊恼、痛苦，最后却是充满愤怒和仇恨的表情。

王甫坤认为,马彪并没有打心里知罪、认罪,更不会去改过。

城关镇取缔高利贷的大会震撼了整个南莒县。在八路军所到之处,放高利贷的罪恶现象基本被遏制了。

2

入夜,王甫坤就着微弱的灯光,看着总行发来的协查通报。

协查通报

各分行:

近日,在山东滨海抗日根据地,发现不法奸商在我根据地边缘区域收购粮食、山货和其他大宗商品时,常常在真币中混入假币,其中以法币和北海币为多,望各地分行密切防范。

北海银行总行

这份协查通报是刚刚发到分行的。王甫坤看后,想起马彪的皮包,那里面有几个账本,其中的一个账本,夹着一张北海银行发行的十元纸币。

他开始重新翻找那个黑皮包。这时,艾瑗进来了,端着一杯给他泡的日照新绿。

"找什么?"

"陈参谋送来的黑皮包。"

"在这里,"艾瑗把茶杯放在桌上,转身在书柜最底下一摞文件中抽出那个黑皮包,笑道,"我这个秘书够格吧!"

"够格,非常够格。"王甫坤的赞赏是发自内心的。

的确,艾瑗在分行里身兼数职,不但管着柜台,还兼任行政、出纳,还有文秘。王甫坤有外出任务时,她会暂时挑起支行的全部重担。

"言不由衷,"艾瑗嗔笑着,"你要皮包做什么?"

他很快从皮包里取出一个账本,递给艾瑗。

王甫坤闻了闻日照新绿中飘出来的淡淡的清香,啜了一口,赞道:"这个茶香真的沁人心脾呀!"

"别光顾品茶,快说,账本里发现了什么秘密吗?"艾瑗翻开账本,发现了那张北海银行的十元纸币。

“秘密应该在这里，”王甫坤指着这张纸币，“你记得我们在取缔高利贷的大会上，烧借据时，马彪脸上的表情吗？”

“看到了，他除了仇恨，还在狞笑。”

“这次会后，我一直在思索，马彪的愤怒和仇恨是顺理成章的，你说那些狞笑代表什么？”王甫坤仿佛是自问。

艾瑗和他几乎同声回答：“报复！”

他又打开了那个装账本和借据的皮包，借据都烧了，只剩下几个账本。这几个账本里，什么都没有。艾瑗指着账本说：“你看，只有你手里的这个账本，扉页里夹着这张十元的北海银行纸币。不是很奇怪吗？”

这些账本，王甫坤都翻过多次了，是高利贷流水账，没有了借条就没有意义了。他对那张十元的北海币，似乎并没有太在意。他曾经拿起这张钞票，对着阳光看去，颜色、水纹、文字，除了新一些，都看不出有什么问题。十元的北海钞票，王甫坤见得多了。实在看不出问题也就算了。但是凭直觉，他心里不踏实，总感觉有些问题。

今天晚上，他又把这张十元北海币翻出来，和艾瑗讨论着：“马彪靠什么报复？协查通报你也看了，我怀疑马彪在打伪钞的主意。”

艾瑗拿着这张钞票，左看右看，也看不出问题。她习惯性地对着灯光，拿出一张自己的十元北海钞票，对照着看。这时，问题来了，自己的这张北海币，清晰地看出夹印在币纸中的羊毛线，虽不均匀，色彩却较为鲜明，而那张新的北海银行纸币，羊毛线太过均匀，线的色彩却较为暗淡。

艾瑗兴奋地拍了下王甫坤：“甫坤，你看！”

王甫坤挨到艾瑗脸旁，凑近灯光看去，果然，差别立刻显现。他一下就断定这是一张伪钞。“小瑗，你太棒了！我们就从马彪入手，查它个水落石出。”

第二天，他把这个发现告诉其他人。大家都看出来了，而且找出了原因：由于假币的印制技术和币纸质量都超越了真币，在阳光下会非常逼真，反而会在较暗的灯光下暴露出真面目。

他们立刻把这个新情况通知了江处长和陈参谋。他们都同意查处假币就从马彪那儿作为突破口。

这天，阿华又带着二秃子来了。原来，王甫坤布置给阿华的任务是让二秃子监视马彪的行动。

二秃子来汇报，马彪他们又有新行动，而且和钞票有关。“我听见马彪布置人到沭临河一个码头去取新钱，数目很大，不知道是什么钱，所以我就赶紧跑来报告。”

“去几个人，怎么去？”

“领队是师爷，再带两个人，赶骡车去。”

从江处长那里传来的消息，我们的代号叫作“虹”的在敌方卧底的侦察员已经发现，敌人在沭临河沿岸有散发伪钞的据点，但是不清楚具体的地点，这次正是一个机会。

王甫坤派罗兴和小杰，跟踪马彪的骡车，另外通报了江处长，请江处长再派一辆车、三名战士一起行动。任务是搞清楚伪钞散发据点的具体情况，另外，找机会推进、侦查出制造伪钞的地方。

一大早，利利财富商行的骡车就出发了。没走多远，就被罗兴、小杰的马车跟上了，两车相距十几丈远，一前一后出了南莒县城关。南莒县城关距离沭临河最近的码头有十几里路的官道，路上不乏行人车马。马车夹在其他车辆中，一路并没有引起骡车上面的人的注意。

沭临河这座码头的水路官道，四通八达，已经很有规模。岸边可以停靠十几条帆船，周围有一条商业街。商业街里除了乘船赶路的人需要的各种商品，就是餐馆、酒馆和茶馆，人来人往，还挺繁华。码头的附近，还有一个有模有样的客栈。客栈门宽大，牌匾鲜明，黑漆金字，上书“宾至如归”。客栈外直通码头官道，客栈内有停靠车马的宽阔院落。一排青砖灰瓦的客房坐落在大院一侧，颇显气派。看那住店客人出入频频，想来生意不错。

这天，客栈面对的官道上来了两个骑马的人，后面跟着一匹驮马，马背两边带着四个皮箱。两个骑马人一进客栈，就有马夫接过马的缰绳，恭敬地问候：“谢谢您二位又光临小店。”这个架势，想必是熟客。

“嗯，黄爷您来了！”门口迎宾的店小二也恭敬地打着招呼。

这两个人，前面的身穿马褂，面带微笑，后面的一身西服，面无表情。两人点了点头，下了马，卸下箱子。店小二牵马至旁边照料，两人各拎两个皮箱进了客店。看来，两人是这里的常客，而且有特殊要求，连店小二代客拿行李的规矩都免了。

进店后，店小二边走边说：“黄爷，还是您要的那间房，给您留着哪。”店小二领着两人来到房前，开了房门，抬手示意：“那就您请啦，有事尽管吩咐。”连屋都没进就走了，想必这也是客人的要求。

两个人将四个皮箱拎进房间。两个皮箱放在床下，另外两个留在客房一角。

那个被称作黄爷的人，这时向坐在椅子上穿西服的人谄媚地笑道：“佐佐木先生，平安到达了。这个地方看来还是很安全的，我们几次来都没有出事儿。”

“黄买办，看来真得要把这里好好地经营一下。”但是话锋又一转，“不过，我还是不希望我们搞运输，危险大，应该让他们自己去取。”佐佐木扫视四周，随口说着自己的主张。

“是，您说的是。”穿马褂的黄买办亲自给他泡了杯茶，奉承着。

这时，门外有人敲门，两人掏出手枪，警惕地望着房门。敲门声一轻二重，隔了十秒，又响起了一轻二重的敲门声。

这是暗号。黄买办开了门，两个商人打扮的汉子站在门外。

“你们什么人？”

“我们是北莒县赵爷的人，赵爷，赵老三。”

“赵老三？干什么来了？”

“取东西。”

“取东西的凭证呢？”

“赵爷说，把这个交给你们就行。”说着，递过来半张十元北海银行纸币。

黄买办看到纸币，又看了看门外没有其他人，就把他们让进客房。转身把纸币给了佐佐木。佐佐木掏出另一半纸币一对，两个半张纸币正好合成一张十元纸币，原来这是取货的暗记。对上暗记，佐佐木使了个眼色，让他把一只皮箱交给了那两个人。那两个商人并没有多余的话，道谢后转身就走。

取货的人走了以后，佐佐木问：“另外两家什么时候来？”

黄买办抬手看看腕表：“快了，快了。”

利利财富商行的车来到了沭临河码头，顺着官道，并没有到码头里，而是绕过商业街拐进了码头旁边的客栈，直接停在客栈的院子里。

不一会儿，罗兴和小杰的马车、军管处便衣战士的马车，也到了客栈大院附近。他们停好车后，并没有进客栈，只是在对面的饭馆，各自找个能够看清客栈人员出入的桌子，边用餐边观察。

大约一袋烟工夫，师爷刘德福带着自己的俩人，从客栈走出来，每人手上多了一个皮箱，另外有两个人送他们出来。两个大汉把箱子放在骡车上，翻身上车。刘德福和送行的人拱手道别，送行的人则摘下礼帽躬身点头，显得十分客气。骡车启程驶出客栈。

罗兴让战士们跟住刘德福的骡车，他们则继续监视两个戴礼帽的人。看着这两个人返回了客栈，小杰留在门外，罗兴就跟了进去，假装客栈服务人员，摆弄走道的绿植，看着他们进了客房。

他观察清楚，走道里没有人，其他房间也是静悄悄的。只是每个房间门口盆架上的绿植叶子，在风的偶然吹拂下飘动。他稳住心绪，蹑手蹑脚，走近他们的房门，正好听到里面的对话。

“佐佐木先生……”

“住嘴，说过多少次了，我姓王，叫我王老板！”

“是，是，王老板。”黄买办应声答道，然后撇撇嘴跟着问，“我们为什么对南莒县的人那么客气？还送出客栈？”

“你哪里知道，这个南莒县是我们的重点县。那个马彪是我们的大大的朋友。我们一定得给面子。”

“是这么回事啊。”黄买办不再问了，换了个话题，“我们顺利完成任务，朱岛市那边对这趟活应该有很多奖励吧？”

“当然，奖励大大的。不过这次货还是太少了。”

“让岛上多印些钞票，大额的，不就行了。”

“什么岛上，这是秘密，不许胡说。泄密的杀头！”

正说着，突然佐佐木扬起手来，做了个禁言的手势，刹那间，黄买办吓得住了口。佐佐木蹑手蹑脚，向房门那边走去。

一听里面刹住了话头，罗兴感觉不妙。但是，他想离开又没有时间了，于是灵机一动，一个箭步跳到另一个房间门口，装作客栈人员摆弄起门旁边花盆内的绿植。

这时，刚才的房间有人猛然拉开客房门，把头探出来左右张望，看到摆弄绿植的人离自己住的房间还远，就又好似漫不经心地退回了房间。

又过了几十秒，突然门又开了。“砰！”一个人冲着罗兴的方向打了一枪，跟着“哗啦”一声，被击中的绿植盆栽四分五裂，倾倒在门旁走道，撒了一地泥土瓦块。

枪响时，罗兴已经卧倒在地。

听到枪响，小杰拔枪就冲进客栈走道。好在其他房间没有旁的客人出来，看到小杰，罗兴举枪向他示意：“冲进去，抓住他们。”

两人没有再犹豫，几乎同时撞向房门，大喊：“不许动！”

客房里面已经空无一人，窗子大开。他们冲到窗前，只见客栈院子里，那两个人已经一人上了一匹马，马嘶叫着冲出客栈，奔腾而去。

罗兴和小杰后悔没有早些行动，此时只好眼看着他们逃走了。

骑马逃跑的两人中，有一个是日本金融间谍，他就是佐佐木。

佐佐木和他的上司浅野一郎，当年在沙河镇搞金融诈骗失利以后，就依靠日本专门对华进行金融战的橙组织，接受了有关假币伪钞的任务。任务要求他们在全省印刷、发行伪钞。沭临河码头客栈就是他们暗藏在八路军根据地的一个伪钞散发据点。

原来，佐佐木送走马彪的师爷后，进客房前，回头一望，发现了在客房走道摆弄绿植的罗兴。本来佐佐木并没有在意，但是，在屋里和黄买办对话时，说到关键时刻，直觉提醒他外面可能有情况，等拉开门时又看到了摆弄绿植的人。凭佐佐木的间谍嗅觉，立刻判断出他不是客栈店员，不是店员，却在摆弄绿植，必定有问题。

发现被跟踪监视后，佐佐木第二次拉门出去，果断开了一枪。这一枪，他并没有打算击中对方，只是想推迟对方攻击的时间，同时吸引院里的埋伏人员离开院子。

小杰果然上当了。

佐佐木开枪后，立刻打开窗子，两人跳了出去。看到院子里并没有人，一分钟也不敢耽搁，骑上马仓皇逃离客栈。

两个人乘马离开官道，沿着沭临河小路，很快逃出八路军的控制范围。

佐佐木逃回本部，向浅野一郎报告了事情的来龙去脉。浅野安慰他："佐佐木君，只要人平安回来就好了。钞票的损失是小事情。我地有个想法，今后让各地我们的联系人到这里来取伪钞，中国人的命不重要，何况他们是给自己赚钱。"

"对，中国人有句俗话：'人为财死，鸟为食亡。'只要有钱赚，他们会为帝国效劳。"

"好，那就加速执行橙组织本部的计划，尽快让他们来这里取走一批伪钞。"

"是。"佐佐木窃喜，虽然损失了一个伪钞散发据点，但是浅野终于采纳了自己的建议，改变了偷运伪钞的策略。

罗兴和小杰在佐佐木和他的同伙逃跑后，就对他们住的客房进行了搜查，发现还有一个皮箱藏在床底下。打开皮箱，看到满满一皮箱的伪钞。他们立刻联系了当地八路军军管人员，对客栈进行了更仔细的搜查，没有再发现新的线索，就将皮箱放上马车，运回南莒县城。

回到银行，他们才知道马彪师爷坐的骡车，在进县城时就被扣押了。王甫坤正在军管处参加对师爷刘德福的审问。他们俩立刻赶往军管处，把码头客栈发生的情况向江处长和王甫坤作了汇报。

沭临河码头客栈，是日本间谍向八路军根据地偷偷转送伪币的一个据点。现在这个据点被捣毁了，他们难道会善罢甘休？不罢休，他们还会有什么样的新动作呢？王甫坤和江处长商量，决定放长线钓大鱼。

江处长、陈参谋对刘德福单独进行了审问，王甫坤躲在暗处观察。

"刘德福，知道为什么扣押你们吗？"陈参谋问。

"不知道。"刘德福脑袋摇得像拨浪鼓似的。

"你看你们箱子里运的是什么？！"陈参谋单刀直入，"啪"地一下拍在刘德福面前一摞假币。

刘德福明白抵赖不了，但还是硬着头皮不吭声。

"告诉你，人赃并获，抵赖是不行的。按照军管条令，偷运假币是要被枪毙的！"

刘德福一听要被枪毙，吓得立刻扯着尖嗓子求饶了："你们饶命吧，我上有老母，下有妻小，我是迫不得已呀！"

看到刘德福求饶了，江处长说："饶你性命可以，以后马彪有什么关于伪币的活动，一定要及时汇报。你要是能做到这一点，我们就算你是戴罪立功。"

"一定一定，我戴罪立功。"

"你们沭临河码头的伪钞点已经被我们捣毁了，那个叫佐佐木的下一步有什么打算吗？"

刘德福一听，八路连日本人佐佐木的事都知道，不由得直冒冷汗，暗自寻思，亏得自己坦白了，赶紧回答："好像说是，计划让我们直接到朱岛市的本部去领伪币，还说那里的银票大大的，无穷无尽！"

"好吧，如果出发去本部，一定告诉我们。"

"一定，一定。"

当他们赶着骡车出了军管处大门后，跟随的那两个人悄悄问刘德福："师爷，八路把我们俩圈在屋子里，理都不理我们，现在就放出来了，怎么回事呀？"

刘德福立马神气起来："军管处的八路是彪哥朋友，也就是我的朋友，留师爷我喝喝茶呗！"

过了两天，江处长那儿得到消息，马彪已经分派人去消耗那些伪钞。这是刘德福报告的情况，并且提供了消耗方向。

这个消息，王甫坤在二秃子那儿得到证实。二秃子说："马彪的部下，两人一组，在师爷的布置下，奔向四城乃至乡下购物，以三比一的比例，把伪币撒出去。"

东门外的市场多了几个卖山货的人。他们的摊上只是摆出一些样品，一看就是做批发大宗生意的。这几个生意人仿佛有目标，只是盯着马彪派出的人招揽。马彪派出来的人有特点：一是散散漫漫，两眼却贼溜溜。二是做生意霸道，盯上了就要把买卖做成。这不，看到有人招揽，就溜达过来了。

"这核桃多少钱一斤啊？"

"这大枣不错，怎么卖？"

"这豆子多少钱？"

马彪的人似乎并不在乎价钱。只要生意人报了价，他们就会拉着他到僻静些的地方，在价格上敷衍一下，掏钱成交。只是这个钱都是从一间靠角落的小门脸中取出来，再通过马彪的人转到卖货人的手上。转眼间，他们就做成了十几笔生意，一沓沓的钱从他们手里流向卖主。

只是，马彪的人在提货时，往往就会连钱带货被人扣住，使得马彪的人钱货两空。

这些卖货的生意人就是北海银行王甫坤在军管处的协助下，派人演的一场戏。

原来，王甫坤和江处长知道刘德福运来了假币，马彪必定要尽快销赃。于是，他们商量协作行动，绝不能让他们散出这些伪钞。具体方式就是派出自己人乔装卖货的生意人，让军管处派人监视，与马彪的人成交后，立刻现场揭露假币，钱货没收，但不抓人，留下余地，为下一步行动留出空间。他们的戏演得很逼真，既打击了这批假币的流通，又教育了群众，更重要的就是逼迫马彪尽快去提新货，好有利于查出日本在这里的伪钞印制源头。

马彪这两天还真的很着急：撒出去的伪钞，只见人不见货，而且他派的人回来后众口一词：伪币没收，批评教育。马彪听后气得七窍生烟，只好要求日本人提供更多的伪币。

好在马彪盼望的消息终于来了，联络员送来的通知是：明天出发，朱岛市提货。

这个消息很快到了王甫坤那里。经上级批准后，他决定亲自走一趟。

一大早，师爷刘德福和他的随从就骑着马离开了利利财富商行，去朱岛市执行马彪提货的指令。

出了南莒县城关不久，就被路边八路军的检查岗截下来了。刘德福的随从被带走后，只留下他一个人待在一间小房子里。

门开了，进来两个人，他都认识：一位是北海银行支行行长王甫坤，另一位是军管处江处长。“长官，这趟活我已经汇报过了。”他急忙解释说。

“别害怕，我问你，这一趟出去就你们两个人？”江处长问。

“就两个，彪哥说两人骑马，快去快回。”刘德福回答。

“这样吧，把你的人留下。我们派一个人和你一起去。”

“那是很危险的，出了差错，我可担不起责任。”刘德福直摇头，一再强调危险，其实就是怕连累自己。

江处长一拉王甫坤手臂，对刘德福说：“王行长你认识，现在的官称就是坤哥。外人问起，你就说坤哥是马彪的拜把子兄弟，是利利财富的库房管家。这次去朱岛市取钱，你一切都听他的，如果出了差错，我就拿你是问。”

“不敢不敢，我得拿命保着管家。”刘德福赶忙说。

“该说什么，不该说什么，你要有数。要知道你在南莒县的老妈还等你孝敬呢！”王甫坤走过来，接着说，“这趟虽是火中取栗，你只要听我的，就不会有事。”

“在下一定听坤哥的吩咐，对付日本人。”其实，王甫坤年龄比刘德福要小许多。

临出门时，江处长塞给王甫坤一张纸条，王甫坤看后微笑着点点头。江处长又拿回来，烧了。

两人两骑，穿过哨卡，向朱岛市方向飞驰而去。

一路经过日伪岗卡，搜身检查，两人倒也平安无事。进了城，在靠近城墙的地方，找到一家名叫长安客栈的旅馆，把马交给店小二喂养后，要了两个挨着的房间安顿下来。

王甫坤告诉刘德福，在这屋里休息，哪儿都不许去，他连连称是。王甫坤跟客栈借了辆自行车，按照江处长给他的字条提示，奔向市中心。

位于市中心的十字路口有一座木制牌楼。牌楼里侧有一家茶馆，招牌上书“御茗堂”。停好自行车，进得门来，只见门脸不大，房间却是古朴清静。影背墙上，映入眼帘的一副对联道出了这间茶馆的经营特色：“翠叶烟腾冰碗碧，绿芽光照玉瓯青。”

几张茶桌，桌旁各配有几把四出头官帽椅。桌子上面摆着桌旗、茶具，尤其独特的是，每张茶桌中间位置，都有一盆小小的绿植，或者是冬青，或者是文竹。这立刻显示出茶馆的雅致和老板的不俗。

此时，生意清淡，茶室里没有客人。

王甫坤选了一张紧靠窗子的小桌，坐下后，像是要仔细欣赏，顺手把桌上那盆文竹移到离自己较近而且又靠窗的位置上了。

茶博士是位姑娘，立刻过来招呼客人。一边抹了一下桌子，一边顺手又把那盆文竹移回了原来的位置，问："这位客官，请问您喝什么茶？"

"来壶碧螺春吧。"

"您喝哪里的碧螺春？"

"洞庭碧螺春，一定是明前的啊！"

"好。"茶博士扬起清脆的嗓音，"明前洞庭碧螺春一壶！"

原来，这里是八路军的地下联络站，王甫坤移动文竹以及和茶博士的对话，都是接头的规定动作。

送茶的当口，茶博士悄声道："半盏过后，请跟我来。"

啜饮几口后，王甫坤见窗外没有异常，便起身跟着茶博士，绕过柜台，进入另一间私密茶室。坐在那里的是一位青年小伙子，头戴黑呢礼帽，戴着大墨镜、白手套。他一见王甫坤立刻迎上来，摘下墨镜、手套，露出一双不大但坚毅有神的眼睛。他伸出厚实的手掌，乐呵呵地紧紧握住王甫坤的手，进行自我介绍："我叫艾欣，代号'虹'，现在在日军特务队，专门配合你的这次任务。"

按照地下工作的规矩，王甫坤什么也没有问，只是向他介绍了这次侦察伪钞任务的详细内容。

"这家茶馆是自己人开的，有情况可以直接联系到我，也可以托老板转达。"临分别，艾欣把自己身上的盒子枪从枪套里取出来，关切地说道："这个你留下防身吧。"

王甫坤回到旅馆时，刘德福还在房间里睡大觉。

艾欣在朱岛市日本宪兵特务队卧底多年。他以"虹"的代号对外联络，多次秘密地将日伪军的行动通知八路军，出色地完成了各项任务。这次配合王甫坤，也是要想方设法查出日本侵略者设在朱岛市的伪钞工厂。

说起日本伪钞工厂，艾欣就恨得咬牙切齿，因为朱岛市地下组织早就接到过同样任务，并且下了很大功夫，还牺牲了几位同志，但始终没有查出这个伪钞工厂的地址。以他在特务队的身份，要查清应该不费事，可是似乎日军军方对这个伪钞工厂一无所闻。

地下组织还曾经派人盯着日军运输部门，只见他们把整大箱的印钞纸运出城，又把小箱的钱币运回城，来回的方向都是百公里外的渤海湾。所以，地下组织判断印制伪钞的工厂不在朱岛市城里，而是在渤海湾的一个小岛上。

就在地下组织向上级汇报朱岛市不存在伪钞地下工厂时，上级则言之凿凿。所以，派一位做银行工作的王甫坤到朱岛市侦察，他们特别高兴。

艾欣为了配合王甫坤的行动，提前做了很多工作。他准备了市军用地图、特别通行证，在茶馆当面交给了王甫坤。他努力配合好王甫坤，想方设法了解日本人的伪钞工厂到底在哪里。

日本人的伪钞工厂到底在哪里？这也是王甫坤日思夜想的问题。

3

当王甫坤和刘德福来到大和银行的门口时，才感觉到这个银行是日本人开的。

朱岛市大和银行远远看去，和省内钱庄没有什么区别：朱门红窗，门两旁各自蹲着一只小石狮子，一副对联镌刻门框两边，门内玄关的小条案上，一块大洋钱被叼在一只大蟾蜍的嘴里，不知是对着你傻笑还是对着你傻叫。只是看到，悬在门上的日本国旗和挂在旁边的“日本国大和银行株式会社”以及下边的小字“朱岛分社”，才知道这里是日本人侵占的管界。

会议室在银行的最后面。里面除了王甫坤和刘德福，还有十余位客人。当社长浅野一郎和科长佐佐木出现时，大家不约而同地报以掌声。掌声停止后，佐佐木上来发言：“想必很多人都知道，我是发钱的佐佐木科长，但是真正给你们钱的人不是我，而是我们银行的社长浅野一郎先生。现在，我们请社长训话。”他嘴角向上翘了翘，躬身向浅野做了个请的姿势。

浅野一郎站起身来，扶了扶金丝眼镜，扬了扬手臂。“古人说：‘有朋自远方来，不亦乐乎？’指的是朋友，”他眨着镜片后阴沉沉的小眼睛，扫视了一遍来客，突然提高了嗓门，“不是敌人！可是今天在座的就有敌人！”

室内空气一下子紧张起来。王甫坤心头一震，以为这家伙发现了什么。紧挨着他的刘德福，身子抖了一下，额头冒出一层汗珠。

“高密县的胡大包，站起来！你的良心大大地坏了。”浅野厉声道。

“冤枉，”左前方一个胖胖的汉子站起来，“我是忠于大日本帝国的……”

话没说完，从门外进来两个腰挎手枪的家伙，一声不吭地扑上去，一人扭着他的一条胳膊，把他推出了门。门道里还不停地传来他的呼喊声："我冤枉，饶命啊，社长……"声音戛然而止。

屋里的人面面相觑，人人自危。浅野安慰大家："大家地放心，这个人出卖我们高密转运站给军统，良心坏了，必须严惩。你们地都是朋友，自己人。"

大家这才放下心来，有人大着胆子说："那就快发钱吧！"

"是呀，是呀。"大家附和着。

浅野一挥手："俗话说，有钱大家挣，我说有财一起发。相信大家一定会空手而来，满载而归的。"

他顺手拿出一张十元北海银行币，摇晃着说："我们的技术是一流的，中国人地无法分清这钱的真假，欢迎大家花，谁花得多，我们还要给奖励。"

这时，王甫坤灵机一动，突然高声说道："浅野社长，这个造币技术还要提高啊！"

"什么？"浅野一愣，竟然有人敢当面质疑日本的伪钞制作技术，愠怒道，"你地什么人？"

刘德福赶忙出来说："社长，他是我们利利财富的总管坤哥。"

佐佐木认识刘德福，在南莒县沭临河码头的据点还见过面，就和浅野耳语："我地认识，南莒县马彪的人。"

浅野一听，放下心来，再定睛审视王甫坤，忽然笑出声来："你地沙河通聚钱庄大伙计？"其实刘德福也当过那里的大伙计，他却没有看出来。

这时候佐佐木也认出了他，高兴地说："老朋友，没想到在这里相会。"

一旁的刘德福一看他们认识，那颗悬着的心才彻底放下了。

"你地为什么怀疑我们的制作技术？就凭你过去在钱庄的经验？"浅野感到奇怪，便问道。

周围的人先是惊讶王甫坤的胆量，后来看到日本人认识他，还知道他干过钱庄买卖，都瞪着眼睛，想要听听他到底凭什么敢质疑日本人制作伪钞的技术。

王甫坤其实正想就此深入探查，摸一摸日本伪钞制作的底细，就故弄玄虚地左右一看，给浅野使了个眼色，沉吟着："这个嘛……"

浅野立刻明白了，命令道："佐佐木科长，你带领大家去领钱。"然后，指了指王甫坤："你地留下。"

当屋里只剩下他们两个人的时候，浅野问："坤先生，"他以为刘德福叫王甫坤为坤哥就是他改姓坤了，"现在，只有我们俩人，你可以谈谈技术问题了吧？"

王甫坤仍然略显神秘地悄声说："皇军制造伪钞的技术大大地棒，但是有瑕疵，这个瑕疵怎么能够让他们知道呢？既然我们是社长的属下，就应该让社长知道的。"

王甫坤自称是浅野的属下，浅野听着，心里很受用，歪着脑袋，认真地把脖子伸过来："现在，你可以说了吧？"

"好，皇军制造伪钞的技术，就是因为太好了，所以才有破绽。"

"我地不明白，你地继续。"

王甫坤从衣兜里掏出一张十元北海银行币交给浅野："社长先生，这是一张真币，请你看清楚。"

浅野接过来看了看，点了点头，又还给王甫坤。

"请把你那张十元假币拿来，"浅野把假币递给王甫坤。就像变戏法一样，王甫坤把簇新的两张十元北海银行币叠在一起，上下交叉换位几次，又递回浅野手中，"这回请社长分辨一下真假。"

浅野接过来，左看右看，没有看出不同，又拿到窗前对着阳光看了一会儿，忽然哈哈大笑："我惊叹大日本帝国精湛的仿制技术，你看，分毫不差！"

望着狞笑的浅野，王甫坤厌恶地也嘿嘿冷笑几声说："你再仔细看看。"

"没有分别，你地不服？"浅野眯起小眼睛，有些恼怒。

王甫坤没有再回答。他上前把窗帘全都拉上，房间立时暗下来。

"你地要做什么？"浅野疑惑地问。

"请你让他们点上油灯。"

浅野拍拍手掌，有人进来："把油灯点亮。"

有人把油灯点亮，放到桌上。

这时，王甫坤把浅野拉到油灯前，从他手里拿过那两张钞票，凑到昏暗的灯光下，让浅野察看。

这一察看，浅野吃惊不小，钱币中羊毛纤维的差别立即呈现出来。

在阳光下一模一样的两张北海银行十元币，在昏暗的油灯下，清楚地显示出不同：一张呈现的羊毛纤维依然那样排列有序，另一张的羊毛纤维却显现杂乱，而颜色的鲜明程度也不同。王甫坤果断地抽出那张纤维排列有序、纤维色彩却较暗的纸币，交给浅野："这张就是假币！"

惊讶和失望在浅野脸上交替出现。浅野一郎没有想到，油灯昏暗的光亮是解剖皇军假币的利刃，一时发蒙，沉吟着不再说话。

王甫坤拉开窗帘。

片刻，清醒些的浅野道：“你地钱币专家，能不能帮助我们改善假币？”

“我是您的属下，当然可以，但必须在原材料、印刷工艺和模板上找出问题才能改善。”意思很明显，就是必须到印刷厂看过，才有可能找出问题。

浅野又沉吟了，想起橙组织对自己的压力，想起军部的紧迫要求，他决定铤而走险，用自己的方式解决问题：“那好，我们今天就去印刷厂解决。请你准备一下，晚饭后到大和银行来。”

这正中王甫坤的下怀。

王甫坤领了两箱钱，出了大和银行，看到刘德福还在等自己。两个人各自把钱箱捆在自行车上，返回了客栈。

路上，王甫坤告诉刘德福先回去，自己还有点儿事情要办。等刘德福走远，他就拐上了去御茗堂茶馆的路。这次拱手相迎的是茶馆林掌柜。林掌柜中等身材，瘦长脸，开口便笑，一团和气。他直接把王甫坤带进密室。艾欣早已等在那里了。

王甫坤也不客套，一坐定，就把上午在大和银行取钱的过程详细作了通报：“今天晚上，浅野有可能带我去伪钞印刷厂。”

认真听着的艾欣和林掌柜顿时兴奋起来，因为找到日军伪钞印刷厂，是他们梦寐以求要完成的任务。两人当即表示，朱岛市党组织要全力配合王甫坤的行动。

王甫坤回到旅馆，吩咐刘德福带上两箱伪钞，立刻启程返回南莒县，悄悄向军管处江处长、陈参谋报到：“你就说，日本银行留下我讨论伪钞印制问题。”

目送刘德福飞骑远去，自己骑车就又奔了大和银行。

日本侵华战争中，利用伪钞扰乱中国金融市场，是既定的侵略方针之一。但是，他们也知道，在世人面前，这是一种遭到唾弃的丑恶行径。他们采取偷天换日手段，不由日军出面，而是由民间团体出面，去做这件伤天害理的事情，妄图逃避世界的谴责。

橙组织控制的大和银行，正是由日军军部做后台，以正当金融企业为掩护，制作发行伪钞的间谍团体。

王甫坤按时到达，浅野十分高兴：“来来来，时间还早，我们先喝一杯。”

看来，他们制作伪钞的罪恶是在天黑后进行的。王甫坤想。

王甫坤没有推辞。浅野拿出日本清酒，佐佐木摆上三个酒杯，杯杯斟满，酒香四溢。他举起酒杯，说道：“为我们的重逢，干一杯！”

“也为了大和民族的事业，干杯！”浅野说。

“更为了我们的目的尽快达到，干杯！”王甫坤也举起杯。

三个人各自呷了一口。

“坤哥君，离开通聚钱庄，又去哪里高就？”

王甫坤明白，他们在探听他的过去，判断他的可靠性。于是他表现得从容淡定，侃侃而谈：“通聚钱庄关闭后，我又去了几家小钱庄，都干得不长，可管的事不少。尤其是真钱假币的事，我可都是大拿，一锤定音的主儿。后来遇到彪哥，看我能干，让我做了总管，我很知足啊！”

“噢，知足常乐嘛。”佐佐木说，“你有彪哥，又有我们这些朋友，一定会赚大大的钞票。”

“坤哥君，请问你是怎样花我们的钱的。”浅野一郎干了一杯酒，有意识地询问王甫坤。

王甫坤趁机边敬他们俩酒，边吹嘘起来：“我是彪哥的管家，”他停了一下，假装多了几分酒意，反问他们，“管家是什么，知道吗？就是为主家管钱的，多给主家挣钱是我的本分。”

浅野接茬儿说：“我地明白，那你说说怎么挣钱。”

王甫坤故作神秘：“我给彪哥出了一个主意，让我们的人都打扮成大买主，到四城八乡的集市，专门购买农村商贩的大宗产品，一次就花很多钱。这样钱就不够花了，所以彪哥着急向你多要钱啊。”

日本清酒，虽然度数不高，但是几杯下肚，除了身上暖乎乎的，人也会兴奋起来。

浅野听了王甫坤的渲染，看过王甫坤揭穿伪币的演示，相信马彪花出很多伪币，是这个坤哥出的主意。心想，这个坤哥还真是有办法呀。“好，你的办法很好，我地要他们也这样做，钱要统统地花出去。”

酒喝多了，话也多起来。佐佐木说：“我们离开沙河镇，又加入了朱岛大和银行，生意大大地好，这当然都是我们社长经营得好。”

浅野听佐佐木拍自己的马屁，心里也是美滋滋的。王甫坤有本事花出伪币，又有本事识别伪币，还可以帮助他们提高伪币的制作水平。浅野心想，这其中的功劳还不全是自己的吗！尤其是提高伪币制作技术，会大大受到橙组织的奖赏，兴奋之余，对这位坤哥又增加了几分赏识。

佐佐木看出上司浅野一郎内心的喜悦，顺势又吹捧起来：“我们社长是大日本的功臣，他弟弟浅野次郎是飞行员，在满洲执行任务，也是大大的功臣，他们一家都是天皇陛下的功臣！”

浅野刀削似的脸颊，肌肉在兴奋中上下颤动，指着对方说："佐佐木君，那是我们的责任，不必多讲。"然后转身拍着王甫坤的臂膀："坤哥君，你让彪哥发财，你凭自己的本事，也可以让自己大大地发财。"

王甫坤明白，浅野是在暗示自己可以另起炉灶，就故意装作不理解，反问道："我也能够发财？"

"当然，你只要自己建立一个花钱的团体，发动起来，我们给你们钱，就发财了。"佐佐木理解社长的话，抢着替浅野回答。

王甫坤看看佐佐木，又看看浅野，浅野点点头。

"不行，不行，彪哥待我不错。"王甫坤急忙表态。

浅野见这位坤哥没有同意，便换了话题接着说："你地，好！讲义气！这个以后有机会再说。我们今天看看印刷厂，你只要用心帮助我们，我会给你指条发大财的明路。"

这次王甫坤立刻就表示了心迹："谢谢浅野社长，我一定竭尽全力为大日本帝国效劳，为社长效劳。"说罢，三人同时哈哈大笑，又举起酒杯，一饮而尽。

只是，两个笑得狂妄，一个笑得豪迈。

浅野一郎带着王甫坤登上去印刷厂的汽车时，天已经黑下来了。上了车，佐佐木就给王甫坤戴上了眼罩，说道："对不起了，这是规矩。"然后，他听到汽车启动了。

朱岛市地下党这次动用了很大力量，力图顺着浅野这根藤，摸到日军伪钞制造厂这个瓜。所以，从浅野带着王甫坤走出大和银行的门，就一直在暗处盯着他们。车子离开银行，拐上大街，就有一辆日本特务队的摩托车远远地跟了上来，开车的正是艾欣。

只见大和银行的车，沿着城街大路兜了一圈，然后开出城去。出城后走的路线，和每一次运送纸张的路线是一样的。眼看着车子离城越来越远，再往前开个十里八里，就上了直奔东边海岸线的路。艾欣心想：难道印刷厂真的是在海中孤岛上？

正想着，这辆车并没有再往前开，而是拐了一个弯，又掉头回来了。这次回城，直接开进了日本侨民居住区。侨民区是有哨卡的，过卡必须有通行证。艾欣到此就不方便跟了，于是拐进另一条小巷。

汽车停下来。王甫坤戴着眼罩被引领下车后，走了十米左右的石板路。他听到了左面传来的汽车声，右边高处的女人的嗲叫声和日本音乐声，接着是士兵敬礼时皮鞋的磕碰声，下了有六级台阶的陡坡，又听到后面推拉门轮轨的摩擦声，这些特征，他都牢牢记住了。

除去眼罩后，他已经站在一间不大的办公室中。办公室很简陋。中间一张办公桌，后面一张硕大的铁制保险柜。

“对不起，这是按规矩办事而已。”浅野抱歉地说。

王甫坤挥挥手，表示理解。

“我们先从母版看起吧。”浅野边说边打开保险柜门。柜子里，摆放着一溜黑色皮盒子，里面装的就是伪钱币雕刻模板中的母版。

浅野拿出一个盒子，打开后放在王甫坤面前。王甫坤拿起桌上的放大镜，仔细观察这块仿北海银行币十元模板母版。模板光滑如镜，但是并没有反光，棱角分明，纹路清晰，加工精良，尺寸准确，他不禁感叹日本制作技术的精良，边看边向浅野伸出大拇指。浅野不禁骄傲地哼哼起来。随后，他把十几块模板都观察了一遍。这些模板，除了仿北海银行币，还有仿法币，仿冀边币等十几个型号，每看过一套模板，他都主动合起皮盒。

看过后，王甫坤又一次向浅野一郎伸出大拇指：“日本技术制作的模板母版，真的是很精良。”

浅野听到王甫坤夸奖，脸上更是露出得意之色。

“但是，”王甫坤话锋一转，“正因为制作太过精良，和本币差距过大，才显示出伪币的问题。”

浅野听了，觉得很有道理，不禁频频点头，转身对佐佐木命令：“我们应该尽快将模板送回本部重新修正。”

随后，浅野带领他又观看了制作印刷软版工序和对开印刷机操作、纸币剪切等工序、场所。

他逐一看清楚，这是一个由五六间隔间组成的印刷厂。前后两个门，四周是各个机器和办公室，中间两台是对开印刷机。整个面积有一个篮球场大，四角有通风孔，顶板还不时隐隐传下来“噗噗”的声音。

浅野最后带他来到一个封闭的、墙壁刷成黄色的小房间，里面只有一张长条桌，上面整整齐齐堆放着满满的、没有包装的伪币。王甫坤知道，这是最后一道工序。

浅野从桌子上拿起一沓子伪币，一边在手里像数钱那样拨弄着，一边不无骄傲地问：“我的印刷厂怎么样？”

王甫坤立刻称赞道：“一流的！”随后他也拿起一张伪币，用两个手指捏着抖了抖，又轻蔑地扔了回去，认真地提醒浅野，“不过，有两件事社长要解决好：一是印币的纸张，币纸要与真币一致；二是印刷母版，要尽快修正。不然很快会被八路识破消灭的。”

浅野不假思索地立即对佐佐木下令：“机器上的软模板，立刻拆下回炉，母版明天送去东京。”

佐佐木看看浅野，略显为难：“恐怕太急了，母版要清洗，印纸也要重新换过，这需要时间。”

“好了，那就后天一早出发，不能再拖了。你要知道，军部和橙组织是有要求的。”具体什么要求，当着王甫坤他没有说，但是佐佐木已经感觉到如果延迟，事态会很严重。

回去时，他们重新蒙上王甫坤的眼睛。车子启动不久，正要拐弯时，猛听汽车喇叭声大作，跟着一个急刹车，车里一片混乱，人们东倒西歪。他乘机扒了下蒙眼布，透过缝隙，看到出了大门是丁字口，对面房屋的墙上，一面大幅仁丹的广告，突兀地出现在眼帘。

离开了印刷厂，车停在大和银行门口。他们两人下了车，给王甫坤摘下眼罩后，吩咐司机直接送他回客栈。

王甫坤进了客房，刚给自己倒了一杯水，就瞥见门下塞进一个字条。他拿起纸条，上面写着：明天，首次约见的老地方，老时间。他拉开房门，左右看了看，走廊里并没有人。他把纸条烧掉了。

第二天，他按第一次见面的时间来到御茗堂。艾欣和林掌柜已经等在密室。艾欣首先通报了昨天跟踪王甫坤所坐的汽车的过程，然后总结说：“前几次，我们想通过跟踪运纸汽车来判断印刷厂地址是失败的，上了日本鬼子的当。昨晚，汽车进了日侨居住区，看来，印刷厂应该藏在这个区域里。”

王甫坤接着汇报了自己的经历：“我在停车的地方听到日本女人的声音和日本音乐，说明旁边是日本人的娱乐场所或者酒楼饭肆；我下车走了一段石板路、一段下坡台阶，说明这个印刷厂是在地下；我听到滑动滚轮声，说明是个推拉铁门；从下车到给我摘下眼罩，仅仅不到一分钟，说明厂门距离路边很近；从地下室看到了通气孔和传下来隐约的不规律的‘噗噗’声，说明屋顶是空旷的并且有人走动；厂里没有干活的工人，说明和我们的估计相反，是白天开工，晚上停工，以便隐蔽工作场所的嘈杂声音；最明显的就是我离开时，看到墙上有仁丹广告，那是最明显的标志。”

他一口气把自己昨晚的经历和分析意见全部说出来。艾欣和林掌柜听得有滋有味，十分信服。

接着，他又告诉两位："浅野决定让佐佐木明天一早出发，把伪钞母版送去东京总部修正。你们要警惕，如果佐佐木为了掩盖真相，有可能用更多的皮盒子混装，记住，我已经在装母版的盒子底部画了记号。"他在一张纸上把暗记画了出来。

艾欣和林掌柜商量了一下："我们朱岛市地下党组织感谢你的付出。如果时间允许的话，你能不能带着我们，再确认一下那幅仁丹广告的位置，这也许是关键的一个标志。"

王甫坤也觉得，确认这幅广告的位置，对确认伪钞印刷厂的准确位置至关重要。经过慎重讨论，决定由艾欣和王甫坤再次侦察伪钞印刷厂的位置，林掌柜立刻组织相关同志，联络城内、城外的武装人员，研究狙击伪钞工厂的任务。

这次，艾欣是开着特务队的小汽车来的。林掌柜送走他们，又和茶博士交代了几句，也离开了茶馆。

王甫坤坐着艾欣开的小汽车，很快来到日本侨居区哨卡，他们出示了通行证，顺利地进入日侨区。

日本侵华军部划定的日侨区虽然不大，也是有三街六巷，横七竖八地规划了日式住宅，还有日式商业、日式餐饮和日式运动场所，简直就是在我国国土上建设的小小日本国。

艾欣开着车，慢慢地在街上走。王甫坤在后座上透过车窗看着道路两侧。他记得很清楚，当时映入眼中的仁丹广告，不是简单的红蓝油漆画出来的两个字，而是画了一幅巨大的广告画：那是一个头戴西洋帽、留着翘胡子的军人，头顶上有"仁丹"两个白色的大字，两边写着"全球神药"几个红色字，画上军人那直勾勾盯着你看的眼神，使他印象十分深刻。

"慢点慢点。"王甫坤在车子开过第三条街的街尾时，终于看到了那幅仁丹广告画。他马上回过头看另一面，车子已经开过去了。

这条街比较冷清、昏暗，除了街头两家门脸不大的日式酒馆，还有几家普通百货商店。只有一家娱乐场所，门口挂着几盏宫灯。由于是白天，并没有什么人流。王甫坤回过头时，正好看到几个日本军人走进这家店门。

艾欣开着车又绕了一圈，再次回到仁丹广告的这条街。快到画像对面，他们俩都看清了：十几米的铁丝网围墙。一个挎着枪的日本军人站在一扇不起眼的木门外执勤。透过铁丝网，可以看到一个带灯光照明的羽毛球场，昨天晚上，印刷厂屋顶上传来的就是打球人奔跑的声音。球场上现在也是空荡荡的。当汽车再次开过娱乐场所门口时，王甫坤和艾欣几乎同时肯定地说：“就是这里！”

王甫坤回到南莒县不久，罗兴就调去总行工作了。

他送罗兴履职，罗兴依依不舍。王甫坤说：“那就在家里吃顿饭吧。”罗兴很高兴。

艾瑗在家里包了饺子。俗话说：“饺子就酒，越喝越有。”虽然难舍难分，现在饺子就着“老烧刀”，王甫坤夫妻俩也算尽了战友情谊了。

第二天一大早，送走罗兴，他回到办公室就看到了报纸刊登的两个消息。

一个是日本人控制的华文《东亚日报》，报道说：“一辆日本大和银行的运钞车，在烟青公路受到不明武装人员袭击。这辆运钞车车内装载的仅仅是各类商业样品的皮盒子。在袭击过程中，大和银行随车人员进行了英勇抵抗，除部分皮盒受到损毁，随车银行职员佐佐木科长因公殉职。”

另一个消息刊登于共产党发行的《大众日报》，消息称：“近日，我八路军小分队突袭日军伪钞工厂。这家伪钞印刷厂位于朱岛市日军非法划定的侨民区内。此地下工厂具有制版、印刷、剪裁等全套设备和工艺技术。此次行动将这家工厂彻底摧毁，有力阻遏了日本侵略者在我国实施的金融攻势。”

过了很久，王甫坤才知道，代号叫作“虹”的艾欣原来是艾瑗的亲弟弟。

第六章 破壁之斗

抗日战争中，日本侵略军的大扫荡和根据地军民的反“扫荡”，是一个重要的战场。越到后期，这种斗争越加残酷，日伪军采取的“三光政策”和“铁壁合围”战术，就是其一。山东根据地军民，在八路军的指挥下，与敌人斗智斗勇，使敌人的阴谋频频破产。王甫坤率部破壁之斗的经历就是一个典范。

1

山东地区抗击日本侵略者的反“扫荡”战斗，在秋末冬初展开了。

日本侵略者纠结了五万日军精锐，五万顽劣伪军，共计十万余人，向临莒地区和周围各县，展开了号称“铁壁合围”的大扫荡。他们对广大的农村、城镇采取了抢光、烧光、杀光的“三光政策”，妄图把山东地区的八路军和其率领的抗日军民武装彻底摧毁。

王甫坤领导的北海银行支行全体人员，奉命撤出南莒县，向八路军山东纵队总部靠拢、会合，冲出重围，粉碎日本侵略者妄图围剿八路军的罪恶企图。

秋末的田野，大部分粮食已经收割入仓，只有一些豆科植物和晚熟的农作物还在田地里迎风摇曳。田野空无一人，只有一群群鸟儿不时从农田中飞起，冲向天空。望着这些飞翔的小鸟，大家紧张的情绪反而一阵阵地松弛下来，队伍中偶尔会有笑声传出。

支行十几名职员赶着载满文件的两匹驮马、装着钱财和必要物资的一辆骡车，在一个班的战士护送下，向八路军总部所在地——莲五县的山区进发。

王甫坤回想和南莒县军管处江州处长道别时，江处长紧握他的手，恋恋不舍："和你的合作既惊心动魄，又默契有加，就像讲故事一样，有声有色！我还真舍不得你走啊！"

"我得感谢你的主意出得好，行动力强啊，不知道什么时候再能够合作。"王甫坤一并赞许地望了望含笑站在旁边的陈参谋。

"老兄，这次分开也是合作，上级命令我们为你们突围保驾护航。"江处长指了指一旁的陈参谋，"陈穿标同志这次主动请缨，率领一个班随你们行动，一切行动受你的领导。"

陈参谋面向王甫坤，"啪"地一个立正敬礼："参谋陈穿标向首长报到！"

王甫坤立刻还礼，随后双手紧握着他的手，感激道："那就辛苦你了。"

想到这里，战友的关心让他心里涌动一股暖流。有部队护送，王甫坤心里踏实了许多。挤在骡车里边的艾瑗，已然身怀六甲，接近临盆了。

这支队伍都自带干粮，每个人干粮袋装满三斤锅饼条。由于不知道各地坚壁清野和粮食供给情况，所以规定每餐只能半饱，连艾瑗也不例外。每个人的行装不能超过八斤。队伍行进到第六天的时候，粮袋大都已经瘪了。

进了莲五县境内，他们才知道八路军大部分已经转移，奔鲁南、鲁东和滨海地区突围了。王甫坤决定，向鲁南方向进发。同志们都开始饿肚子了。骡车行进在土路上，一颠一颠的，和骡车并排走的有大生和小杰。

大生从粮食袋里倒出两条饼递给艾瑗，小杰跟着递过来水壶，顺手把两个鸡蛋塞给她："快吃吧，可不能饿着我大侄子。"

"嫂子，等大侄子长大，我一定带他去北平玩玩！"大生说。

"你吹牛吧，还不如我带他去呢。"小杰反驳道。

"你拿什么带？"大生反问。

"拿缴获的日本自行车带？！"小杰知道大生不会骑车，故意说道。

大生一听，跟着就说："我拿缴获的日本坦克车带，那我们大侄子得多威风！"

众人哈哈大笑，逗得艾瑗也笑个不停。

王甫坤带队走在前面，只要拐过一道土坡，就会看到山脚下的一个村落。村落正在冒出几股黑烟，显然，那里可能有敌情。大家停在了土坡后面。

王甫坤观察了一下四周，这个土坡前面距离五十多米还有一道土坎，和这个土坡之间形成一个平坦的洼地，四周布满矮树丛，是个隐蔽作战的好地方。

距离此处三百米的地方，一条乡路横贯东西，和他们走的土路正好是十字交叉，过了这条乡路，就是被焚烧的那个靠山的村庄了。

王甫坤看了一下地图，这个村叫龙檀沟村。

王甫坤正要带领大家过去时，忽然远处传来汽车的声音。他们赶忙伏在土坡后面。不一会儿，就见一辆辆日军的汽车，从三百多米外的地方，顺着乡路驶过来。六辆汽车上站满日军，车后面拉着山炮，缓缓前进。距离汽车队不远是步兵队伍，两人一排沿着乡路排开去，过了十几分钟，这支日军队伍消失在暮霭中，他们立刻迅速向冒烟的龙檀沟村靠拢。

龙檀沟村面向平原，背靠大山。相传，古代这里曾经有一个深水潭，潭边生长着一棵巨大的檀树，潭里潜藏着一条蛟龙。有一年蛟龙得道，被赐化为人形，荣赴上天蟠桃会，走得急了，龙身化为人形盘上檀树顶端，而龙尾尚未变化，升天之时，用力大了，将一池潭水带上九霄，龙尾则把一个深潭扫成了一条大沟，以至如今潭已不见，深沟尚存，檀树犹在，故人称龙檀沟。

其实，这就是山洪暴发冲出来的一条大水沟而已。围绕这条沟，几十户人家建成村子，沟边长有老檀树，人们就管这个村子叫作龙檀沟村了。这里属于八路军的根据地，村民们拥护八路军，坚壁清野，全力抗击日本鬼子，所以日伪军报复得更凶狠。

反“围剿”中，老乡们已经转移了，日军就拿村子出气，现在大家看到还在焚烧的残垣断壁，就是刚刚离开的鬼子伪军犯下的滔天罪行。

村子已经被毁得七零八落，到处是破砖乱瓦和烧焦的木头。空气中弥漫着令人窒息的焦糊气味。王甫坤命令陈穿标指挥战士们灭火，自己带领小杰深入村落，寻找村里的人。

大生留下来照顾物资和车上的艾瑗。经过刚才的奔波，靠在骡车里的艾瑗感觉自己的腹部开始疼痛，而且一阵紧似一阵。她怕王甫坤分心，咬牙忍住。

王甫坤回来时，带来了两位妇女和一个中年男子。原来他们是在鬼子走后，前来查看情况的。龙檀沟村张姓多，这三个人就是村妇联张主任、张婶和村民兵小队张队长。他们把鬼子扫荡的情况，向王甫坤说了个大概。

“乡亲们听了八路军的话，都上山了。村里坚壁清野，粮食藏起来，能够带走的都带走了。同志们的给养，进了沟就可以解决了。”张队长介绍。

“你这是怀着孩子，”妇女主任看到艾瑗，摸了摸她的肚子和额头，“要生了吧？！”

艾瑗点点头。

“我去找人，”张队长说，“张主任和张婶留下，好生照顾这位女同志。”

这时候，救火的同志们都聚齐了。张主任向王甫坤建议：“我看大家快往村里面撤，顺着山沟沟走。小心鬼子又会回来。”

敌人的所谓“铁壁合围”，就是反复拉网式的战术，它有很大的突发性。

果然，村头方向又传来几声枪响。“怕是鬼子真的又来了。”张主任担心地说。

“你们村小队，有什么武器吗？”王甫坤询问张队长。

“我们还有一些土地雷没有带走，就隐藏在老乡家的地窖子里了。”张队长告诉他。

“你把它交给我们吧，也许能够派上用场。”

张队长带领他们取出了二十几个土地雷，小杰高兴地冲张队长伸大拇指：“这回要让那帮丧心病狂的鬼子，尝尝铁西瓜的滋味了。”

此时，陈穿标建议王甫坤带队先走，自己带领战士们去村头看看。张队长找来几个可靠的村民帮忙，自己到村后先去探路。在村民帮忙引导下，骡车、驮马队伍准备顺着山沟向村尾撤退。王甫坤一面指挥队伍转移，一面抓紧空隙看看艾瑗。艾瑗此刻蜷缩在骡车的一角呻吟着，额头上沁出一层汗珠。

“不能再走了，她要生了。在骡车里生可不行，地方太小，这是要命的事啊。”

那位张婶似乎是个有经验的人。她四周看了看，除了几段残墙横卧在路边，就是一蓬蓬荒草乱石堆积四处。不远处，还有两段正在燃烧的房屋檩条冒着烟火。有一个石碾子，碾台还算平坦，孤独地伫立一旁。

“来，你们几个大老爷们帮把手。”只见她很利索地把车子里的被子拉出来铺在碾台上。王甫坤和小杰、大生小心地把艾瑗移出骡车，抬到碾台的被子上。大家又抱过来几条被子，小心翼翼地用被子围住艾瑗，从头到脚把她捂得严严实实。

王甫坤命令只留下骡车，其余人员继续护着驮马沿着原路前进。要求他们和探路的张队长会合后，找妥善的地方，把所有物资、文件隐藏起来。

他递给大生一把土制信号枪，留下大生负责警戒。

这时，村口响起了枪声。

“陈穿标已经上去了，估计会有敌情，我要马上去支援他，绝不能有任何闪失。”他告诉张主任。

忽然，艾瑗伸手抓住了他的衣袖：“甫坤，给我……给我留一颗手榴弹，我绝不能够成为敌人的俘虏。”

王甫坤望了望她，安慰道：“放心吧，我们不会让敌人进村。”说着，轻轻把艾瑗的手从自己的衣袖上拿开，刚要转身，衣袖又被她抓住了。这次，王甫坤没有再说什么，默默地把一颗手榴弹递给她，又默默地把她的手放进被子里。

然后，王甫坤握住张主任的手，说了句：“主任，拜托了。”他立刻带领小杰与陈穿标会合。

王甫坤他们到村口时，陈穿标的一个班已经和敌人接上了火。那是一个由日军和伪军混合的小队，看样子是在扫荡中散落的队伍。二十几个人，火力也不强，只是在日军督促下，吆喝着，并不急于冲进村。

王甫坤和陈穿标商量：“艾瑗就在村里，她要生了，我看我把这股敌人引到村外土丘，你带两人守在后面，一是防止敌人进村，二是盯着他们过了土丘，我们就杀个回马枪，争取前后夹击消灭他们。”

陈穿标点了点头。于是，王甫坤带领大部分战士一边开枪，一边喊着就往村外跑。他们故意把声响搞大，几个人一会儿卧倒隐身，一会儿站起来现身，让敌人感到八路军战士人不多，而且是在逃跑的样子。

果然，这股敌人在日军带领下，被吸引着追了过来。“乒乒乓乓”枪声不断，只是离村子越来越远了。

躺在石碾台上的艾瑗，一开始听到村口一阵一阵的枪声，心里十分紧张。虽然村妇联张主任和张婶在一边不停地宽慰她，她还是生怕自己人顶不住，让敌人冲进来。她使劲抓住怀里的手榴弹的木柄，想着只要碾台边出现敌人，就立刻拉响手榴弹，和敌人同归于尽。

村口的枪声稀疏了下来，并且慢慢向村外移去。艾瑗感觉敌人正在离去，担忧和不安的心开始松弛了，而肚子疼痛又加剧了。

对生育来说，艾瑗并不害怕，她这是第二胎了。第一胎是个女孩，在艰难的战争环境中夭折了。这一胎，无论如何也要生下来，并且让孩子活下去。她在忍受分娩腹痛的折磨中咬紧牙关，祈祷着孩子的未来。

大生按着张主任的吩咐，从坍塌的民房中扒出一口铁锅，又找来清水，利用还在燃烧的檩条，烧了一锅开水。

张婶在破屋乱瓦中走门串户，找来了剪刀和一卷新织的土布。趁着张婶烫洗剪刀和土布的当口，大生凑过来和张主任说：“嫂子要生了，我去前面放哨。”抓起王甫坤留给他的信号枪，离开碾台，警惕地向村口方向移动脚步。

村外，王甫坤带领战士边打边牵着敌人的鼻子走，很快就越过第一道土坎，再穿过五十米左右的开阔地，就翻到更高的土坡后面。这时，小杰贴着土坡爬过来："行长，你看。"他举起一个汽油桶和一挂红色鞭炮。

王甫坤一看，十分高兴地问："哪来的？"不等小杰回答，就命令道，"你马上迂回到两个土坡中间，躲在这边的树丛里，等待敌人全部进入洼地，这边一接火，你就点鞭炮开火。"

"那敌人不就向对面逃跑了吗？"小杰颇为不解地说。

"这个就是我要的效果，快去吧。"

小杰迅速向旁边迂回过去，就在两个土坡中间，他选择好一片茂密的荆条树丛，安置好汽油桶和鞭炮，就等敌人上钩了。

小杰刚准备好，有几个伪军就边放枪边追过了土坎，跟着，又有两个鬼子冲上土坎。

"你们统统地向那里去追。"鬼子说着，用枪指着前面的土坡。敌人一窝蜂地呐喊着，边开枪边冲进了开阔地。

陈穿标带人紧跟在一众敌人后面，看到敌人越过了土坎，就迅速匍匐在土坎上。当他们看到二十几个日伪军已经快冲到王甫坤他们埋伏的土坡脚下时，陈穿标他们立刻从后面开了火，又是枪击，又是手榴弹，敌人一下蒙了头。

王甫坤一听对面开了火，立刻喊："打，狠狠地打！"迎面向敌人兜头就打。随着他们的枪声，小杰把放在汽油桶里的鞭炮点着了，鬼子立刻听到了连续不断的机关枪声。

日伪军这下更蒙圈了，先是卧倒在地，再一看，子弹一个劲地朝日军打过来，日本军人没有一个能够再站起来。这时，伪军耳听三面枪声大作，只有一个方向没有枪声，剩下的伪军，留下几具尸体，就一股脑儿拼命地向没有枪响的方向逃出去了。

敌人被彻底击溃了。

这场战斗，王甫坤虽然留下一个缺口，放走了部分伪军，但是他有命令，那就是照准了消灭鬼子，一个不准逃掉。王甫坤故意留了出口，也是因为敌我双方力量悬殊，敌人因为摸不清他们的底细，才仓皇出逃的。如果全围住，敌人没有出路，说不定会拼命一搏，那时敌人的数量如果增加，他们就被动了。他们担心出现这种情况，吃不掉敌人会惹上麻烦，自己一方也说不定会造成损失，所谓穷寇莫追吧。现在，部分伪军逃跑，虽然这批伪军逃了，但也为自己一方的撤退留出了时间。

事实上，王甫坤的策略是对的。就在此时，从村里艾瑗所在的方向传来一声巨响……

大生放哨，向村口方向巡视着，没有碰到自己的同志，倒是听见村外的枪声响成一片。过了一会儿枪声停了，大生还在奇怪，这是哪儿来的枪声啊？

忽然听到有人说话："咱们不要往村里去了，你没有听见刚才村外枪声像炒豆似的吗？！"

另一个声音应道："所以我们才往村里走呀！那枪声热闹的地方肯定有八路反'围剿'，我们去了不是送命去吗？躲还躲不及呢，看样子村子里挺清静，咱俩就慢一点，保命要紧。"

这两个伪军的对话，大生听得清清楚楚。他不想惊动俩伪军，急忙顺着来的路，向石碾子方向退回去。没想到，他越退，那俩伪军越鬼鬼祟祟向他走来。眼看过了身后的断墙就是艾瑗躺着的石碾台，艾瑗痛苦的呻吟声从断墙后传来，时断时续。大生果断掏出顶了火的土制信号枪。

他听到一个伪军说："听，有人在前面。"

"是个女人，别是病人吧？直哼哼，走，过去看看。"

墙后的大生眼看挡不住了，心一横，腾地跳出墙来，用枪一指，大喝一声："快滚，前面有女人生孩子！"不知道为什么，大生既没有喊不许动，也没有喊缴枪不杀。

两个伪军，看到突然跳出来的大生，凶神恶煞般地瞪着双眼，举着枪，先是一愣，跟着转身就跑。

大生冲出来，边追边骂。一个伪军跑着跑着，似乎觉察出后面追的只有一个人，反身想举枪，这时大生下意识地扣动扳机，手中的土制信号枪向后一退，"砰"的一声巨响，信号弹穿过伪军头顶爆开了花。大生没有料到土制信号枪有如此大的声响，这声巨响吓得两个伪军脚下生风，一溜烟地跑没影了。

信号枪的轰鸣声，也让王甫坤吓了一跳。

原来，王甫坤和陈穿标，以及小杰的鞭炮齐鸣，造成了三面夹击的阵势，敌人扔下阵亡的尸体，迅速逃离。

恰在此时，传来信号枪的响声。响声来自龙檀沟村，正是艾瑗待产的方向。大生开了信号枪，说明必定有紧急情况。这使得他们加快了返回的速度。

这么近传来的信号枪响，在艾瑗听来，就像在头上打了个响雷，耳根震得发痛，同时，她浑身如同触电，麻木得像万千条小虫子沿着皮肤爬向下体，紧张中骤然发力，拼着全力大喊一声，瞬间感觉肚皮轻松了，就像卸下千斤重担，而整个身子似乎一下子掉进深渊，什么也不知道了。

“生了，生了，”张婶从捂住艾瑗的被子里面探出半个头来，兴奋地说，“是个男孩！”

跟着，头又埋进被里，在微弱的光亮下，熟练地剪断脐带，就像产科大夫那样，在小孩的肚脐上给脐带打了个结，迅速用热布巾擦拭了孩子全身，再用剪下来的军被的一角一包，只露出粉嫩的小脸，从艾瑗被子里把孩子抱出来。

这时候，她们才发觉艾瑗已经昏迷过去了，手里还紧紧地攥着那颗手榴弹。

被王甫坤击溃的残余伪军，慌慌张张地追上了那个中队的日军。

日本鬼子的中队指挥官，听了这些伪军的报告，知道还有八路军在刚刚过去的龙檀沟村出现，立刻决定派出一个小队，由伪军带领，向龙檀沟村杀个回马枪。

这个小队，有将近五十人，跟着一辆骡马大车，车上装备有轻机枪、掷弹筒，是日本武装精良的小队，再加上十几个伪军一共六十多人。日本的指挥官十分狂妄地命令：“几个土八路，统统地会被消灭的。”

伪军带领这个小队，气势汹汹地来到刚才被围攻的土坡。土坡的另一面就是刚刚的战场。

为了壮胆，日军先用两挺轻机枪，向着山坡上一通扫射，打得山坡上尘土飞扬，能够隐蔽人的树丛被机枪打得倒伏一片。然后，小队长爬上了土坡，他向下一看，竟然有不少自己的人躺在地上，其中，有七八具是鬼子的尸体。小队长气得七窍生烟。“八嘎！”他一边骂，一边命令伪军去把死去的日本兵抬到随行的骡马车上。伪军尝过八路军的厉害，过去时也是畏首畏尾。小队长嫌伪军行动太慢，一挥手，让几个鬼子去帮忙，不想这些人走入这片平坦的地方，接近日军尸体时，突然，爆炸声冲天而起，一声接着一声，连着数声爆炸，气浪把土坡上的日军震倒一片。爆炸之后，小队长看到又有几个自己人再也站不起来了。

原来，王甫坤看到部分伪军逃跑以后，料到他们一定会追上前面的日军，向日本军队汇报，而日本军队知道这里有八路军的武装，也一定会派人杀个回马枪。所以，他已经下令将自己带来的地雷埋在战场里，在靠近死亡的日本鬼子旁边，布置出一个不大不小的地雷阵。鬼子果然上了当。

小队长急忙指挥日军卧倒。爆炸声过后，也顾不上收尸体了，大声喊道："这是八路地雷阵的埋伏，现在立刻向村子进攻，消灭土八路。"

这次，他让骡马大车在前面开路，日军则尾随车后，一直奔向龙檀沟村。

不过，日军来到时，王甫坤这支人马早已离开了龙檀沟村。日本鬼子能够做到的，只能是在刚才发生战斗的地方，小心翼翼地为几个日本军人收尸而已。

艾瑗醒来的时候，发觉自己一个人躺在骡车里，骡车正在一条山沟里颠簸移动。

"醒了，你醒了！"王甫坤开心地喊道，"你可醒了。"

他立刻跳上车，拿出水壶，凑到她的嘴唇边，关切道："喝口米汤吧，你已经昏迷一天了。"

艾瑗努力扭动虚弱的身体，仰起头问："孩子呢？我想看看孩子。"

"哦，不急不急，先吃点儿东西恢复一下。"王甫坤劝道。

艾瑗勉强喝了几口米汤，觉得自己身子有点儿劲了，又追着问："孩子，我想看看孩子。"

这时，王甫坤脸色一下子变得苍白，仿佛在竭力抑制住自己的痛苦。跟在车旁的大生，看到自己的首长痛苦地不忍实话实说，就硬着头皮插嘴道："孩子托当地老乡养了。"

"什么？！"艾瑗突然抓住了王甫坤的手，泪水一下涌出来，推搡着他的手啜泣，"你……你还我的孩子！"

王甫坤感觉艾瑗的手指甲嵌进了自己的手掌。她使劲压低嗓音，又冲着王甫坤撕心裂肺地哽咽着说了句："你还我的孩子！"之后，她就又昏过去了。

原来，孩子出生后，王甫坤就请张主任通过地方党组织，找一家靠得住的老乡哺养，等待形势允许时，再找回来。然后，他又检查自己的人对携带的文件资料、银行钱财进行掩藏的情况。一切妥当，这才带领队伍继续突围追寻总部。

艾瑗再次醒来时已经冷静下来。八路军在战时把孩子交给可靠的老乡哺养，这是个惯例，也是她和王甫坤商量好的，只是临到自己头上，舐犊之情难以割舍。

她从王甫坤的手掌中抽回自己的手，主动拿过那壶米汤，喝了几口，问："是男孩还是女孩？叫什么名字？”想想生下来面都没见就送人了，又是心如刀绞。

“男孩，小名碾子。”孩子是在碾台上出生的，这个乳名也恰当。

“那大名有吗？有了大名以后才好找回来。”

“大名叫龙檀，是甫坤行长起的，这里叫龙檀沟村，应时应地了。”艾瑗这才发现是陈穿标跟在车旁说话，“嫂子，你放心吧，形势好转了，我们一定会把孩子抱回来！”

艾瑗瞅了他一眼，没再说话。在骡车的颠簸中，她祈祷，让形势快快好转吧。她仰望，青山如黛，天高云淡，望断南飞雁。待了一会儿，她叹了口气，闭上眼睛。在队伍行进的嘈杂声中，她的耳边似乎响起那熟悉、动听的沂蒙小调：

人人那个都说哎，
沂蒙山好，
沂蒙那个山上哎，
好风光……

2

美丽动听的沂蒙小调，其实是从艾瑗心灵中沁出来的。这是她唱给她自己听的歌。在艰难行军中生育，她实在是太乏力了，而心灵中飘逸的歌声，犹如催眠曲，使她在旋律中熟睡了。当她醒来的时候，队伍已经停下来了。环顾四周，一个村子就在身旁，透过房子屋檩、街头小路，隐约看到村子旁边就是湖水。这个湖叫莲五湖，村子叫堤岸村。原来，在她熟睡的这段时间里，队伍已经翻过了一座山，穿过了几个村庄，来到这个位于莲五湖畔的小村庄。她看到王甫坤正在召集大家说话，知道事态很严重。

“现在我们得到的信息是，敌人的包围圈正在缩小。我们目前的行动目标太大。组织研究决定，我们这支队伍要分散行动。护送我们的战士，由陈穿标同志带领，从山脊上走，争取不和敌人发生正面冲突，看机会跳出敌人的包围圈。没有武装的银行职员，两三个人分组行动，和群众一起穿越封锁线。”

王甫坤宣布了在必要的时候分散突围的指示。其实这个分散突围的精神，从南莒出发时组织上就已经指示过了，只是现在正是执行的时机。

队伍中的文件材料和随身非必需物品，已经在张队长的帮助下，进行了处理。随身口粮给养，也进行了补充，目前是轻装上阵了。

经过清点，除了警卫班，还有大生、小杰都是可以武装起来，随着陈穿标突围的。剩下的男女职员，就按照自愿组合，组成了五个组，骡车留给艾瑗使用，王甫坤则扮成赶车的把式。

这时，大生和小杰要求留下来，为了保护艾瑗，和王甫坤一起行动。

“不要意气用事，这是命令。你们一定要服从陈穿标同志的指挥。让我们在八路军总部胜利会合！”王甫坤严厉地宣布。

他把突围后集合地点告诉大家，之后就分头出发了。张主任和张婶也在此地和大家分手了。张队长对这里比较熟，带着王甫坤夫妇，去安排一家能够让艾瑗休息几天的农户，养好了再行撤离。

王甫坤看着陈穿标一行，攀上穿越莲五山的小路，直到看着小杰在山上招过手，转入山梁，才跟随张队长进了村。

张队长找的这户人家，也姓张，是他一个远房姑姑。王甫坤把骡车赶进院子，主人开门迎出来。

“这是我的姑姑，住在这里，可靠。”张队长介绍。

王甫坤看到，这是一位鬓角已经白了的老大娘。四方大脸，笑容满面，一双解放脚，走路很利落。

“大娘，给您添麻烦了。”王甫坤亲切地道谢。

“什么麻烦不麻烦呢，都是一家人。我儿子春生也是八路军，跟着部队走了。你媳妇就在我这儿养着吧。这里地方偏，小鬼子一时半会儿不会来的。把身子养好了再走。”张大娘说话很干脆热情，“房子收拾好了，你俩就住西屋我小子那间。”说着，就帮助搀扶艾瑗下车进了屋。

这是一明二暗的三间正房，虽然是农家土坯砌的，但房子里外干干净净，一看大娘就是勤快利落的人。

“姑姑，这俩人我交给你了，照顾好啊。”张队长又嘱咐道。

“一百个放心吧。”大娘一口应承。

送走了张队长，王甫坤就上手帮助张大娘操持些农活。张大娘一心扑在照顾艾瑗坐月子上。转眼间过了一周，艾瑗就能够下地自理如同常人了。

一天晚上，王甫坤帮艾瑗洗过脚，艾瑗便踏实地睡着了。

王甫坤倚靠在坑边，望着艾瑗已经略显红润的面庞，感觉她的身体快要恢复了。不禁又寻思起自己如何找到组织，银行其他人和陈穿标带的警卫班是不是已经冲破敌人包围的事情来。

恍惚中，他仿佛又回到了曾经去过的地方：一条横跨小河的村庄土路、一乘几乎掉进河里的花轿、一座盘踞着土匪的山寨、一座响着晨钟暮鼓的古刹、一片热闹的集市、一把“呼啦呼啦”作响的算盘、一群自己似曾相识的战友、一座车来车往的城市……忽然，城市中充斥着日本鬼子，他带领着自己的战友，向日本鬼子发起进攻……枪声在耳边响起，他的警卫员中枪倒地了……

他猛然惊醒，看到眼前熟睡的艾瑗，他明白自己刚才又进入了梦境。他有些奇怪，这些时常出现在梦境中的事，有的清晰，有的模糊，有的莫名其妙。

他惦念正在翻山越岭的陈穿标和他的队伍，他渴望早日回归部队。

这天早上，王甫坤给牲口喂足饮水草料，见到张大娘正在灶间做饭，就过去打招呼：“大娘，我们准备走了，是找部队去。”

张大娘知道他们早晚要走的，只是担心艾瑗的身体，心疼地说：“干吗那么着急？让你媳妇儿多养几天吧，没有听说鬼子到这边来，养利落了再走，大娘心里也踏实。”

正说着，突然，从村口的方向传来了枪声，两个人立刻打住话头。

“我去看看。”王甫坤说着就要出去。

“还是我去吧，你是生人，太扎眼。”大娘拦住他。

张大娘刚出门，就见有村民边跑边喊：“鬼子进村了，正挨家挨户搜查。”张大娘听了，转身退回来，关上大门。

“你们赶紧拾掇拾掇，就说是我儿。”张大娘嘱咐好他们。随后，又进入灶间忙活了一阵。

靠湖边的堤岸村只有三十多户，平时靠捕鱼打猎为生的居多，没有多少种粮的土地。本来不会惹日本鬼子注意，百姓也一直生活安逸。

这次“铁壁合围”大扫荡，日本陆军司令部的命令是就地筹集粮草。可是，根据地老百姓按着八路军的号召，实行坚壁清野，筹粮的计划到处落空，鬼子急了，只好看到村庄就去搜刮粮食，所以才进入了堤岸村。

堤岸村本来不大，张大娘家虽说在村尾，可是靠路边，没多久，就响起了敲门声，他们知道鬼子来了。

王甫坤闪进里屋，张大娘打开门。只见两个伪军和一个日本兵端着三八大盖儿进了院。

“这里有辆骡车。”一个伪军兴奋地喊。

“嘿，来得早不如来得巧，想要什么就有什么。”另一个伪军也很兴奋。

那个日本兵一见骡车也很高兴，叽里呱啦地说了几句。其中一个伪军就冲张大娘说："老太婆，皇军看上你家骡车了，要征用，拉粮食。"

"那可不行，骡车不是我家的，是借来干活的。"张大娘知道，鬼子一拉走这骡车，就是肉包子打狗了，一去休想回，那艾瑗怎么办？

这时，另一个伪军突然发现什么似的："你家里还有什么人？难道说是你个老太婆摆弄这辆骡车？"

他说话间，推开张大娘，迈步就进了外间屋，随后，伪军和日本兵也跟了进来。王甫坤在里屋听得真真切切，猜测这就是一拨来抢粮食的敌人。以防万一，见他们进了外间屋，就顺手拿起女人纳鞋底的锥子，隐藏在左手袖口里，以备一搏，然后从里屋推门出来。

伪军和鬼子看见从里面出来一个大汉，立刻警觉起来，端枪对准了他。

"你地什么人？你在什么地干活？"日本人操着生硬的中国话问。

"太君问你呢，你是谁？干什么的？"

"这是我儿二蛋，种地的。"张大娘抢着回答。伪军转头就骂："傻老太婆，皇军没问你。"扭头又向着王甫坤问："你说，你是老太婆什么人？叫什么？干什么的？"

"她是我娘，我叫春生，小名二蛋，种地、赶车。车是前村的，不归我们家。"伪军见这个汉子虽然个子高，可是驼着个背，黑乎乎的脸上脏兮兮的，一副窝囊相。

突然，一个伪军歪头看了看王甫坤的右手，厉声喝道："我看你像扛枪打猎的！"日本人一听"枪"字，立刻又举起本来已经放低的长枪，对着王甫坤，一副凶神恶煞的嘴脸。伪军又说，"要不虎口哪来那么厚的老茧？"

王甫坤举起右手，动了动拇指："老总，太君，咱这村靠近莲五湖，农闲时用冲子打个野鸭、大雁贴补家用也是常事，您几位犯不上稀罕。"王甫坤不慌不忙辩解道。

"你们打听打听，这个靠湖的十里八乡，哪家不打野鸭子呢？"张大娘赶忙在旁边帮腔。

伪军一听，他们说得合情合理，也就没再问什么。

可是，日本兵用刺刀尖拨开了门，往里面探头，一下看到了艾瑗的头发，向伪军一努嘴，伪军进了里屋，指着艾瑗问："这个是你什么人？"

王甫坤藏在袖口里的锥子，下意识地落出来，沉到手心，那是随时要和敌人一搏了，外表却显得迟钝、呆头呆脑。"那是俺婆娘，是个病人。"王甫坤答道。

“那是我儿媳妇，生病了。”

这个伪军不情愿地走过去，掀起被子一角，一股尿骚味冲了出来。他用衣袖掩住口鼻，看到艾瑗一脸烟灰色，满是病容，蜷缩在被子下面，好像都抬不起身子，就放下被子退了回来，冲日本兵说：“哎，是病人。”

王甫坤的锥子又收回袖口。

这下日伪军三个人放心了，把枪放下，转身问张大娘：“你家里有粮食吗？”

“我们家都揭不开锅了，没有粮食了，都给皇军了。”

他们回到院子里，一个伪军跑到灶房，很快又跑出来，嚷嚷：“这家真没有粮食，去另一家吧？”

“骡车地带走。”说着，三个人七手八脚来拉骡车。

张大娘扑上去使劲拉扯伪军的胳膊，伪军一使劲把张大娘推搡倒地，日本兵又举起枪，喊：“你地死啦死啦地！”

王甫坤急忙蹲下搂住大娘，眼睁睁地看着他们把骡车抢走了。“这些天杀的日本鬼子，让天雷劈了你们！”张大娘咒骂着，“饿死这些小鬼子。”

原来，张大娘一听到敌人是挨家挨户搜粮食，就让王甫坤去里屋做好准备，她自己也进灶房，把许多野菜放进了锅里。

“好了，人没事就好。”王甫坤想着有惊无险是最好的结果了。

他决定，抢粮的敌人一走，他们就离开这里。

王甫坤决定离开莲五湖畔的堤岸村，向东跳出敌人的包围，去寻找八路军总部。

张大娘拉着艾瑗的手，依依不舍地嘱咐着：“走吧，快去找部队，到了部队就安全了。”张大娘转身又对王甫坤说：“到咱部队，见到我儿春生，告诉他狠狠地打鬼子，不用惦记俺。”王甫坤连连点头。

这时，从大门口进来个憨实的小伙子，只是个子不高，敦实得像个大孩子，推辆独轮车。

“这孩子是隔壁的俺外甥，他叫小秋。别看他个子像孩子，实际早长大了，浑身有的是劲，有他跟着你们，可以照顾你媳妇。他整天琢磨找到部队参军，你带走他，我们也放心。”

“是，我要跟我春生哥一样，当八路，打鬼子。坤哥，让嫂子坐上面吧。”说着，他弯了弯手臂，一团肌肉在大臂上凸起来。

看到尚未完全恢复的艾瑗，王甫坤也不客气了，扶着艾瑗上了独轮车。艾瑗身上搭着一条被子，旁边放着两个小包袱。张大娘又硬塞了一个面口袋，里面是鸡蛋和面烙的饼，还有十几个煮鸡蛋。

“大娘，使不得，您老还是自己留下吧。”艾瑗推辞着。

“你还在月子里呢，再推，大娘生气了。路上吃，不能亏了身子，身子要紧。”

“谢谢大娘。”艾瑗真诚地道过谢。

他们恋恋不舍拉住张大娘的手，说道：“您老保重，得空我们一定会回来看您。”

张大娘和艾瑗，眼圈都红了。

敌人这次扫荡，是拉网合围式的进攻方式，他们拼凑的部队，东部是个薄弱环节。所以，他们必须向东走，跳出敌人的包围圈。向东走，也是八路军山东部队突围出去的方向。这是离开南莒县时，组织交代过的。

独轮车在崎岖的小路上是个很好用的运输工具。这里的独轮车有个特点，车轮子是用橡胶包裹起来的。它的结构很有特色：用一根带子，拴住车的两个把手，带子挂在推车人的脖子上，只要两只手攥紧两个把手，使脚、手和带子形成稳定的三角关系，再加上坐车人重量的平衡力，车轮轴就成了支点，这个车轮一转起来，又轻快又平稳。遇到爬坡，另一个人只要搭把力，就变成了后边推、前边拉了。

艾瑗坐在上面可以倚在包袱上睡觉。

三个人很快离开了莲五湖，顺着向东的小路一路走去。小秋土生土长，对这里的大小路都很熟悉。他们担心突然与敌人遭遇，所以避开村庄、大路，专挑小路走。一开始只是他们三个人，途经几个村庄后，不知不觉人多了起来，而且越来越多，现在足足有几十人，都是反“扫荡”的老百姓。

走了一天，傍晚的时候，来到一条河的河滩上，小秋说：“这是莲五河。”莲五河由东向西流向莲五湖，沿河逆流而行，就是他们的方向。

王甫坤看到这里地势平坦，除了河堤边上一丛丛的芦苇，看不到有什么异样，就决定说：“天晚了，休息一下吧。”一起走的人们，看到他们休息了，也都停下脚步，喝水、吃东西，人们散布在河滩上，占了很大一片。

不远处飘来烤鱼的香味和袅袅升空的轻烟，王甫坤看到是几个年轻人不知怎么抓到了鲫鱼，用柴草烤着吃，香味渐渐散出，烟火可是离老远就能够被看到。他感觉不对劲，正要过去制止时，远处传来摩托车的声音。

“不好，一定是烟火把敌人引来了。”王甫坤心里暗暗叫苦。

他立刻嘱咐小秋："我们在一起一旦暴露会连累你，你自己单独走，你是本地种田人，沉住气实话实说，鬼子不会把你个小孩子怎么样，出去后前面的村口会合。车留下，我来推。"

"不用，放心吧坤哥，我会应付。"想不到小秋挺有胆识，王甫坤放心许多。

转眼间，摩托车的声音已经到了眼前，真的是鬼子来了。人们看到机枪架在摩托车上，鬼子大喊："统统地留下！"人们这时乱了方寸。散布在河滩上的人，躲着鬼子四处乱跑起来。

"嗒嗒"，日本鬼子的机枪响了。王甫坤一把按倒小秋，自己拉着艾瑗趴在地上。眼看着有人倒下去了，他心里十分着急，不禁护得艾瑗更紧了。突然，觉着后背被重击了一下，痛得一阵钻心。

"起来起来，装什么死呀。"一个伪军正对着自己龇牙咧嘴地骂。王甫坤这才发现，除了几个再也站不起来的人，其余的都被十几个日伪军圈到了一起，威逼着赶上了河堤。

王甫坤搀扶艾瑗，爬上河堤，来到自己的独轮车旁边。这时，靠在摩托车旁的一个日军指挥官，正在盘问一个后生："你地什么地干活？"

"我是农民，种地的。"

"种地的？"这个日军军官先是绕着看，接着扭头和翻译说了几句日语。

翻译对后生说："你这模样不像啊。"

原来，日本军官看后生白净文弱，就把疑问和翻译说了。

"你把兜里的东西掏出来。"这个后生，穿了一件土布缝的白褂子和黑裤子。褂子上有两个兜，像是装着东西。他把手伸进左兜，掏出了一个弹弓，当他的手伸到另外一个兜里时，反而犹豫了。看后生犹豫，军官一步蹿上去，按住右兜，从里面掏出一支钢笔，立刻叫起来，"你地农民地不是，你地八路地干活。"

"不是，那笔不是我的……"后生还要解释。

只听日军军官骂了声"八嘎"，一脚把后生踹下了堤，跟着"砰"地开了一枪，后生不动了。

人们看在眼里，惊慌地向后退。翻译伸出两手，要大家安静，又说："皇军需要你们老实说话，刚才那位后生不说实话，欺骗我们，才落得如此下场。总之，说谎骗皇军一律找死。"

随后的盘问就简单了些，大部分让走了，只扣下了两个年轻人。轮到王甫坤时，天近黄昏了。

王甫坤推着独轮车，艾瑗跟在后面，走到日军军官面前。

这次，军官没有说话。翻译倒是多问了几句：“干什么的？”

“做小买卖的。”

“听你不像本地人呀，哪儿来的？”

“朱岛来的。”

“朱岛市？街心牌楼旁边有一个茶馆，叫玉堂春的去过吗？”

“去过，不过街心牌楼旁边那个茶馆不叫玉堂春，叫御茗堂。您大概离家久了，记错了吧？”王甫坤知道他在考验自己，就故意纠正他。

翻译没有接茬儿，继续说：“我们是老乡啊，买卖做成了吗？”

“没做成。这不是要回去吗？就被拦这儿了。”

“车上装的什么？”

“路上吃的，饼和鸡蛋。”王甫坤话音刚落，鬼子军官过来就把那个口袋抓了过去。口袋里装的是堤岸村张大娘送的鸡蛋饼，还有鸡蛋。

鬼子掏出了一块鸡蛋饼，左看右看，问：“这个，你地晚饭？”

王甫坤点了点头。

看来，鬼子军官是想吃，又怕有毒，正在犹豫。翻译过来，也掏出了一块，递给王甫坤，说：“你先吃。”

王甫坤接过来，撕了一块给艾瑗，两个人大口吃起来。他又拿了两个鸡蛋，转身也递给艾瑗。

鬼子军官一看可以吃，立刻咬了一口，笑着点了点头：“密西密西，好吃，好吃。”

随后，军官一挥手，几个鬼子一拥而上，转眼把那一袋鸡蛋饼分食了。那个翻译随手把那几个鸡蛋也掏了出来，递给了军官。“哟西！”军官满意地称赞。

鬼子军官一边吃一边打量着王甫坤：“你地八路？”

“不是，是做小本生意的。”

“说谎地死啦死啦。”

“我知道不能说瞎话。”

“后边地什么人？”他指着艾瑗。

“我媳妇。”

突然，鬼子军官“唰”地抽出指挥刀，直接放在艾瑗脖子上：“你地回答，你们到底什么地干活？”

这次，艾瑗本是准备赴死的，心想有王甫坤在，死在一起也值得。现在瞄了眼，发现鬼子指挥刀的刀刃是向外的，心里有了底，便装出害怕的样子：“太君呀，我们俩真是做小本生意的，不敢欺瞒呀。”

翻译这时插了话，用日语叽里呱啦说了一堆，王甫坤估计说了好话。果然如此，军官见艾瑗没有改口，又有翻译解释了一番，就抽回马刀，挥了挥手。

翻译赶紧说：“太君让你们快点走，看在老乡的面子，兵荒马乱的少做几回生意吧。”

王甫坤明白过关了，赶紧向对方道谢，又和翻译说：“我还有个伙计呢。”

“在哪儿？”翻译问。

王甫坤四周看了看，发现小秋还在后面，就招呼小秋过来。

翻译又向鬼子说了几句，鬼子一看是个小孩子，也想问问，这时，从大路那边传来呼唤的声音，跑过来一匹黑马，上面坐着一个像是传令兵的人，和军官说了一阵日语。

翻译明白，这是命令他们回到大路上，有新的任务要执行。顺势就向王甫坤挥了挥手，让他们推上艾瑗赶快离开。

离开不远，艾瑗回头看到那一小队日军的摩托车已经开走了。

独轮车在小路上行走，离开河滩跟着他们一起走的人，哩哩啦啦一长排。隔着二里多远，和小路并行的就是村连村的官道。官道上是进行扫荡的日伪军队伍，一会儿过去一串摩托车，一会儿又是几辆汽车，一会儿又是一队日伪军。大概，日伪军已经知道，小路上的逃难人群，都已经过他们盘查毫无问题了，或者想到这几十个百姓无关紧要，反正也在包围圈里，所以并未理会。两条路上并行着截然不同的两种人流，这倒成了一种奇特的现象。

天渐渐黑下来了，在路边的一片小树林里，这群受过日伪军惊吓的难民，此时倒显得麻木了，纷纷在林地间空旷处休息，好准备明天漫无目的的行程。王甫坤的独轮车靠在一棵老榆树下，他把被子给艾瑗盖好，就和小秋一边一个守护在车的两边。

黑暗完全笼罩了原野。官道上隔着不远，就燃起了一堆堆的篝火，可以清晰地看到，那是日伪军的封锁线。原野上升起了雾霭，起初只是在地表冒出薄薄的一层，慢慢地向上升起来，很快就升到人的膝盖那么高了，弥漫在整个高低不平的原野上。

王甫坤心里一动，盘算着这恐怕是跳出敌人包围圈的好时机。于是，他站起身走出小树林察看封锁线一带的地形。他发现，前面一里多的地方，官道忽然隆起一块，那是一座桥的影子。桥下就是一条河，这边通向刚才被日军军官盘问的河滩，另一边一直向东延伸过去。穿过桥，就是穿过了官道，应该就是跳出了日军的包围圈。

正寻思着，有人悄悄地来到他身边，抬手碰碰他的胳膊："老哥，你是什么打算？"

王甫坤感觉有两个人站在身后。他先瞅瞅靠前面的人，中等个，戴着尖草帽，和他后面的人一样，一看就是老实巴交的种田人。

"怎么？你们有想法？"王甫坤反问。

"我们是从老远的地方来的，家让鬼子放火烧了，没法活了，跑来跑去就在他们的包围圈里，能带我们出去吗？"他说完，后面的人又跟了一句："找这个去，听说就在东边。"说着，伸出手比画了个"八"字。

王甫坤想了想，说："我生意人，拉家带口就想逃出去，在他们的包围圈里，早晚都是个死。要不一块儿跑？"

"是，我们也这么想。你跟鬼子的对话我们都听见了，你走南闯北见识多，怎么跑听你的。"

"你们几个人？"

"五六个吧，其他的人不想动了。"

"好，那你们听我的，能不能出去，看命了。"说完，他又扫了两个人一眼，也比画了个"八"字，"这，我可不知道，能不能找到也得看你们的造化。你们通知那几个人，别惊动其他人，等会儿跟我走。"

那两个人点点头，又悄悄回去了。他们暗中联络了其他几个人，大家都盯着王甫坤的动静。

午夜过后，万籁俱寂。只有封锁线上，一堆堆透过雾气闪亮的篝火，显示出燃烧的地方就是日军扫荡的所谓"铁壁合围"封锁线。那里，每隔百米，就有值班放哨的士兵，敲着响器，传递着呼喊："平安无事喽！平安无事喽！"

王甫坤带着艾瑗、小秋，弃掉独轮车，悄悄地离开树林。他们走在前面，后面还有六七个人紧紧跟随，大家悄无声息地向着河边走去。

这条河的河岸距离水边六七米。河岸上长满了半人高的草丛和水柳，人可以紧贴在草丛后面，黑夜里没有人会发现他们。

按照王甫坤的计划，沿着河岸，趁着雾气，在杂草和树丛掩护下穿过桥洞，就是穿过了敌人的封锁线，只要不被发现，就可以顺利地跳出日寇的"铁壁合围"，去自由地寻找八路军总部。

小秋在莲五湖边长大，识水性，识地形，就在前面几步开路。不想，他拨开草丛一进入河岸，就向前扑去，接着，王甫坤听见“扑棱扑棱”声，赶忙停住脚步示意大家伏下。不一会儿，只见小秋抬起身子，一手抓住一只大鸟，凑到王甫坤身边。原来，是趴窝的野鸭子，被小秋逮个正着。

“快放掉，这鸭子一折腾会惊动鬼子兵。”

“舍不得，留着给大姐补身子。”小秋悄声说着，顺手折了两根水柳条，麻利地捆住鸭子嘴、脚和翅膀，提在手里，紧贴着草丛向桥洞走去。他们一行学着小秋，躲在草丛后面，小心翼翼地互相拉扯着前行，竟然在敌人眼皮底下接近了桥洞。

这座桥一共有三个桥洞。两边的桥洞只有一部分有水流过，另一部分由河边延伸到杂草丛生的堤岸，人可以从桥洞中穿过。由河边的桥洞到上面的官道有个桥墩，桥墩旁是个陡坡，连着三尺高的一段防洪墙，折下河岸。

桥上官道有两堆篝火在燃烧，篝火旁有日军和伪军在睡觉。有两个伪军抱着大枪放哨，其中一个来回在官道上溜达，从这边走向那边，然后又走回来；而另一个就站在桥头，每每听到前面传来报平安的叫喊后，也敲响身旁的响锣，扯着嗓子跟着喊一声：“平安无事喽！”

要想进入桥洞，必须迈过防洪墙。王甫坤走在前面，第一个迈过了墙，然后伸手帮助大家一个一个地进入桥洞，当艾瑗翻墙进桥洞时，由于身体虚弱，脚下一个踉跄，“咣当”一下刮倒了一块浮砖。

“什么声音？”上面的伪军喊。大家一下紧张起来，王甫坤挥手让大家伏下身子别动。

“你下去看看！”

“你怎么不去？”

“八嘎！你地放哨，下去看。”是日军在下命令。

放哨的伪军不情不愿地向下走去，看样子上面篝火旁几个日伪军，都在瞪着眼睛看着。

放哨的伪军端着刺刀下了桥墩的陡坡，手扶着防洪墙的墙头，正要向下面张望，猛然觉得肩膀像被铁钳抓住了似的，整个身子连枪带人翻过了墙，刚刚发出“啊”的一声，就什么声息也没有了。上面的日伪军着急地连连发问：“怎么了？怎么了？”

原来，王甫坤眼看就要被这个伪军发觉，急中生智，一伸手抓住了他的肩，向下一拉，把他拉到墙下，跟着一掌将他击晕，瞬间抓住了他的大枪。接着，他一把抓过小秋手上的野鸭，迅速扒掉捆着野鸭口脚和翅膀的柳条，“哗”地使劲向桥上官道上方一扔。

这个时间拿捏得分毫不差，正是桥上几个日伪军着急地连续向桥下的伪军发问之时。就见下面飞上来两只野鸭子，原来如此，是野鸭子作祟！去掉捆绑的野鸭一旦自由，张开翅膀就要飞，可是被捆绑时间长了，又一时飞不动，只是在路面上乱窜。“野鸭地干活！”日本兵高兴地喊起来。

“捉住它，捉住它！”日伪军乱成一团，要下来的人也返回去加入了捉野鸭的战团。

趁着敌人抓野鸭子的工夫，王甫坤和小秋搀扶艾瑗，指挥大家迅速穿过桥洞，顺着河道，离开了敌人的封锁线。走出很远，还隐隐听得到“平安无事喽”的喊声。

艾瑗夸赞：“是小秋的鸭子立了功。”

小秋埋怨坤哥：“看，到大姐嘴的鸭子又飞了。”

王甫坤笑道：“那就用这个犒劳犒劳你！”说着，把那杆三八大盖儿递到小秋手里。

小秋满心欢喜：“给我用了！”

“给你扛着吧。咱们部队是一切缴获要归公，等找到部队，你正式入伍时，会发给你枪用的。”

小秋虽然有些失望，但还是高兴地从坤哥手里接过大枪，扛着枪神气地走在了前面。

大家离开河岸时，东方现出了鱼肚白色。

3

王甫坤带领他的人，历尽艰辛，冲出敌人的包围圈，终于来到胶东地区八路军总部。

他没有想到，迎接他的是两喜一愁。

一喜的是小秋和其他随着突围的几个人，全都顺利编入八路军正规部队，小秋也有了张大娘儿子的消息；另一喜的是他听说陈穿标带领小杰和大生及绝大部分战士和银行职员，成功地跳出敌人的包围圈，回到了部队。一愁的是，他一到总部，就接到了一纸通知：任命他为八路军滨海地区工商局局长，驻地仍然是莒县。

反“扫荡”后的滨海地区根据地百废待兴，关乎根据地政权民生的市场亟待恢复，如今这个任务就落在王甫坤的肩上。

对王甫坤来说，当工商局局长是一个全新的任务。在根据地党的领导下，如何做好工商管理，让企业为巩固政权服务，让市场成为根据地经济发展的推动力，这些都是需要探索和创新的。

这天，王甫坤正在办公室仔细消化省工商局领导的指示，厘清当前工作思路，忽然一个熟悉的声音随着敲门声传进来。

“报告！”

“请进。”

一个熟悉的身影推开门大步跨进办公室，边敬礼边大声说：“陈穿标前来报到。”

王甫坤抬头一看是陈穿标，立刻高兴地离开办公桌，没有拉他的手，却亲切地用拳头敲打了一下他的胸膛，动情地说：“老弟，你可回来了，堤岸村一别，我每时每刻都在惦念你们啊！”

说到这里，陈穿标眼眶一热，不由自主地叙述了一遍他们闯过敌人封锁线的惊险历程。

原来，陈穿标这支队伍和王甫坤他们分手后，向东直奔了莲五山的山岭。

根据情报，敌人在莲五山山区设立的扫荡线是薄弱环节。只要避开敌人，沿着山脊小路，翻过牛角岭，穿越敌人设立封锁线的村子——孙家沟，看到村子后面的鹰翅崖，就算冲过了敌人的封锁线，可以继续向东直奔八路军总部了。只是这一路山道崎岖险峻，百十里蜿蜒山路，再加上和敌人遭遇的危险，没有个好身子骨是很难走这条路的。

牛角岭位于莲五山的中部。两条弧形的山脊连在一起，形成了弯曲连绵的山岭，中间隔着一道自然形成的、宽宽窄窄的泄洪沟，远处望去，犹如牛的双角，故称牛角岭。这段路，盘山过沟，有几十里长。陈穿标这支队伍走了两天一夜，终于来到牛角岭的另一侧山巅下。站在岭上望过去，下面就是一个小山村。这就是孙家沟了。

现在，天还没有亮。敌人的封锁线从山梁的路上到山下的村子，一堆堆的封锁篝火仍然在燃烧着，如长蛇般连绵不断。围绕火堆聚集的日伪军，像鬼影一样晃来晃去，要想从火堆间穿过而不被发现，确实很难。而更难的是，要想穿越封锁线，就必须穿过孙家沟。

按照出发前了解的情况，孙家沟是沿着牛角岭转过来的泄洪沟建成的村落。北边村头，山壁脚下有一片小树林。村子中间有一座山神庙。村落的后面就是那条泄洪沟。据说，过了沟就是通向后山直奔鹰翅崖的小路。只要攀上鹰翅崖，就算冲出敌人的包围圈了。

陈穿标正在寻思着，小杰凑过来问："陈参谋，怎么过去呀？"话音刚落，突然，靠近他们百十米的一个火堆，向着和他们相反的方向，传来一阵喧闹声。还没有闹清楚怎么回事儿，就见两边火堆旁的敌人迅速举枪聚集过去，立马在喧闹的地方形成了一个狙击阵地，而那几个火堆却出现了防守薄弱环节。一会儿，敌人发现是一场虚惊，就叫骂着返回自己的篝火旁。

这时，陈穿标忽然想起声东击西的手段。他没有犹豫，立刻决定，由三名有经验的战士悄悄接近村头树林附近的火堆，相机行事，制造混乱，吸引敌人的注意力，剩下的同志借着敌人向村头方向集中时，穿过靠近村中间的火堆，绕过山神庙。

"记住，动静越大越能够吸引村中敌人，然后迅速和敌人脱离接触，利用树林掩护，进入村落，到山神庙集合。"他知道，这个任务是很危险的，就又补充道，"当然也要注意保护自己。"

"保证完成任务。"说罢，三名战士立刻出发。

陈穿标带领其他人悄悄下了山岭，摸向村落中间的位置，利用山村错落散布的石崖土壁潜伏起来。陈穿标带领大家刚刚隐蔽好，就听村头小树林的方向传来了枪声。随着枪响，守在几堆篝火边的敌人，果然开始向村头小树林的方向运动。小树林的方向，枪声越来越密，甚至出现了手榴弹的爆炸声。显然，自己的战士已经和敌人动手了。再看看眼前，村落中部的几堆篝火边，已经没有人了。陈穿标一招手，带领大家跳出石崖、土壁和草丛，迅速穿过篝火之间的空当，准备突进村落。

二十几个人的一支队伍，毕竟目标还是不小的，就在最后两个人跑过火堆的时候，还是被敌人发现了。

"什么人？站住！"

"八路突围了！"敌人中的伪军大声喊叫，随后，枪声四起，一串串子弹打过来。

"哎呀！"有人中弹了。

陈穿标早有准备，立刻命令搀扶起受伤的同志，一边让掩护的战士开枪还击，一边在混乱中丢出了两颗手榴弹，趁着爆炸的烟雾，他们奔村里山神庙的方向撤去。按原计划是绕过山神庙，没有想到，山神庙两侧也传来了枪声。后面，敌人的叫喊声并没有停止，枪声也断续传来，大概黑暗中敌人摸不清底细，并没有追来。他们只好退进山神庙，到了门前，正好从村头撤回的三个战士也赶到了，不过三个人都挂了彩。

进到庙里，环顾四周，陈穿标才发觉，这座山神庙说是在村落里面，却是建在一座不高的峭壁之前的。所谓庙后的路，竟然是在峭壁之上。平时人们靠绳梯攀上攀下，如今抗战，绳梯早已不在。再看庙的三面，都传来了敌人的喊声，里面夹杂着日语，显然他们已经被三面包围，陷入了绝境。

陈穿标立即把自己的人分成三个战斗组，警卫班的八路军战士和武装的银行职员混编，战士分别做三个组的骨干，沿着围墙，分别按三个方向做好了战斗准备。同时，他们把主要力量放在了庙门两旁。

"机枪，听我的命令，不见敌人不开枪。"

这时，敌人乱哄哄不间断地扑过来了。枪弹打得墙头砖瓦乒乓乱跳，灰尘四扬。连续不断的枪声中，晃晃悠悠的人影，呼叫着冲上来。就在距离庙门十几步的时候，陈穿标大喝一声"打"，一挺机枪、十几支步枪，一起开了火，冲在前面的几个人影随即扑倒在地上了，后面的敌人还在往前冲，不想，十几颗手榴弹冰雹般迎头砸来，随着此起彼伏的爆炸声，冲到庙门口的敌人又倒下一片，剩下的敌人愣是停了下来。有人在庙外喊话："八路军士兵们，你们被包围了，投降吧，皇军优待，吃香的喝辣的酒肉管够！打下去只有死路一条……"

"去你的狗汉奸！"跟着，手榴弹飞出了庙墙。

望着山神庙前越来越多围上来的敌人，陈穿标想到，自己肩负着护送银行人员的重要任务，却无计可施，不禁心急如焚。

此时，团团围住山神庙的日伪军，在第一次无组织进攻损兵折将后，被命令停了下来。一个挎着指挥刀的日本陆军少佐，问询着躬身立在旁边的伪军队长："这个庙里困住的是什么人？"

"估计是二十几个土八路。"伪军队长回答。

"八嘎，那会打得你们七零八落？有机枪，一定是正规的八路。要统统地消灭，功劳大大地。"

"是，"伪军队长进言，"反正他们被包围了，我们继续进攻吗？"

"现在进攻地不要，等天亮以后，集中火力，枪炮齐发，一举消灭他们。"

天刚蒙蒙亮，封锁线上点燃的火堆已熄灭。少佐军官指挥日伪军重新进行了排兵布阵：山神庙两边，十几挺机枪枪口对着围墙；山神庙正面，一溜排开六架小钢炮。伪军在侧，日军在前，密集围困住山神庙。远远站在炮阵后面的少佐，拔出指挥刀，望着前面嘟囔了一句："一个苍蝇也不能飞出来！"随后，大声命令："开炮。"

"轰轰"炮声响起，只见庙的里外，烟尘四起，火光一片，远远望去，不但庙里的建筑物纷纷垮塌、燃烧，院墙也是千疮百孔了。几轮炮击后，日伪军"哇哇"怪叫着呼呼地涌上来。奇怪的是，这次直到日伪军穿过庙门，越过残破的庙墙，都没有听到八路还击的枪声。

站在少佐旁的伪军队长，不禁谄媚地说："皇军迫击炮地厉害，八路没有声音，全部消灭了。"

少佐提着战刀，笑得眯起了眼："我们地打扫战场。"

当他们走进庙里，烟尘将要散尽，只见日伪军三三两两持枪望着他们。这时，少佐才发觉，院子里除了弹坑和尚在散发烟尘的残垣断壁，竟然没有一个八路军的伤亡人员。这时，一个日军军曹报告："没有发现八路，活的死的，统统地没有。"

少佐狐疑地站在庙门口，门里，轰炸后的小小的山神庙，几乎可以一眼就看清全貌，的确没有八路；门外，被打死的日伪军却陈尸一片。这形成了鲜明的对照。

"是不是山神救走了他们？"伪队长像泄了气的皮球委顿在旁。

"八嘎，山神会让这二十多个八路飞上天？"少佐气得目瞪口呆，却也无可奈何。

原来，击退了敌人的第一次进攻，给了那些喊话的伪军一顿手榴弹后，战场暂时安静下来。陈穿标知道，更激烈的战斗还在后面，因为他们已经深陷包围，没有退路。他和大家商量，决心以死相拼，战斗到底。

就在大家各自准备拼命的当口，小杰突然发现，一个农家小娃从庙殿里走出来。小杰从庙墙根急忙迎过去问："你在这儿干吗？这里正在打仗，赶快躲起来。"

小娃十一二岁的样子，脑后留个小辫子，辫子上缠着一根红线绳，一脸严肃："俺爷爷让俺来的，这里有路，我带你们出去。"

这时，陈穿标等人都看到了这娃子。娃子引着大家进了庙殿，掀起殿后面供桌下的围挡，露出一个洞口，洞口旁有一个石香炉。

娃子翻身退进洞口，露出了脑袋，晃动着小辫子，说："大家跟着我，最后一个要力气大些的，把石香炉拉过来盖上洞口。"说完，一缩就不见了。

小杰请示了陈穿标，第一个下了洞口。洞不大，像是个斜坡。人可以滑下去，着地后，必须半弯腰走路。里面凉飕飕的，黑咕隆咚，伸手不见五指。

前面的小娃子不知道什么时候举起来一根香火。豆大的香火亮一闪一闪，小杰跟着香火亮，走着走着，香火变成了人影，人影渐渐清晰起来，洞也宽阔起来，不知什么时候，眼前忽然亮了，亮光照进洞里，小杰清楚地看到，脚下竟是延伸出去的一块闪着亮斑、硕大的岩石所形成的慢坡，陆续到来的二十几个人，站在慢坡上，竟然不显拥挤。

这时，小娃子正依偎着一位老人，站在慢坡下。"爷爷，你看我把他们带来了吧！"稚嫩的声音中透出了无比的骄傲。

陈穿标快步上前，拉起娃子的手，望着老人，感激地连连称赞。

出了山洞岩石慢坡，爷孙俩又引领他们上了山路。天放亮后，敌人的迫击炮响了。回身望去，升腾着烟尘炮火的山神庙方向，下面那块洞口的慢坡石岩，舒缓地伸展出去，多像振翅欲飞的鹰翅。鹰翅两边除了他们走过的那条路，竟也是断崖。这应该就是鹰翅崖。

听到这里，王甫坤明白，他们已经脱离险境，冲出了敌人的包围圈。他不禁感慨地说："这爷孙俩才是我们八路军的山神。"

"你说得太对了，山神就是老百姓。"陈穿标还沉浸在突围的激情中。

这时，门外传来嘻嘻哈哈的声音，陈穿标一下缓过神来，说："局长，你看我把谁带来了，"扭身向门口喊道，"你们就别捉迷藏了，快出来吧！"

王甫坤正纳闷时，从门口跳进来小杰和大生。"原来是你们两个家伙。"王甫坤欣喜地说道。

"首长，欢不欢迎我们呀？"

"欢迎，欢迎。"王甫坤高兴地连声说。

原来，他向上级要求调陈穿标来滨海地区工商局任科长，没有想到小杰和大生听说后，就和领导要求也到工商管理局来。上级一来考虑王甫坤确实需要人手，二来工商也和金融有交叉业务，就同意他们俩也来了。

王甫坤兴奋地说："这回我们要在全新的岗位上做出全新的成绩了。"

三个人几乎同时立正敬礼，齐声说："是，保证完成局长交给的一切任务！"

这天，王甫坤早上刚上班，就看到了省工商局发出的近期工作重点指导意见。指出工作重点是根治洋布纱、有色金属的走私活动，打击走私犯罪，稳定洋布市场，防止战略物资金属的流出。原来，随着太平洋战争的爆发，日本有色金属愈加匮乏，尤其是可以制作枪炮子弹的铜，在日本市场更是奇货可居。王甫坤思索着如何在滨海地区发现和杜绝这种走私活动。

正在这时，陈穿标进来报告。他现在是局市场管理部门的领导。

“局长，马集镇工商所查扣了一马车旧铜制品，里面还有不少旧铜钱，你要不要一起去看看？”

“一马车？这可是不少呢。”一听说是涉及战略物资的铜，王甫坤立即警觉起来，他站起来说，“叫上小杰、大生，一起去。”

这个镇工商所离局机关不太远，一袋烟的工夫就走到了。经过反“扫荡”的斗争，根据地各种行政机构都得到了健全强化，老百姓也都愿意协助八路军基层机构的工作，这辆拉铜器的车就是经老百姓检举扣押的。

一进工商所，就见院子里停着一辆马车，赶车的车夫正和一个看似收货伙计的人，蹲在车辕边上抽旱烟。马车上面，猛然看上去，就是拉玉米的粮垛。小杰抢着掀开垛上铺的草垫，就见下面是一个个麻袋，有七八个。小杰麻利地解开一个麻袋口，就见一串串的铜制钱露出来，再打开外表看上去鼓鼓囊囊的另一个麻袋，竟然露出了各种铜盘、铜壶、铜盆等家用器皿。显然，这是有意囤积转运。

经过盘问才知道，他们收这些铜器是要运出这个地区。他们这次来了不少人，分别到滨海地区附近城镇，以高价收购日用铜器，然后集中运往烟台、青岛。老板是一个姓佐，叫佐木森的人。这个伙计叫马三。

回到局里，王甫坤立刻布置下去，让陈穿标组织人了解周边村镇有哪些人在高价收购铜器，他们怎么集中？运到哪里去？到哪里交接？

就在王甫坤在工商局布置任务的时候，佐木森老板也在南莒召集几名手下开着自己的小会。

这个佐木森不是别人，就是在朱岛市大和银行任科长的佐佐木。原来，他奉浅野一郎的命令，押运伪钞模板去东京修正，路上被八路军游击队袭击，模板全部被毁。记者误以为他也被打死了，刊发了稿件。其实他并没有被打死，只是受了烧伤晕过去了。养好伤以后，橙组织见他的容颜受损严重，就调他离开大和银行，利用报纸新闻宣布他死亡的机会，让他改了名，派他去走私。他的名字改叫佐木森，人称佐老板。

“我们不只是收购旧铜器，我们的生意还会进入棉纱、食盐、矿产资源等战略物资行业。至于钱嘛，你们不用担心，我们是高价收购。你们是能够赚大钱的。”说到这里，佐老板狡猾的目光扫过面前的几个人，接着说，“这些都是要送到烟台、青岛等城市的，那里是这项行动的总指挥部。”

他讲到这里，又强调收购要隐秘进行。这时，下面的人向他报告，这次收购的铜器数量已经达到要求。于是，他下令将这些货先放在靠得住的生意人那儿保管好，等待命令一起运走。

这时，佐老板发现还有一个人没有到。这个人就是收货伙计马三。

“马三发货，还没有回来。”有人回答。

“走的哪条线？”佐老板问。

“按预定计划，走的喇叭沟。”

佐老板点了点头：“那是条废弃官道，这趟我们就看看顺利不顺利了。”话是这么说，可是毕竟马三该回来的时候没有回来，慎重起见，他决定近期采取隐秘收购、徐徐囤积、集中运输、武装接收的方式进行走私。

按照佐老板的要求，收货人近期一律隐蔽行事，派出的伙计收集到旧铜器，一律存放在当地生意人手里，他们管这种收购方式叫静默收购。

当然，除了到手的货隐蔽囤积，其他运输方面的想法，佐老板并没有向大家公布。

佐老板活动行踪诡秘，这给陈穿标他们收集收买旧铜器的信息带来很大难度。包括大生、小杰，在周围村镇跑了几趟，就连布置过任务的各地工商管理所，再也没有这方面的消息，更没有再找到像马三他们装满铜器的运输车辆。

这天，陈穿标他们跑了一天，回来赶上饭点。这时，一股炸酱的香味从后面宿舍飘过来，小杰推开办公室的窗子看出去，正好和艾瑗打了个照面：“嫂子，是你家的炸酱面？”

“怎么？没吃晚饭哪？来吧，一块吃，你们坤哥也没吃呢。”

“可不是我一个！”小杰调皮地笑着。

艾瑗知道那几个人都是谁，笑呵呵地说：“都来，都来也够吃！难得凑一块吃顿饭。”

当这三个人嘻嘻哈哈进屋时，王甫坤把烙饼、大葱都端到桌子上了。

小杰不客气，抄起一张饼卷好大葱就咬了一大口，一边吃还一边吧唧嘴：“真香，真香。”

大生也端起一大碗炸酱面，呼噜呼噜地狼吞虎咽。

只有陈穿标一坐下，就和王甫坤讨论起了工作。

“你看，我们没黑天没白天地调查，任务也明确下达到了各地村镇，愣是没有一点消息，真急人。”陈穿标发着牢骚。

“先别着急，上级要求我们，当前的主要工作，就是在打击走私、稳定市场、保护战略资源上下功夫。当前，有人高价收购铜器，就反映了这种动向。”

“那怎么才能了解到对方的收购信息呢？”陈穿标说，“到现在也找不到他们的踪迹啊。”

“我想过了，”王甫坤说，“既然找不到，那么我们就放长线钓大鱼，抓住的那个马三和他的车，一定会给我们提供这方面的消息。”

“难道要释放他们？”

“是。”王甫坤放低声音，把自己的想法说给陈穿标听。

就在王甫坤和陈穿标讨论的当口，小杰已经吃了两张大饼，大生也很快将两碗面下了肚，正在抹嘴。

“你们还聊？看他们俩都吃得肚歪了。你们也快吃吧。”艾瑗催促道。

小杰抢着说：“嫂子你来吃，我帮你煮面。他俩再聊就明天再吃了！”

“我来打扫灶台、洗碗。”大生说道。

陈穿标敲了一下小杰的脑袋：“就你嘴贫，快去干活儿。”

艾瑗赶忙把盛好面的碗递给他俩。陈穿标心里有了底，肚子也咕咕地叫了，甩开腮帮子大快朵颐。

工商所释放了马三、车夫和被扣下的车辆。车夫仍然按照事先的安排，沿着镇上的路走了。马三送走了车夫，自己就回了南莒城。小杰监视马三，大生就尾随着车夫。

当晚，他们回来向陈穿标汇报。

车夫出镇后，奔了叫作喇叭沟的方向，沿着废弃的旧官道，出了沟应该就是日伪军控制的区域了。

马三进了南莒城，去了城南的一个僻静小院，小院子的门牌号是五十五号。

经过调查，陈穿标了解到，这个小院里的住户是一位从朱岛过来做贸易的商人，他的名字叫佐木森。而小院的产权不是别人，正是马彪。

“是城东关做金融买卖的马彪吗？”王甫坤问。

“正是他。不过他原来的商号利利财富改名了，改成了福禄贸易商行。经营的业务，除了做金融买卖，又加上了大宗商品的购销。这次收购旧铜器的事儿恐怕也跑不了他。至于合作的伙伴是谁，那位叫佐木森的商人，我们还在调查。”

“那就抓紧查，就咱们打过交道的这个马彪来看，他有不少破坏抗战的行为，只要证据充分，那就坚决打击。”

据陈穿标了解，刘德福已经离开了商行，王甫坤这时又想起在北海银行打击伪钞的斗争中认识的小贩阿华和他的小兄弟二秃子。

此时的马彪正在城南五十五号的小院里，和叫佐木森的老板悄悄见面。

“八路军盯得紧，我们不得不小心。”马彪说。

“没有问题，你们古语说得好，‘小心驶得万年船’。所以我从来不去你们的福禄贸易商行。”佐老板说。

“谢谢佐老板的体谅。”马彪客套之后，单刀直入，“佐老板，我们为你收集的那些铜器破烂家什都存放好了。有几百件，可以装六辆车了，你什么时候运走呢？”

“这可不是什么破烂，到了皇军的手里，就是炮弹、子弹。我们给你钱，你帮我们收集，这是很公平的。除了这些，记住还有棉纱、食盐的行情，你要适时地多收集哟。”

“听说皇军仗打得并不顺利呀？你们还有把握胜吗？”

“当然有把握，大日本皇军战无不胜。再说，我们和你马彪的交往，也不是一天两天了，即使战争结束，我们还是有生意可做的，你还是有钱赚的，对吗？”

“那是，那是。”马彪瞄了瞄院子，除了守护人员并无其他异常，就悄悄和佐木森商量着大批旧铜器的运出方案，说着，突然他想起马三，“马三在吗？”听到叫他，马三进来了。

马彪就问：“你和车夫去喇叭沟之前，被八路军扣押了？”

“是。”

“他们问你什么？”

“我可什么都没有说。”马三信誓旦旦，他当然不会承认说了那许多。

“没有关系，”佐老板安抚他，“我问你，最后车夫是去了喇叭沟？”

“去了，东西绝对安全送到。”

“你保证？”

“对天保证。”

“好，这个足够了。你去吧。”

马三出屋后，佐老板才告诉马彪最后的决定。

马彪和佐木森万万想不到，他们商量的方案，第二天就传到了王甫坤的耳朵里。当然，报告情况的就是小贩阿华，而向阿华传递消息的就是阿华的小兄弟二秃子。

原来，王甫坤当北海银行支行行长时，在打击伪币的过程中，一直帮助他们传递消息的，就是在马彪的商行担任厨房采买的二秃子。自从佐木森潜入南莒城南五十五号院，他就被派到五十五号院帮厨。当晚，二秃子有心经过窗外，马彪与佐木森密谋转运铜器的事，他听了个一清二楚。

“六车铜器，三天后午夜集中，然后经喇叭沟出南莒县。出沟后由日伪军接管押运。”他一口气把整个方案都报告给王甫坤。

不过，马彪离开五十五号院，在门口又和佐木森说了些什么，二秃子就不知道了。他想这个可能没有那么重要，就没有再叙述。

王甫坤听了阿华的报告，一个在南莒八路军协同下，打击敌人走私旧铜器的战斗构想油然而生。

三天后的午夜，南莒城外刘窑村村口三义庙，六辆装满麻袋、从不同方向过来的马车，在庙前旗杆下会合了。六辆车，来自六个村镇，六个车夫像是约定好的一样，相互不打招呼，悄声地在旗杆下排了一溜。六个人一样的蓝黑布衣，一样的小毡帽，一样的竹柄车鞭，只是打头的彪形大汉手中的鞭子头上，捆着一块白布巾，猛一看就像出殡打幡的一样。彪形大汉向上一扬鞭，并没有打出响来，马车就移动了，后面的车跟着前面的车，一辆接一辆相距不远，离开了刘窑村三义庙。

夜半，南莒城内。盯着城南五十五号院子的人员，发现佐老板已经出了门。

佐老板带着一个伙计，两个人，两匹马，出了城南门。他就在城南门外叫小南庄的庄头大槐树下和六辆马车会合，然后跟着马车不慌不忙直奔了喇叭沟的方向。

侦察人员一直看着佐老板和车队进了这个方向的官道，才赶紧回去向局长汇报。王甫坤听了这个消息，立刻对陈穿标几个人说：“好戏要开场了，看咱们怎么收拾这帮家伙。”随后，他带领这几个人也奔了喇叭沟。

原来，从第一车旧铜器由喇叭沟溜出南莒，王甫坤就判断，喇叭沟是敌人走私的一条通道。要彻底堵住这个通道，就必须有震慑敌人的大行动。这次马彪勾结佐木森老板，大规模偷运铜器的行为，给他的大行动带来了一个特别好的机会。于是，他请求八路军驻地部队和当地武工队支持，在喇叭沟出口设下埋伏，当运旧铜器的车队和日伪军队交接时，打他个出其不意，既消灭了日伪武装，又截获了赃物。

喇叭沟，沟长三里，入口大，出口小，两面山坡陡峭，绿植矮树，丛丛成片，最适宜打埋伏。这个沟，过去是滨海地区由南莒通往烟青大道的必经之路，自从日本侵华，修了从烟青公路到南莒的大道，这条旧官道就废弃了，成为比较隐蔽的路了。

王甫坤抄小路赶到喇叭沟口，和伏击的部队碰过头，估计再有半个时辰走私车队就会到了。不想，过了一个时辰，也没见到车队影子，部队派去沟尾侦察的同志回来报告，也没有看到日伪军的动向。王甫坤觉得问题来了。正在这时，大生呼哧带喘地跑来了，下马后都没站稳，喘着粗气说："局长，情况有变化。"

"你怎么来了？有什么变化？快说。"

原来是王甫坤让大生留守局里，现在他骑马赶来肯定是有重要消息。"是坏消息，敌人的车队失踪了。"听到这里，大家心里不由得一惊。

这时大家才看到，大生后面还有一个人，这个人就是二秃子。原来，他在五十五号院里，眼看着佐老板和一个伙计出了大门，心想：没问题，这也是奔喇叭沟了，他们一定跳不出王局长的手心。没想到，一会儿马彪又出现了，他带着伙计马三，进院后径直去了佐老板的房间。

屋里灯亮后，影子在屋内晃动，像是翻箱倒柜。马彪出屋子时，手里像是多了件家伙，后面跟着马三，匆匆出了院门。

二秃子好奇，偷偷跟上马彪，他们却向城北走去。

出城不远，他看到马彪进了靠城墙的一个大院。马三和院子里另一个伙计打了招呼。那个伙计似乎早有准备，他牵出两匹马和十几头毛驴。

"都齐了吗？"马彪问。

"按佐老板吩咐，全备齐了。"伙计说。

"你留在这儿吧，其他事不用管了。"然后马彪和马三，各骑一匹马，牵上拴成一溜的毛驴，也向喇叭沟的方向去了。

这一切让二秃子更加疑惑了，跟了一段路，眼看跟不上了，就赶回去向王局长报告。见到大生，大生听了二秃子的汇报，猜不透这个马彪和佐老板玩的什么花招，又怕误了事，急忙带着二秃子也奔王甫坤他们埋伏的地方寻来。一路上，边走边暗中侦察马车队的踪迹，结果一路追来，直至寻到王甫坤，都没有再看到马车队的影子，这才焦急地报告了马车队失踪的消息。

王甫坤听了这个消息，沉吟起来：佐老板的车队到底去了哪儿呢？马彪为什么带着十几头毛驴来喇叭沟？可是这里既没有见到佐老板的车队，也没有看到马彪的毛驴队，奇怪！

“小杰，请武工队的同志找一位当地的老乡。”

一会儿老乡到了，是位猎户老汉。嘴里嘟囔着：“这么晚了还打山鸡，得等早上才行。”老汉看找他的人带着枪，还以为是打猎呢。

“不是打山鸡，是想找您老人家打听一下道。去烟青公路除了喇叭沟，还有别的路吗？”

“这下你可问着了，年轻一点的还真不知道。这喇叭沟是条废弃的官道，还有一条根本没人走的小道叫蒺藜坡，那儿满山遍野都是蒺藜，只有驴、马能过，没人走。”他摇着手，“你要不问我，还真没人知道。”

王甫坤一下醒悟了过来，原来这些坏蛋是明修栈道，暗度陈仓啊。他急忙问：“离这里有多远？”

“走小路也没多远。”

“离南莒城呢？”

“喇叭沟离城南近，蒺藜坡离城北近。”

王甫坤想，难怪那个狡猾的佐老板走城南，原来是障眼法。“那您老能不能给我们带个路？”

“打山鸡？”

“打日本鬼子！”

一听打鬼子，老汉二话不说：“走！”

“走！”王甫坤当机立断，和协助的八路军领导一商量，立刻奔向蒺藜坡。

自打进入蒺藜坡，马彪吹捧佐老板的谄媚声就没有停止过：“佐老板，您真是高见。这不就是明修栈道，暗度陈仓吗？”

“马彪老板，你知道我是谁吗？”

问得如此突然，马彪不禁一愣：“您不就是在日本人那儿很行得通的佐木森佐老板吗？”边说边心里寻思着，我们来往这么多天了，还能有错？

“错！我其实是你的老朋友，堂堂日本人佐佐木！”

“佐佐木！不可能，您不是……”

佐佐木明白马彪指什么，解释说：“那是死里逃生呀！所以整容以后，我更要为大日本帝国效忠到底。”

“噢噢，原来如此呀！”他就着月光，又仔细审视着对方。果然，除了脸庞，眉眼依稀也显现了佐佐木的形象，“哎呀，你原来是我的老朋友呀！”

佐佐木摸了摸自己的下巴，得意地对马彪说："要不是老朋友，我能告诉你这样清楚吗？明修栈道，暗度陈仓，这是跟你们中国人学的。"

原来，佐佐木让第一车铜器走偏僻的废弃官道喇叭沟，原本就是投石问路，如果被查，就说明此路不通；如果顺利过去，就是还可以用。其实，他早已探听出通过蒺藜坡的另一条小路。

但是，当佐佐木知道马三他们被扣押后很快又被释放，那车铜器也能够顺利出喇叭沟，他立马疑窦丛生，怀疑这是八路军放线钓鱼的计谋，马上决定改走蒺藜坡了。

那天，他在送马彪出五十五号院时，就是告诉他三天后午夜去他房间，那里留了路线图和武器。三天后，按约定，马彪在佐佐木房间找到路线图和武器，于是出城北带领毛驴队，按图再去喇叭沟和蒺藜坡的三岔路上，把车上的旧铜器换成驴来驮，六辆马车从城北的路返回了南莒城。这些，二秃子怎么能知道呢？

所以，大生和二秃子一路没有再寻见马车队。

马彪带来的一行驮队，就在佐佐木统领下，直奔了蒺藜坡。

"高！真的高呀！"马彪情不自禁连连伸出大拇指，"以后，这条路就是我们来钱的钱道呀！"

蒺藜坡不长，只有三里多的羊肠路，路两旁的植物，长满了挂衣服扎肉的带刺果实，就是蒺藜了。坡的出口有块突出的石壁，使路又隐蔽又拐得急，出了坡就是一条泄洪的小渠，渠上有座桥。过了桥没有多远就是去烟青公路的大道了。

微弱月光下的蒺藜坡，小路崎岖，蒺藜随时挂在行人衣服上，伴着驴蹄子刨地的声音，嚓嚓作响，连赶驴的大汉都心生畏惧，不免瞻前顾后，东张西望，巴不得赶快走完全程。

眼看他们就要下坡儿了，夜幕中，桥对面出现了一队人影，鬼鬼祟祟，走了过来。

"有人。"马彪额头吓出了冷汗。正琢磨这是些什么人时，只听佐佐木发出一阵夜猫子的叫声，在这黑夜中显得特别凄厉。

对面回了三声。"你们是哪部分？"这句话是佐佐木用日语问的。

"烟青守备军，我是铃信少尉。你是佐佐木先生？"对方用日语回答。

大概是约好了，听到对方用日语喊佐佐木的名字。佐佐木用中文回答道："哟西，我们到了。"

他立刻挥手让驮队跟着自己过桥。他自己也下了马，告诉马彪："这是来接我们的，迅速行动，过桥上烟青公路。”

于是，驮队在五六个壮汉驱赶下，紧跟着牵马步行的佐佐木和马彪，涌上了跨渠的木桥。

过了桥，看到被日伪军拥簇的日军少尉铃信和佐佐木会了面，马彪这才踏实地抹了抹额头的汗水。佐佐木则不无傲慢地对他说：“八路军的工商局，绝对想不到我们开辟了这条运输路线。”

“想不到，想不到！”马彪诚心地随声附和着。

马彪的话音刚落，突然，寂静的深夜中，四周的山坡、丛林、树后、桥边，响起一连串炸雷般的吼声：“缴枪不杀！缴枪不杀！”紧跟着，马彪觉得头上像炒豆般的枪声响成一片。

他不知道发生了什么事，只是下意识地蹿到驴屁股后面躲起来。再看驮队的伙计，也是一个个慌了神，或卧倒在地，或东躲西藏。再看来接应的日伪军，扎成一堆，背靠背地喊叫着以驮队为掩护，朝喊话的方向射击。

猛然，他觉得有人抓紧了他的脖颈儿，吼道：“马彪，是不是有人泄露了我们的路线？”

马彪翻眼一看，是佐佐木瞪着自己。像是突然想起了什么，佐佐木又低声厉喝：“是你把八路军带来的吧？”

马彪一听佐佐木怀疑自己，魂都吓没了。他一只手拿着枪，一只手紧张地摇着：“不是，不是，我怎么敢哟？”这时他也顾不上辩解了。

铃信朝佐佐木一招手：“目前情况不明，看样子八路军人数多，有准备，我们要马上撤退。”

马彪着急地问：“那驮队的东西怎么办？”

“保命地要紧！”说着，铃信少尉一推佐佐木，两人就向烟青公路方向窜去。

此时的马彪，一看眼前的日伪军已经东倒西歪躺下了不少，知道大势已去，也顾不得驮队中的货物了，急忙脚不停步地也跟着跑过去。

佐佐木等人一路狂奔，直到听着后面枪声渐远，才停下脚步。由于山路窄，接他们的汽车只能够停在路口。铃信少尉看到汽车，点检自己的队伍，发现已然折损过半，又是沮丧又是愤怒：“佐佐木君，你说这条路线十分安全，这个结果怎么解释？”

佐佐木明白，这趟损兵折将，责任重大，自己实在负担不起，必须有个替罪羊。他把头转向马彪。马彪本来神魂未定，见佐佐木又在打自己的主意，赶紧往后撤身。铃信少尉立刻明白了佐佐木的心事，怒骂马彪：“八嘎，你地泄露消息！”二话不说，举枪就朝马彪射击，“砰砰”，马彪随着枪声呜呼倒地。

王甫坤布置的这次武装反走私战斗行动，不但截获了敌人走私的全部货品，还消灭了武装护私的大部分日伪军。更重要的是，掐断了敌人的一条秘密走私路线。

经过这场斗争，王甫坤领导的工商局，在全地区清理了非法工商企业，对合法工商户重新进行登记，有力地遏制了棉纱、贵重金属、重要资源的走私活动。滨海地区的工商市场繁荣健康、河清海晏，有力地支援了八路军的抗日武装斗争。

1945年8月15日，日本宣布无条件投降。

不久，王甫坤调回部队，按照中央命令，山东八路军主力部队和部分地方干部一并进军东北。

王甫坤随部队进入东北，被任命为林吉省军区后勤部副部长，陈穿标任特别军需科科长，艾瑗进入财务处。小杰和大生则留在滨海区工商局。

第七章 长空涅槃

王甫坤被任命为八路军林吉省军区后勤部副部长。面对东北地区复杂的形势，他受命与东北的苏军有关部门合作，与日本侵略势力的残余敌特骨干殊死相争，在生死存亡的关键时刻，谱写出浴火重生的壮丽篇章。

1

清晨，王甫坤推开办公室的窗子，一下子被眼前的美丽景象惊呆了：窗子正对着的林荫大道和四周所有的树木变得一片雪白。树枝上挂满了细小的冰串，在熹微晨光的照耀下，闪烁着彩虹般的斑斑点点，形成缤纷斑斓的色彩世界，而这一切又都笼罩在白雪皑皑的主色调中，像开满一树一树的繁花。他不禁脱口吟出岑参的名句："忽如一夜春风来，千树万树梨花开。"

"副部长，你好兴致呀！"王甫坤回头一看，是陈穿标站在门口，手里摇动着一个大信封，正笑呵呵地打趣着。

"是你呀，来，看看这树挂的景致，真不愧是名列国内四大奇观呀。"王甫坤亲切地招呼他。

陈穿标跟随王甫坤进军东北，来到林吉省松花市，也是第一次经历冬天。他现在是八路军林吉省军区后勤部特别军需科科长，又直接归后勤部副部长王甫坤领导。

陈穿标见首长招呼自己，就来到窗前望出去，不禁啧啧称奇：“真好看呀！”又转回头问王甫坤，“你说四大奇观，那三大奇观是什么？”

“那三大奇观是云南石林、桂林山水、长江三峡呀！等到全国解放，我一定要去领略领略。”

“好啊，到时候你带上嫂子去，可别忘了我啊！”

“那是，我们一起去逛逛！”王甫坤话音刚落，后面又有人搭话了，他们一听就是艾瑗到了。

“谁答应跟你们这些大老爷们去逛了？”他俩一看果然是艾瑗进了门。

艾瑗随手把门关上，冲着王甫坤发牢骚：“昨天晚上你又在办公室过的，着凉怎么办？”她瞪了王甫坤一眼，边说边走到窗前，看了看窗外，心想，这是什么时候，还有这心思，就关上了窗户，接着数落，“仗还没打完，就琢磨着到处去玩，想什么呢？不怕人家说你们革命意志衰退？”

陈穿标辩解说：“嫂子，这个帽子有点大。”

“我们这是革命乐观主义精神！”王甫坤跟着笑道。

艾瑗又爱抚地瞪了王甫坤一眼：“你们俩就乐观吧，我可要上班去了。”

艾瑗的办公室在斜对面，上面钉着财务处的牌子。

望着艾瑗离开了，陈穿标“啪”地一个立正，对王甫坤说：“报告首长，由司令部办公室转来的文件。”说着递给王甫坤那个大信封。

土甫坤拆开信封，从里面抽出一个大红请柬，上面用俄文写着：苏军联络处在凯旋宫饭店设宴，敬请出席……后面加了括号，又用中文翻译出来。

“是苏军的请柬，看来需要和司令部核准一下。”

“是。”陈穿标刚要去办，电话铃响了，王甫坤拿起电话，向陈穿标做了个等一等的手势。接完电话，他说：“不用核准了，是司令部办公室袁参谋的电话。”

袁参谋，就是王甫坤任职山东抗协时期拜访老丈人绍田，在家里见到的袁秘书。由于他的留苏背景，也调到军区司令部来了。

“袁参谋说，后天晚上七时，让我们带家眷去参加苏军驻防人员的宴请，还特别交代，让家属打扮得漂亮一点，说宴会上有交际舞会。”

陈穿标没有结婚，家属自然是指艾瑗了。

王甫坤又看了看请柬，嘴里嘟囔着：“苏军就爱搞这一套。”

“那还不好？带嫂子去，省得你搂着别人跳。”陈穿标嬉笑着，做了个鬼脸。

王甫坤不知道，一场酝酿中的阴谋行动正悄悄地把他卷进来。

天主教堂哥特式风格的红色尖顶，在这个城市是很显眼的建筑。就在它的脚下，一座并不显眼的欧式洋楼的地下室里，有十几个黑龙会的骨干分子聚会。浅野次郎也在其中。

浅野次郎自从成为黑龙会的骨干，就从航空部队以垦边的名义调到满洲森林株式会社。所谓垦边，不过是日本妄图长期占领中国东北地区的图谋。他在株式会社担任森林航空驾驶员工作，平时负责森林救火、养护林木等事宜，也偶尔参与配合关东军的军事行动，属于半工半军的职业。他是日本投降后，仍然在执行黑龙会任务的骨干会员。

今天，他靠在一张衣柜边，巡视了一下散靠在屋内墙边、桌柜旁的同道男女，没有一个是相识的。他们都穿着这里普通人的服装，阴沉着脸，注视着坐在条案正中、穿西装的内良真和戴金丝眼镜的伊藤。

“诸君，”内良真率先张口，“我们是大日本帝国最优秀的武士，我们要以比切腹更忠诚的行动报答天皇陛下，那就是完成东京本部最后的指令！”

内良真是黑龙会创始人，头山满的得意弟子。东京大学毕业后，他秘密进入了黑龙会高层，很快被派遣到中国东北地区，成为地区级别的头头，在这里是组织内一言九鼎的人物。

“哈伊！”屋里立时响起一片应答和立正敬礼的声音。

浅野这才看出，这十几个人中，一半多都是前日本军人。原来，日本政府宣布投降，天皇发布《终战诏书》后，同盟国当局也宣布取缔黑龙会。随着各方压力骤增，日本特务组织黑龙会只好宣布解散。但是，一些自认为有特殊身份和使命的黑龙会骨干，依然在为已经投降的天皇做最后一战。今天，参加聚会的人就是这样一群人，而内良真就是这群人的首领。

“下面，请伊藤君传达东京本部的指令。”

“本部指令很简单，但是很坚决，那就是围绕七三一部队的战果展开行动，不让它落到苏联人手上，还要继续让它发挥作用。”

伊藤低声传达着本部的指示，最后表示完成本部指令要执行一些具体计划：“第一个就是暗杀计划，我们要在明晚行动，杀死莫斯科来的一男一女两个苏联科学家。”伊藤凶残地扬着紧握的拳头，“现在，我们落实一下内良真先生制订的计划细节。”

屋里的人开始聚拢在一起，各自认领自己的任务。这时候，内良真站起身来，走到浅野次郎身边说：“你有更重要的事情要做。”说着，一摆手，让浅野次郎跟随他进了旁边的一间小屋。

凯旋宫饭店位于市中心一个十字路口的拐角处。自20世纪初，俄国人就在这一带建造了大量的俄式建筑——有公寓、饭店，也有商业写字楼，以至形成一条高低错落的俄式风格街道。

由苏联人经营的凯旋宫饭店是一座三层建筑的俄式楼房。它在周围的俄式建筑中本来并不显眼，但是，它那立于屋顶、闪烁变幻着的霓虹招牌——“凯旋宫”三个字，却在昏暗的夜幕下凸显出来。所以，打老远人们就能够识别它。

华丽的饭店大门两旁是停车场，站在路口可以看清饭店两边各有几十米长的整条街道。只是在街尾的地方有几座日式风格的建筑，这使得整条街道的建筑风格反而变得不协调了。

饭店已经经营了四十多年。饭店厨师制作的俄式西餐颇有影响，所以即使在“二战”期间，关东军也没有妨碍它营业，只是派驻了进店代表，分走了管理权。现在，日本投降了，饭店又全部回到苏联人手里。

王甫坤的车进入停车场时，苏军的车辆快占满整个场地了，但是王甫坤依然认出，属于我军司令部的几辆汽车夹在其中。

整个饭店戒备森严。除了停车场四周有握着冲锋枪的士兵，饭店入口和门厅也都有警觉的持枪警卫，客人必须凭请柬进入。

王甫坤、艾瑗和跟在后面的陈穿标一进大厅，当地苏军的联络官列昂诺夫上校就迎了上来。他亲热地和王甫坤打招呼，并且很有礼貌地向艾瑗行了吻手礼，显得颇有教养。

列昂诺夫是当地苏军负责和我军联络的高级参谋。王甫坤曾经因为后勤保障工作和他打过几次交道。他的中文很好，对我军很友好。寒暄过后，他又去招呼别的客人。

趁着宴会还没有开始，王甫坤仔细察看了一下这个大厅。大厅装修富丽堂皇。屋子墙壁上，每隔不远镶嵌着一块古代武士的彩色浮雕，武士金盔金甲，手执长矛、金斧和刀剑一类的冷兵器，向下俯视。屋顶四周用油彩绘出花草云崖，中间画的是一群摆出胜利者狂态的中世纪文武军人和他们恣意饕餮的盛宴。王甫坤想，这些装饰还真是符合凯旋宫饭店名称的内涵。

今天是自助餐，说是宴会，其实就是酒会。围着大厅墙边，摆放着长长的一圈椅子和小圆桌。两边是摆满食物的条桌，上面有冷盘、热菜、汤、糕点、水果以及咖啡。处于战争时期，有这些已经很不错了，何况冷盘中还有鱼子酱，热菜中有牛羊肉呢！饮料没有放在条桌上，是由饭店侍者端在托盘上，穿行往来于客人中间，任由客人自取。

大厅中间位置是空着的，想必就是跳舞场了。

今天来的客人大都是苏军军官及家眷，我军只是司令部来了一些人，也有几位家眷到场。大家相熟，也就凑到了一起。只是王甫坤感到有些奇怪，军区首长一位没到，为什么指定自己来呢？

正寻思着，晚会苏军主持人开始简短致辞，宴会开始了。没过多久，大厅响起了舞曲，只见苏军男女人员纷纷两两下场。中方人员饮酒吃东西，大都像看杂耍一样，好奇地观看着舞场。

来来往往送酒水的饭店侍者，多是苏联人，间或也有一些东方人的面孔。

王甫坤从一个中国侍者的托盘上取下一杯饮料，正要转身离去，忽然听到旁边“哎哟”的低声惊叫，扭头望去，原来是身旁的一位苏联女人，把喝光饮料的杯子放回托盘时，不小心没放稳，从托盘上掉了下来，所以低声惊叫起来。眼看杯子要落地，只见那位端托盘的侍者，身子稍微往下一蹲，一只手向下一摆，敏捷地伸开手指，那只杯子的杯柄稳稳地卡在他的食指和中指中间，接着翻腕抄在手里，抬身把杯子放在了托盘上，没有惊动任何旁人。女人向他道歉，他只是颔首微笑点头，转身离开了。

王甫坤注意到这件小事过程很短，周围来宾几乎无人察觉。但是这位侍者敏捷的身手和刻意的礼貌姿态，不禁让他多看了一眼。这一看，王甫坤心里的疑惑油然而生。

那个侍者接杯子时使用的是右手，而右手的虎口分明有一层厚厚的茧子，而卡住杯子柄的食指和中指上面的骨节，也明显比平常人粗，显然此处的肌肉较为发达。

多年从军的经验告诉他，作为酒店的侍者是绝不会有这些典型特征的，因为这是只有经常拿枪，而且是拿手枪的人才有的特征。

难道这个酒店的侍者也是能征善战的军人吗？还是苏军方面安排的特殊人员呢？王甫坤不由得心里打了个问号。

那个侍者给王甫坤留下了很深的印象：那是个长着鹰鼻的小伙子，耳朵上还有一个耳环孔，耳后脖颈的皮肤上，清晰地文着一个蓝色竹叶。

不过，他又转念一想，这里目前是苏军负责安全保卫的，也许是保卫工作的需要呢。再说，安全防范他们很有经验，自己也许是杞人忧天吧。不过，职业的警惕性促使他又认真观察了一下其他侍者，他发现再也没有一个具有类似明显职业特征的人。他禁不住心中惴惴不安起来。

这时，有位苏联军官走过来邀请艾瑗跳舞。王甫坤这才注意到，今晚艾瑗齐耳短发的刘海，好像用什么整理了一下，显得蓬松而妩媚，脸上淡淡地施了脂粉，嘴上涂了淡淡的肉色口红，脱去大衣，露出一身合体的淡蓝色列宁服，在自己的一群人里显得格外光彩照人。王甫坤爱怜之心油然而生。

艾瑷看到王甫坤正在望着自己发愣，嫣然一笑，步入舞场，自己人看到了，不禁鼓起掌来。王甫坤蓦然醒悟，竟然一时不好意思起来。

恰在这时，有人在他耳边悄声说："三号首长要你去开会。"王甫坤一看是司令部办公室袁参谋，"请跟我来。"

三号首长指的是省军区副政委。王甫坤一听有军区首长参加，知道这个会一定很重要。他向陈穿标打了个招呼，就随袁参谋离开了。

王甫坤随着袁参谋穿过大厅外的走廊，来到一个比较隐秘的包间。他看到包间里已经就座的，除了军区洪副政委和苏军的列昂诺夫上校，还有一男一女两个苏联人，他们都穿着便装。

军区洪副政委，是兼着后勤部政委的，与王甫坤很熟。他招手叫王甫坤坐在身边。

袁参谋离开房间后，房间里只有他们五个人。

列昂诺夫开口就着意强调："这两位是苏联政府从莫斯科派来的专家，一位是帕伦斯基教授——生物学家；另外一位是克鲁莎教授——化学家。"列昂诺夫介绍后，话锋一转，"这次会面才是我们今天的真正目的。根据我们的情报，日本关东军七三一部队在丹江地区的实验基地已经完成了生化武器的制作。这次来自莫斯科的指示是，必须把这个生化武器从丹江运出来，交给我们的科学家进行研究，找到更多证据后提供给国际法庭，以揭露日本的战争罪行。"

洪副政委是胶东人，说话直来直去："我们已经接到上级指示，一定全力配合。可是我们的任务看起来很简单呀，这件东西已经成为我们的战利品了，是不是从丹江把战利品运过来就可以了？这应该很好完成。"

王甫坤说："我们不在军营开会，而是费那么大劲安排在这里秘密会面，说明苏军不想让外界知道这件事。所以，双方任务都不简单。洪副政委，我方完成任务没有问题，交通工具希望由苏军方面解决。"

列昂诺夫却婉言回绝："不不不，这正是我方难以处理的事情。王副部长说得对，我们就是不想让人知道。所以，我们不能自己运输或者提供陆地运输工具。请你方理解并给予配合。"

按我军当时的物质条件，是无法对从日军手里缴获的这类战利品进行研究的。所以，上级才同意由苏军方面处理。

然后，列昂诺夫口吻坚决地表示：“当东西转到我们的手上，不，是我们的科学家手上，”他看着帕伦斯基和克鲁莎，“日本关东军的罪行就一定会大白于天下。”

帕伦斯基接着用俄语说：“是的，科学能够揭开罪恶的面纱。我们如果拿到那些东西，一定会研究出揭露日本人更多战争罪行的证据，有利于保护反法西斯的胜利果实。”语调深沉而自信。

列昂诺夫把帕伦斯基的话翻译给对方听，又转身想听克鲁莎说什么，只见克鲁莎赞同地点着头。

“两位科学家会给予你们信心和力量。”列昂诺夫向中方强调，“莫斯科建议，这次绝密行动及标的物的代号叫‘黑铃’。”

“那么，我们就研究一下计划的细节？”洪副政委提议。

会议结束时，趁着洪副政委和列昂诺夫聊着其他事，王甫坤打了个招呼，就直接回到大厅，告诉艾瑗和陈穿标去停车场等他。

当王甫坤走进宴会厅的时候，大厅时钟的指针指向十点。

当王甫坤从宴会厅返回时，在去包间的走廊上，想不到和那位侍者擦肩而过。只是这位侍者变换了打扮，由侍者的服饰换上了客人的西装，头上戴着鸭舌帽，披着灰色毛呢外衣，面向走廊墙壁上的装饰物，像是在休息中欣赏着什么，眼神却一直盯着包间的门。

王甫坤只扫了一眼，侍者那鹰钩鼻子和耳朵上的环孔、脖颈上的纹饰，都没有逃过他的眼睛。他觉得有必要和列昂诺夫讲出自己的疑惑。

王甫坤急忙走进包间，看到袁参谋也回来了，屋里还多了一位苏军军官。他把自己的怀疑一股脑儿地说给他们听。

“我们从来没有安排军人当侍者，保卫工作也全部是由苏军担任，这是我们军人间自己的联谊活动，没有必要这样做。只是——”他看了两位专家一眼没有再说下去，而是立刻跟旁边的那位苏军军官，用俄语沟通了一阵，然后立马招呼专家和中方人员，从一个隐秘的小门离开了这个包间。

王甫坤坐上司机座位后，等了一会儿，艾瑗和陈穿标才匆匆走出来，上车后，立刻述说了刚刚发生的惊心动魄的一幕。

原来，他们在经过走廊时，看到三个穿便衣的苏联人，突然扑倒了一个在走廊上正在欣赏壁饰的男人。只见他挣扎着，伸出的手握着装有消声器的手枪。当把他缴了械，翻过身来时，苏联军人发现他的外衣里还藏着一包烈性炸药，如果爆炸，足以毁灭半个饭店。

“统统都死啦死啦……”原来，这是一个进行自杀式袭击的日本人。

“我们都看到了，不知道谁这么精明，及早发现了这个日本杀手。”陈穿标称赞道。

王甫坤明白，这是列昂诺夫知道了他的发现后，苏军采取的有效防范措施。

“吓死人了，屋里人还跳舞呢！”艾瑗心有余悸。

凯旋宫饭店里，乐队已经在演奏最后一支舞曲《友谊地久天长》。

回去时，王甫坤从车场把车开出来，他看到列昂诺夫和两位科学家上了自己前面的白色嘎斯轿车。快到路口，另外一辆一模一样的白色嘎斯轿车，插入他和载有科学家的车子中间。从这辆白色轿车的后窗，可以看到士兵的头盔，显然，这是一辆武装的警卫车。王甫坤这辆车的后面则是相隔几十米长的车的长龙。

这里的冬夜冷清而凄凉。街道两旁没有几个人影。两边楼宇间的窗子都被厚厚的窗帘遮挡着，难得渗出少许灯光。

汽车沿着南北方向穿过第一个十字路口，当日式建筑在街道上出现时，就是到第二个十字路口了。

最前面的白色嘎斯车响起喇叭声，好像通知后面的嘎斯车已经到路口了。就在喇叭声中， 辆重型卡车突然沿着从西向东的公路方向冲过来，猛地撞向紧随其后的第二辆白色嘎斯轿车车身上，“轰”的一声巨响，轿车腾空飞起，落地后又不停地翻滚出去，瞬间前后车门被甩开了，两三个全副武装的士兵像球一样被抛上抛下，之后趴在地上一动不动了。刹车的尖锐声震撼着空气，当卡车呼啸着停下来时，轿车却还在连续不断地滚动着，直到车架散开、轮胎飞落……

从卡车撞击轿车的第一声响起，王甫坤就踩下了刹车。艾瑗和陈穿标被突然刹车的惯性向前一拥，不由自主地先后发出惊骇声。王甫坤没有顾及他们，因为这时他看到就在重型卡车冲过来的方向，又急速拐过两辆黑色轿车。它们飞快地向过了路口的第一辆白色嘎斯轿车追过去，毫不理会后面发生的撞车事件。

王甫坤立即感到事态严重，利用刹车停住的几秒时间，大声命令道：“陈穿标、艾瑗下车！”

坐在副驾驶的陈穿标迅速下车，拉开后车门把艾瑗拽了下来。艾瑗还没有着地，又听王甫坤喊了一声：“保护好她！”话音未落，只见王甫坤这辆车轰鸣一声，“噌”地蹿了出去，车身贴着冲撞肇事的重型卡车的车尾瞬间掠过，飞奔向前。王甫坤的车刚刚过去，又一辆重型卡车从头一辆肇事的重型卡车的同一个方向冲过来，车头恰好碰上头一辆卡车的车尾停住，两辆卡车首尾相连，把整个十字路口南北方向彻底堵死了。

这一切发生在几秒钟内。王甫坤过了路口就猛踩油门，加速追赶前面的车，没多久，前面就传来激烈的枪声。

此时，内良真还兴奋地沉浸在自己的计划之中。

本来，上面的一切行动和结果都不应该超出这个黑龙会干将的缜密算计。

内良真根据情报和自己的分析，秘密派人潜入凯旋宫，伺机暗杀苏联专家，但是被人识破失败了，派的人服毒自杀。

现在的备用方案是：选择宴会散场的时机进行刺杀行动，这样可以充分利用夜幕的掩护，减少环境的干扰。

苏联科学家乘坐的白色嘎斯轿车出现了两辆。按照一般的规律，第一辆车是警卫车，第二辆车才是苏联科学家的专车，也就是目标车。所以，为了确保成功，内良真也做了两手准备。

首先用重型卡车撞击第二辆轿车，如果是目标车，就一次性完成了刺杀任务；如果不是目标车，也可以消灭警卫人员。然后，立即将两辆卡车首尾相连，封锁路口车道，不让后面的车辆通行，留出时间，让自己的追击人员和埋伏人员继续进行围堵夹击。

为什么不先撞击第一辆车呢？内良真实在是输不起——如果第一辆不是目标车，他们就再没有机会了。

果然，第二辆白色嘎斯轿车里真没有苏联科学家。所以他们就迅速封锁路口，用早已准备好的两辆车追击第一辆白色嘎斯轿车，让预先埋伏在前面的一个小组，利用障碍截停嘎斯轿车，准备围攻刺杀苏联科学家。

内良真的计划不可谓不严密，简直可以说是万无一失。但是，人算不如天算，内良真没有料到，围攻的枪林弹雨中杀出个解围的王甫坤。

王甫坤顺着枪声追过去，只见两辆黑色轿车停在路边，七八个黑衣人弯着腰向白色嘎斯轿车的方向射击。白色嘎斯轿车已经歪斜在路边的排水沟里，车前躺着两具尸体，车后面，有人凭借车身障碍固守，时不时射出一束子弹。

王甫坤不假思索，一手从车内储物盒里取出手枪，一手把住方向盘，瞅准那围攻嘎斯车的七八个人撞了上去。只听“砰砰”的一阵乱响中，夹杂着枪声和哀号声，王甫坤的车就冲了过去。

此时，在嘎斯车倾斜的车身后面，开枪射击的就是列昂诺夫。这会儿，正是他独自难支的时候：司机已经重伤昏迷；帕伦斯基已经爬出来，紧张地缩在他的身后，瑟瑟发抖，低着头不停地向上帝祈祷；而克鲁莎依然伏在车内后座上情况不明；面对众多敌人的疯狂进攻，列昂诺夫焦急万分。现在，突然看到王甫坤边开枪边开车撞开敌人冲了进来，转眼就到了眼前。中国军人的勇敢机智，让他惊讶且惊喜的情绪一并涌上心来。

只见王甫坤一下车就跳到司机门前，看了一眼昏死过去的司机，喊道："上校，你没事吧？"

"我没事，"列昂诺夫答应着，扣下扳机，向敌人打出一梭子弹，又对王甫坤喊，"克鲁莎教授在后座，你去看看。"

王甫坤翻身拉开后车门，只见克鲁莎全身趴在后车座上。这时"砰"的一枪打在了车身上，王甫坤赶快伸手把克鲁莎一翻，克鲁莎顺势滚落车座，躲在了车座下面。"砰砰砰"又是一梭子弹，击穿了窗玻璃，打得沙发座椅绒毛乱飞。这一翻，救了克鲁莎教授的命。

王甫坤正要转身关门，突然感觉后颈一紧，有人勒住了自己脖子，逼得自己身子向后一倾，抬眼看到一张狰狞的脸，跟着一把匕首的寒光直插过来。

王甫坤本能地用左手去挡，匕首歪斜了一下，还是插进他的腋下。他感觉上臂内侧一阵剧痛，一拧身子，右手向后开了一枪，随着"咕咚"一声，勒他脖子的手松了。

此时，王甫坤的头正好靠在后门下方，脸正对着克鲁莎的脸。

突然，克鲁莎用半生不熟的中文说话了："谢谢你，达娃力士。请记住，那些东西谁也不要给，它们极其危险、恐怖。它们怕火。记住啊！"说完，她的灰蓝色眼睛里充满着信任和希望的目光，瞪着自己。

王甫坤无暇思索这些话的含义。他警惕地举枪巡视，担心再有敌人偷袭过来。

这时，警笛声急促地响起来，越来越近。

王甫坤听到列昂诺夫大喊："援兵来了。"随后，他看到残存的三四个黑衣人，惊慌地跳上黑色的汽车逃走了。

王甫坤关上后车门。他左臂上的血滴滴答答，流了一地。他想撕下一条衬衣布，自己包扎，可是一用力，眼睛突然发黑，接着就什么也不知道了。

2

王甫坤由于在保护苏联科学家的战斗中表现英勇，获得了来自苏军远东指挥部的嘉奖。几天后，他养好了伤，在军区司令部会议室，接受了列昂诺夫送达的嘉奖令和一枚铜质的奖章。

当列昂诺夫把奖章别在他的左胸，和他拥抱时，着意在他耳边轻轻地说："我个人向你致以十二万分感谢！"

王甫坤明白，这是感谢在生死关头，他的出现为列昂诺夫解了围。于是，他也坦诚地报以微笑。

嘉奖令颁发后，中苏双方立即进入有关"黑铃"任务的秘密磋商。

这次任务是押运中方缴获的日军七三一部队的研究成果。这是中方东北抗日联军从日本关东军七三一部队丹江支队缴获的，被秘密控制在这支部队所在的营区里。从地图上看，营区位于丹江林哈县东北四华里的药材村。长方形的营区，四周有铁丝网防范，西面五公里有一个飞机场，营区到机场之间有一条柏油公路相连。

药材村是个坐落在半山上的整片桦树林中的小村子。只有二十几户人家，靠种植草药为生。有一条土路穿过隐藏在白桦林中的一片片药材田，通到山下。七三一部队来了以后，强迫村民搬离，荡平整个村落，修建起了营房，在前面的白桦林中，另外修了这条通向机场的柏油路。营房后面药材田边那条土路就废弃了。

会上对整个押运方案进行了研究。双方决定，押运人员乘飞机往返，通过营房柏油路用汽车快速运输，以完成任务。由于中方没有空运条件，飞机只能由苏方负责提供，地面运输由中方负责。最后定下来，由中方后勤部副部长王甫坤亲自带队去丹江，取回关东军七三一部队的研究成果，然后转交苏军。

这就是行动代号"黑铃"任务的全部内容。

"他们这次行动及标的物的代号叫'黑铃'。"内良真耸起眉头，在地下室里向周围的几个人厉声说。

知道"黑铃"这个代号，是凯旋宫行动中内良真的卧底获得的唯一成果了。

这次利用苏军的宴会袭击苏联科学家的行动，计划周详，本应该一举成功，没想到中途杀出了个不要命的中国军人，让自己的计划落空，还白白损失了好几个黑龙会的骨干，内良真愤恨不已。

“这次行动，是最后的机会。就是针对他们的‘黑铃’计划所采取的反制行动。”他转身向伊藤命令道，“你带领人埋伏在七三一营地到机场的公路上，一旦发现‘黑铃’目标，立即突袭，得手后，马上撤退并发射绿色信号弹。如果失败，就发射红色信号弹。记住，我们的目的是，取回属于我们日本军队的东西，并且继续发挥它的作用。”

内良真心想：这个“黑铃”就是关东军违反国际法研究的生化武器，而使用掉这些武器，会让它们成为日本武士彪炳千秋的功勋。他歇斯底里地叫嚣：“记住，我们一定要不择手段地取得成功。”

王甫坤带领两个武装战士踏上登机的舷梯。当他走到登机口的时候，回身望去，前来送行的洪副政委和陈穿标，正在向他挥手道别。他也挥了挥手还礼，转身踏进了登机口。

自从苏军出兵中国东北，消灭了日本关东军后，东北主要城市原来由关东军控制的各种资源都成为苏军的战利品。这次行动，苏军专门从其控制的满洲森林株式会社，秘密调来了林业用飞机。这架经过改装的飞机飞行高度低，可以执行森林灭火、播种、喷药和少量运输等任务。机舱很小，除了驾驶舱，还有一个客舱座位，后面就是作业舱位。客舱座位背后放置一些作业工具，大概是飞机备用燃料吧，还有一个扁方形的军用汽油桶。

两名战士屈腿坐在作业舱里临时添加的条凳上，王甫坤坐在客舱座椅上。

关上舱门，驾驶员说着流利的东北话，又检查了一下他们的安全带和士兵座位的安全性。

王甫坤看了下驾驶员，他戴着飞行帽和护目镜，只露出扁平的鼻子和宽阔的嘴巴，加上看到的半个刀削似的脸颊，王甫坤有些似曾相识的感觉。

空中交通由苏方提供，又是秘密行动，王甫坤出于礼貌，只是和驾驶员友善地点了点头，并没有说话。

发动机轰鸣着，飞机很快就飞上了天空。透过玻璃舷窗，王甫坤没有想到，满天云彩竟然离自己这么近，似乎唾手可得。乘飞机，他可是大姑娘坐轿——头一回，浑身充满异样的滋味。不过，他现在可无暇顾及这头一回的体验。他明白，这次“黑铃”行动的任务，虽然就是押运一趟物品，看似简单而直白，但让他这样级别的人来执行，无论在我军还是苏军，都显示出了任务的重要程度。飞来飞去，这恐怕是自己参军以来最简单而又最沉重的任务了。

飞机在爬高。王甫坤用手触摸舷窗，窗玻璃有些凉。飞机舱里却有一阵阵的暖风飘来，吹得人全身暖乎乎的，头也有点晕乎起来。他的脑海中慢慢浮现出发前艾瑗那张充满期待和情深意浓的笑脸。

会议一结束，王甫坤就匆匆赶回家。家，对他的感觉是那样的特殊，是温暖的，是温馨的。像他这样一个大男人，迈进家门，还有一种孩子般安定的感觉。他认为，这一切都是因为家里有爱他的女人——妻子艾瑗。

站在家门口，王甫坤就听到屋里传出艾瑗吟唱的一首儿歌：

大拇哥，二拇弟，
中指楼，四合义，小五儿，
手心、手腕、胳膊肘儿、膀扇，
小瓦罐、鼻涕罐，
两盏灯儿小蒲扇。

吟唱着，忽然笑出声来……

听到这儿，王甫坤忍不住推门进去，看到艾瑗正在织小孩子的毛袜，两只手捏着袜子两角，就像捏着小孩子耳朵一样抖动着，自己幸福地笑出声来。

见王甫坤进来，艾瑗反而有些不好意思起来，娇嗔道："进来也不知道敲下门。"其实，王甫坤回家从来没有敲过门的。

王甫坤不理会，只是说话："再唱，再唱，咱娃在娘胎里，就学会唱歌了。"

"去你的。"艾瑗没有理会，低头织她的毛袜。

毛袜小小的，一只已经织好了，挂在毛衣针上，另一只正在收尾。粉红色的线团，在她身旁的小簸箩里轻轻滚动。织好的小袜子，随着毛衣针的上下穿插，在她隆起的肚子上一跳一跳的，使王甫坤立刻从心底涌上阵阵的孩童般的喜悦。

"刚散会？"

"是。"

"吃晚饭了？"

"边开会边吃的。一会儿有任务，还得走。"王甫坤回答着，眼神始终没有离开她。

"这么晚了，还走？"其实，艾瑗早已习惯了王甫坤的工作方式，问问也只是思维惯性，"时间长吗？"

"一两天吧。"

艾瑗不再问了。

屋里很暖和，进屋时带入的寒气早已散尽。王甫坤转身脱去外衣，把大皮军帽放在桌上，拉把椅子坐在她对面，边搓着脸边问："咱妞子哪天出来见我呀？"

艾瑗微笑着瞥了他一眼："你怎么确定是女孩？"

"酸儿辣女嘛！我看你自打怀上，一个劲儿想要吃辣子，肯定是个跟你一样好看的闺女。"

艾瑗开心地笑了："就这两天的事，又有叫爸爸的了。"

"我现在就想听。"说着死乞白赖地掀起艾瑗的内衣，把脸贴在她的肚皮上。

"看你急的，轻点，多大人了……"这次艾瑗羞嗔地责怪着。

王甫坤对又要当爸爸了充满着期望和幸福。这是第三胎了，老大没有留住，老二是个男孩，可惜，在对日反"扫荡"中，交给当地老乡抚养，至今没有下落。这个老三无论是男是女，肯定都可以留在自己身边了。

他那贴在艾瑗肚皮上的脸颊，似乎已经感受到了一个新生命的躁动。

就在他隔着艾瑗的肚皮被小生命蹬了一下时，不禁扬起头对艾瑗轻声叫道："哎呀，她亲了我一口！"

"得了吧，是踹了你一下吧！"艾瑗笑出声来。

"唉，可惜有紧急任务，不然我一定守在你身边。"他的脸离开艾瑗的肚皮，把她的内衣放下来。

"该走了吧？"

"还有时间，到时候他们会来接我。趁这会儿，我还是给你烫烫脚吧。"自打怀孕，艾瑗的腿一直有些浮肿，晚上睡觉前只要时间允许，王甫坤都会帮她烫脚。

煤炉上的水壶是烧开的，滋滋冒着热气。王甫坤把热水倒进铜盆里，又兑上一些冷水，把手伸到水里，试了试温度，正好。他利索地帮艾瑗除去鞋袜，轻轻地捧起两只脚，放进水盆里。

"烫吗？"他抬头问。

艾瑗满足地笑着，摇摇头，只是望着他，没有说话。

他用一只手轻轻地从脚趾到脚面给艾瑗按摩着，再用另一只手不停地撩起热水，让热水从小腿上流下来，使小腿也能沐浴在热水的温暖中。

艾瑗安静地靠在椅子背上，享受着丈夫的爱抚。她那温暖的目光一直停留在王甫坤的脸上，偶尔会伸出手抚摩王甫坤的脸颊，王甫坤会抬起脸，靠在她的手掌上，任她摩挲。

烫过脚，王甫坤给艾瑗穿上鞋，刚刚倒掉水，外面就响起了汽车喇叭声。

"该出发了。"说罢，王甫坤穿上大衣，走到艾瑗面前，艾瑗站起来递给他放在桌上的皮帽子。

“你一定要平安回来呀！”这是她刻骨铭心的期盼。

王甫坤戴上皮帽，情不自禁地拥抱着艾瑗。“放心吧，我很快会回来陪伴你们娘儿俩。”

当他走到院子，回望自家时，被冰花雾气铺满的玻璃窗上，明显地被手擦亮了一块，露出艾瑗紧贴着玻璃的、幸福而期盼的脸庞……

气流使飞机产生了颠簸，颠簸使王甫坤从刚刚的回想中清醒过来。

他前后左右看了看，没有什么异常。舷窗外，阴沉沉的天空浮现着黑云。其实，晚上起飞时天已阴沉，现在天色更暗。

越过空气湍流，颠簸停止了，飞机也明显地开始降低高度。远远地，他看到了窗外机场的影子。飞机在空中拐了一个弯，对准跑道降落下来。驾驶员的技术很娴熟，飞机落地后，平稳地滑行到跑道尽头，又兜回身滑到停机坪，熄了火。

驾驶员过来拉开舱门，弯腰做了一个请的姿势。“如果没有特殊情况，请你留在飞机上，时刻保持待命起飞的状态。”王甫坤用命令的口吻告诉驾驶员。

“是，留在机上，待命起飞。”驾驶员毫不含糊地重复着命令。

王甫坤步下舷梯，两名战士持枪紧随其后。

灯光下，机场很空旷，只有一条跑道。围绕着机场的铁丝网外面，是高高矮矮的白桦树林的剪影，只不过铁丝网外十几米宽的林子，都被截掉了树冠，只有参差不齐的树枝光秃秃地伸向空中，明显比后面的林子矮了一大截。王甫坤知道，这是为减少飞鸟干扰飞行、保护飞机的措施，不过，可惜了这些美丽的白桦树冠。

他们一下舷梯，两辆吉普车飞驰而来，停在他们旁边。从前面的车上跳下一位挎着手枪的干部，边敬礼边说：“报告首长，机场守卫部队奉命护送你们去营地。”王甫坤还礼后，和自己带来的士兵上了第二辆车。两辆车飞快地驶出机场大门。

这里是中国共产党领导的东北抗日联军的辖区。这个营房部主任姓常，是个身材魁梧的东北汉子，性格豪爽。

由于天色太晚，按计划营房部常主任先安排大家休息，明天早上再返航。

王甫坤躺在床上翻来覆去怎么也睡不着。这里的夜晚，营房里十分安静，只有雪原反射的少许亮光，穿过窗帘的缝隙透进室内，将窗户边勾画出一个惨白的轮廓。他正寻思着如何顺利完成“黑铃”任务。

突然，外面响起了枪声，有人在喊：“站住，站住！”王甫坤一骨碌从床上跳下来。出门一看，营房部常主任已经在院子里了。

“什么情况？”王甫坤问。

“看见几个人影进了实验区，喊也不停，只好开枪示警，就怕他们已经进去了。”一个战士报告。

“这还了得！立刻进行严密搜查。记住，里面不许开枪。”常主任立刻下令。

“实验区没有防卫吗？”王甫坤不禁问。

“实验区管理很严格，任何人都不许进入。外面可以开枪的，里面不允许，原因你知道。”常主任急匆匆地边走边说，“只是不知道他们会不会进入库房里。”

王甫坤紧跟着常主任，进入了实验区，实验区门外已经被战士们围住了。

实验区是原来日军七三一分部的试验地。这是一座仓库式的建筑，外表看有两层楼高，像很多仓库库房一样，下半截红砖墙身，上半截却是铁板焊就，靠近库房房檐的地方，有一排尺长的通气孔。进入库房，里面又隔开了很多高矮不同的独立房间。房间外面一律刷着蓝灰相间的颜色。

常主任引领王甫坤来到位于中间的那座房门，扫了一眼，不像有人动过，方才放心了。

刚刚站定，就听附近的战士狂喊：“什么人？下来！”只见靠后面的屋顶上，有人飞快地奔跑，但是库房灯光太暗，看不清楚是什么人。

“下来，再不下来，我可要开枪了。”一位战士威胁着，随后“哗啦”拉响了枪栓。

没想到，跟着就从房顶跳下三个穿深蓝色衣服的人。他们双手握着日式长刀，直接向常主任站立的房门冲去。

此时，端枪的战士一齐围拢过去，但是，看样子抵挡不住蓝衣人。短兵相接，这些人颇有些功夫，几个回合，战士们纷纷倒地，转眼这几个人就冲出包围又蹿上屋顶，像突然出现一样又突然消失了。

王甫坤看到常主任紧守住身后的房门，明白必有蹊跷，也就没有离开，只是眼睛盯住屋顶，仔细搜寻，猛然看到上面人影向大门方向一闪，立刻醒悟，大喊：“注意大门，他们要逃。”

果然，仓库大门附近一阵混乱。王甫坤也奔向大门，看到门洞大开。只见最后面一个蓝衣人，转身一甩手，然后“嗖”地跳出了门。

刹那间，王甫坤只见寒光闪闪直奔面门，急忙侧身躲过，再看蓝衣人已经消失在夜色中。他返回常主任身旁，看到战士交给常主任一件带刃的短刀，愤恨道：“这是蓝衣人甩出来的，伤了我们两个人。”

常主任把刀子递给王甫坤："副部长，你看这是什么兵器？"

王甫坤就着灯光，看到刀柄上刻着个"伊"字，这是日本忍者暗器的标志，就回答说："看来蓝衣人就是武功高强的忍者了。日本鬼子真是穷途末路，连这都用上了。"

"忍者是什么？"常主任问。

"听我老师说，忍者是日本江户时代出现的，被特殊机构训练出来的特战杀手。他们会登高翻越，善用冷兵器，尤其是暗器。忍者有不同门派，历代相传。从这把短刀刀柄上刻的字推断，估计是伊贺派的忍者。"

"难怪我们的战士抵挡不住。"常主任惊叹道。

"敌人也不用枪，是冲着'黑铃'来的吧。看情况，他们并不知道东西在哪间屋里，如果我没看错，常主任，是你给他们指明了方向。"

"为什么？"常主任很是惊讶。

"你不是正紧紧地护卫着这道门吗？"王甫坤指了指他身后。

常主任没有说话，只是朝王甫坤竖起大拇指。

随后，常主任打开身旁的这道门，指给王甫坤看。那不过是一个木板框子做的箱子，走近看到，透过木板的缝隙，里面放着一个铁罐，铁罐露出一圈咖啡色的瓷器口，罐口有盖，上面有一圈日文。

看来它就是个瓷罐，包上铁皮外加木框子的东西。那些令人感到恐怖的生化武器就在这个瓷罐里。这个就是"黑铃"行动的标的物。

按着常主任的命令，战士们一边救治伤员，一边在营区搜索蓝衣人。奇怪的是营房大门处并没有发现蓝衣人，看他们在库房内的屋顶跳上跳下的本事，难道他们能飞出去？不过，也不是没有发现，库房通风口上的铁栅栏，不知道什么时候被剪断了两根，那可能就是蓝衣人进入库房的通道。

其实，营房四周的铁丝网高且宽，他们并不能飞出去。不久，对全营房搜索排查的战士们，在营房后面的铁丝网下，发现了一个小洞。显然，忍者还是从洞里爬进和爬出的。

这个洞引发了王甫坤执行"黑铃"任务的新思索。

伊藤是内良真任命的头目，专门负责这次黑龙会林哈县狙击"黑铃"的行动。

伊藤三十出头，五短身材，精悍健硕。他的头部两侧长有一对扇风耳，戴上大皮帽子，就只能够露出一对小圆眼睛。就是这对小圆眼睛下的鼻梁上，还架着一副金丝眼镜。他在这里为黑龙会效力，却时刻想着回到富士山脚下的出生地——

小镇吉田町，去看那里一树一树美丽的樱花。

昨天夜里，伊藤派出了忍者小组，本想伺机盗取“黑铃”，即便不成，至少也能够看看“黑铃”的真面目，可惜都失败了。今天是他最后的机会，他决定孤注一掷。

早上，伊藤躲在树丛里，用望远镜仔细观察营区。这个营区突然热闹起来。先是吹起了集合号，不久，又传来了士兵们列队报数的声音。然后，又是一阵鼓噪，接着有人列队出操，还有士兵们互相唱歌的声音。透过营房的铁丝网，可以看到一辆卡车停在营房实验区库房门口，似乎正在装东西。他清楚地看到，士兵正在小心翼翼地把“黑铃”抬上卡车。等都看清楚了，伊藤眨巴着小眼睛，正了正眼镜，转身消失在雪原的白桦林海中。

雪停了，风却更强烈了。风不时吹过白桦树林，树上的雪粒漫天飞舞。没有多久，从热热闹闹的营房中，前后开出两辆汽车，前面一辆是带篷军用卡车，后面相隔几十米远是辆武装吉普车。它们以每小时三十公里的低速度，在积雪公路上行驶，凸显车上装载着十分娇气的东西。

汽车几乎是慢慢滑行在公路上，轧雪的“沙沙”声伴着风声，可以在寂静的山林中传得很远。驾驶员聚精会神，透过风吹散的雪粒、雾障，不眨眼地望着公路。雪路强风，驾驶员生怕出现闪失。

后面的吉普车驾驶员突然感到前面卡车的速度更慢了，眼看刹车尾灯亮着，又滑行了几米，竟然停下来了。吉普车上的人下车后才发现，距离卡车车头五六米远的地方，三条粗大的木制拒马将公路全部截断。

这里距离营地约五公里，近乎整条公路的中点。常主任命令两辆汽车不许再停留，立即掉头往回开。现在是吉普车在前，带篷卡车在后。刚刚开出百十来米，司机发现回来的路上被更大的拒马截断。

常主任命令两车人员立即全部下车，移除拒马。十几分钟后，拒马才移到路边。当他们返回卡车时，发现车上的“黑铃”没有了。常主任命令车上的战士向着白桦林方向鸣枪，连续密集的枪声，震撼四野。听着枪声，望着白桦林，常主任自言自语道：“这个后勤部的王副部长还真是料事如神啊。”

原来，王甫坤感到“黑铃”行动云谲波诡，在敌人曾经的巢穴附近不会风平浪静，所以要防患于未然。他想，从营房到机场虽然只有十公里路程，难保狡猾的敌人不会生出事端。他看到突袭的忍者在营区的后面开了一个洞，深思熟虑之后，他向常主任说出了自己的计划。

他说，营区后面有一条路，听说部队在演习时用过。从这里到机场，启用废弃的土路，作为“黑铃”运输的主路，而要用营房前的公路运输作为掩护。

“你是说，由我们声东？”常主任边问边用手指指了指自己。

“对，我们来击西。”王甫坤肯定地回答，说罢两人同时会心地笑了。

“好，这个配合我赞成。”常主任非常高兴。

“不过，既然是声东击西，就要真正弄出点声音来。”王甫坤接着说。

首先，让营房的部队热闹起来，分散敌人的注意力。然后，让两辆吉普车装载真正的“黑铃”，再由卡车装载经过伪装的标的物，一个在营房后面隐藏，一个在营房前面大摇大摆，各走各的路，在营房热闹的气氛中同时出发。

吉普车走土路，开到接近公路的地方隐蔽起来，听到密集的枪声后，就进入公路，直奔机场。

卡车走前门的公路，招摇过市。如果敌人制造事端，立即掉头返回，以吸引敌人不去关注机场方向的动向。在返回的过程中，如果敌人抢劫车上的标的物，就让他们拿去。

当敌人离开后，组织战士朝敌人逃跑的方向射击，为土路上的吉普车传递可以继续前进的信号。同时告诉战士，任何情况下都不准对车上装载的物品开枪，要让敌人知道，我们是在避免误伤“黑铃”。

营房部常主任听了这个计划后，决定亲自指挥公路方面的掩护行动。他表示：“放心吧，王副部长，我坐一辆吉普车压阵。”

“那就辛苦你了，注意保密。”王甫坤感谢道。

所以，当常主任命令士兵向敌人退去的方向紧密射击时，连续的枪声立马传到营房后面的土路上。隐藏在那里的两辆吉普车载着“黑铃”，迅速而稳当地开到山下，拐入公路，直奔机场而去。

听到后面密集的枪声，黑龙会的伊藤一边率领他的人向密林深处逃跑，一边暗自庆幸他们终于得手了。

原来，伊藤观察到营房部队的热闹气氛时，也看到了卡车装载“黑铃”的事实。他立刻返回埋伏的地点，按计划用拒马拦截卡车。当两辆车上所有的人去拆除拒马时，他们立刻悄悄突袭带篷卡车，抢夺车上的“黑铃”。

“整个过程悄悄地、迅速地进行，不许开枪，尤其不能向大篷卡车里开枪。”为了不误伤“黑铃”，他嘱咐着他的同伙。同时，指定一高一矮两个同伙，负责用雪橇运载从车上卸下来的“黑铃”。

现在，他看拒马拦住了返回营地的吉普车，车上士兵都下来去解除路上的拒马，卡车上已经没有人了。早已经埋伏在一旁的伊藤，带领一群身穿白色滑雪服的武装人员，迅速接近公路，蜂拥跃起蹿上卡车，手忙脚乱地剪断绳索，把“黑铃”抬下卡车，捆绑在雪橇上，拉着雪橇转身跑下公路，踏上滑雪板向白桦林深处逃去。

听到后面的枪声，伊藤得意地想：“这是给我们送行的鞭炮吧！”边跑边拔出信号枪，“砰”的一声，一颗绿色信号弹从白桦林的深处升上天空。

这时，营房的支援部队已经乘车赶到。营房部常主任立即命令其中的滑雪部队，向白桦林中信号弹升起的地方进击，要求他们务必围歼这股敌人。

部队立即分成两部分，寻着敌人的踪迹，展开追击歼敌行动。很快，追击部队就发现了这伙偷袭卡车的敌人。

伊藤发射了绿色信号弹后，又带领同伙奔跑了一段。他回头看到那两个一高一矮的家伙正拉着装有木框箱的雪橇车，紧跟在自己后面，四周簇拥着自己的武装人员。公路那边，除了一阵枪响，并没有什么追赶的迹象，他放心地停了下来。

“我这是神兵天降，土八路地不会料到。”他想，现在可以看看“黑铃”到底是什么东西了。

“来，打开这个木框箱子，咱们看看到底是个什么东西。”他向一高一矮的家伙吩咐道。

“伊藤君，这样做不好吧？内良君告诉我们，这可是十分危险的东西。万一他怪罪下来，我们承担不起。”有人制止道。

“还是等见到内良君再处理吧。”有人附和道。

从理论上讲，伊藤和他的同伙在这次行动中没有阶级高低的差别。他不过是他们临时的头头。

“八嘎，我的命令不听？”伊藤感到自尊心受到伤害，但转念一想，自己毕竟有应负之责，任务当前应以怀柔笼络为主，就把声调缓和下来，“咱们只是应该看看这到底是什么玩意儿。咱们又不敢打开它。拼了半天命，辨识一下总应该吧？”

这话在理，虽然没有说出不吉利的“真假”二字，其实就是这个意思。

见周围没有异议，那两个家伙把雪橇上的木板框子放在地上，噼里啪啦地使劲撬开，木板条散了一地。这时，大家看清楚了，立在中心的就是一个小树墩子粗、比火坑高的圆铁桶。上面的盖子周围焊了一圈，焊缝还很粗糙。上面既没有日文标识，也没有任何显示身份的标注。

它是什么？伊藤看到过情报显示的照片，“黑铃”是有日文编号和标识的，难道这是假的？他一下子慌了神。他想起来内良真的命令：如果发现有不对的地方，立刻发射红色信号弹。他赶忙掏出红色信号弹，装进弹仓。

就在这时，四周突然响起一片“缴枪不杀”的呐喊声。伊藤和他的同伙立刻转身卧倒，激烈的枪声“乒乒乓乓”交叉响起，连成一片。枪声中，伊藤只见地上的雪花和树上的冰碴，被子弹击中后又被风卷到空中，在眼前混成白茫茫的一片。

子弹的流光不断地从空中喷过来，也不停地从地上喷出去，那些卧倒在地、穿着白色滑雪衣的人的身上，不时爆起一团团鲜红的血柱。蓦地，他觉得腹部一紧，也蹿出一片鲜红的血液，瞬间，他感到头脑发胀，喉头发憋，一股咸腥的东西从喉头涌出，恍惚间，透过金丝眼镜他模糊地看到，眼前雪的白和血的红化成了一幅幅美丽的图画，那是他时刻向往的地方——富士山下小镇吉田町春日盛开的簇簇樱花……

他用最后的气力扬手扣下了信号枪扳机，一颗红色信号弹升上天空。

3

飞机离开停机坪滑向跑道。

王甫坤又回头看了一下货舱，看到“黑铃”被牢牢地固定在货舱位置，来时的武装士兵，一边一个扶着它，他这才放了心。

驾驶员操纵飞机在跑道上迅速起飞。起飞后，飞机并没有立即离开，而是绕着机场营地飞了一圈。恰恰在这个时候，王甫坤看到了机翼下的白桦林中升起了红色信号弹。王甫坤和常主任并没有关于信号弹的约定，显然这是敌人发的信号，这是发给谁的呢？难道是给其他同伙发的消息？王甫坤疑惑着。

飞机似乎摆了摆身子，大概是向机场人员表达敬意吧，然后，向来时的方向飞去。

内良真发疯似的抓起眼前的一只瓷瓶，“啪”地摔在地上，瓷片儿飞得到处都是。

原来，他刚刚接到丹江地区黑龙会探子的报告：伊藤小组任务失败，全军覆没。这是指他针对“黑铃”的第二步行动失利了。他沮丧之极，恼怒之极。

“生气也不能摔东西呀，”他的太太福子边打扫碎瓷片边说，“天无绝人之路呀。”

内良真望着她，心里反而平静下来。内良真开的这家杂货店仅有他们夫妻二人支撑。日本投降了，黑龙会解散了，黑龙会行动部门却命令他坚守岗位，完成在满洲的最后使命——狙击“黑铃”行动。这项狙击任务包括消灭企图研究“黑铃”的苏军科学家和夺取“黑铃”，让七三一的生化武器发挥最后的战力。现在，接连不断的失败几乎使他丧失理智。太太福子的两句话又使他重新冷静下来。

太太福子，是个温柔贤淑的女人，她是在日本太太学堂学习过的。她从不过问他的事情，但每逢他遇到问题发飙的时候，她总会淡淡地说上几句让人静心的话。此时，他抬手捻着嘴上的八字胡须，想到自己还有一张最后的王牌，又燃起了希望。他要配合这张王牌，去实施这项更加恶毒的计划。

这张王牌，就是驾驶飞机的浅野次郎。

浅野次郎会说一口流利的东北话。当他在松花市天主教堂旁的地下室，黑龙会组织的秘密会议中，接受内良真安排的任务时，就做好了战斗的准备。

现在，他安顿好急匆匆冲上飞机的这三个人和他们携带的“黑铃”，驾驶飞机绕着机场飞行的时候，就看到了那颗红色信号弹。他知道，狙击“黑铃”的任务已经落在了自己的肩上。

浅野次郎是浅野一郎的亲弟弟，他有着和浅野一郎一样的刀削过似的脸颊，一样凶狠的性格。所不同的是，他的哥哥喜欢夸夸其谈，他却少言寡语。当浅野一郎任朱岛大和银行经理的时候，浅野次郎就已经在满洲森林株式会社航空队效力了。他从日本航空学校毕业，本来已经进入了空军运输机部队，但是由于违反军纪而被除名，这反倒成全了他，进入了自己仰慕的黑龙会，并且成为黑龙会满洲行动组的骨干。

此时，他坐在驾驶室，闪着那双阴鸷的眼睛，一边操纵着飞机一边琢磨着自己的使命。

他清楚地记得，在地下室里，内良真组长把他叫到另一间密室，布置道：“如果在机场看到绿色信号弹，就是不需要你做什么了；如果是红色信号弹，那么真正的‘黑铃’已经在飞机上了。”

现在是先看到绿色信号弹，后看到红色信号弹，这说明什么？他判断，陆地上执行的任务在成功的情况下，又失败了。这个重任已经落在自己身上。想到这里，他像打了鸡血，立刻精神振奋起来。

内良真交给他的任务很明确："你要在飞机飞临这个城市上空时，消除一切障碍，打开它，像播种一样，把它里面的东西撒出去，你的任务就完成了，光荣将属于黑龙会！"

他一想到将由自己亲自来证明浅野家族的伟大和辉煌，就感到无比地亢奋。所以，从那次会后，他就时刻等待着这个命令。

满洲森林株式会社，名义上是日本一家私人企业，在关东军统治时期，却要或明或暗地执行军方的命令。直到苏军进军东北，日本投降，这家企业就由苏军控制了。苏军经过甄别，留下一部分认为可靠的人，其他的职员就离去了。在飞行员极其缺乏的情况下，浅野次郎就留下为苏军的民事飞行任务服务了。这次的任务就属于所谓民事任务。

飞机离开机场上空，进入了返航的方向，但是，王甫坤一直在回想刚刚发生的战斗。

"黑铃"行动的确是没有超出自己的设想。他计划的声东击西加上狸猫换太子的计策，成功地让敌人上了当，但是，这样就安全了吗？"黑铃"行动的特殊性使他对每一个细节都警惕万分。他开始思索，刚刚看到的那两次信号弹的含义。

记得，当他们的吉普车从公路顺利地开进机场，往飞机上安置"黑铃"时，一位战士指着后面远远的白桦林方向，向他报告："首长，空中出现信号弹！"果然，上空出现一片绿色信号弹的光斑。而飞机刚刚离开机场，他从舷窗中又看到了闪烁的红色信号弹。

常识告诉他，在战争中，绿色信号弹用来说明安全，而红色信号弹则是表示危险。那么，营区附近发射的绿色和红色信号弹表示什么意思呢？

王甫坤知道，自己并没有和营区常主任约定这些信号，信号肯定是敌人在行动中发射的。如果说绿色表示他们得手了，那么红色一定是表示他们失败了。这些"黑铃"行动中的蛛丝马迹，一定要引起重视。王甫坤沿着这个思路，深入分析敌人在地面的得失情况，信号是发给谁的？难道仅仅是通知他们在地面战斗的同伙吗？空中呢……想到这里，王甫坤不由得提高了警惕性。

就在这时，飞机上的电台发出呼叫，总部要求和王甫坤通话。王甫坤离开座位，接过驾驶员递过来的话机。

"我是洪副政委，你是王甫坤吗？"

"是，我是王甫坤。"

其实，在“黑铃”行动中，为了保密需要，要求行动期间全程实行无线电静默，没有特殊理由不得通话。现在，洪副政委要求和自己通话，一定是有特殊原因的。

“一切顺利吗？”

“是，到目前为止一切顺利！”

“告诉你一个消息，艾瑗要生了，她已经住进医院，陈穿标和她的同事小兰陪着她，你就放心吧。”

艾瑗临产，王甫坤出发前就知道了，现在有部下陪侍她，他也很放心。不过，洪副政委难道就为这事打破了保密要求呼叫他？他觉得很奇怪。

果然，电台那头又传来洪副政委的声音：“甫坤啊，顺利就好。可天下事，哪会都是一帆风顺的呀？！你可是要万万小心。”

“我全明白，老洪，你就放心吧。”话筒传出刺啦刺啦的声音，讯号断了。

回到座位，王甫坤平心静气地琢磨着洪副政委的话。

艾瑗确实已经住进了医院妇产科。

王甫坤出发后不久，艾瑗就觉得自己要生了。她的腹部痛起来，而且一阵紧似一阵。她赶紧打电话给处里同事小兰，小兰赶到家门口时，正巧陈穿标和洪副政委从机场回来。洪副政委让小兰搀扶着艾瑗上了车。

当时，这里的八路军部队医院正在建设中，设备条件简陋，也没有妇产科。

陈穿标和小兰就送艾瑗去了离驻地不远的城市医院，等安顿好的时候天就亮了。

城市医院是一所教会医院，医院设施好，科室全，医生和护士既有苏联人，也有中国人。艾瑗入住的妇产科，就在这个医院的二楼。现在，医院的病人并不多。

内良真就是趁人不注意的时候，化装成护士进入了这家医院的妇产科。他要在这里，伺机而动，利用威胁绑架艾瑗的卑鄙手段，逼迫王甫坤交出“黑铃”，完成自己的计划。

此时的艾瑗，哪里知道敌人的阴谋。她全身心处于生育的高度紧张中。她是有过两胎生育经验的人。生孩子，对她来说并不是一件了不得的事情，只是，前面两胎出生后的遭遇，令她十分沮丧和疲惫。她再也不能失去现在肚子里的老三了，何况这个老三，肯定会陪伴她和王甫坤一起生活的。想到这里，她不由得对王甫坤又爱又怨。此时此刻，她多么需要自己的丈夫陪伴在自己身边，陪伴在即将出生的孩子身旁啊。

而此时此刻的王甫坤，表面看去很平静，他正在欣赏舷窗外纯净的天空、飘浮的白云以及掠过机翼下的一片片闪着光亮的森林、雪原，其实心中却如潮水般不停地波翻浪滚。他的思绪像过筛子一样，筛选“黑铃”行动以来的各种细节。他不相信在“黑铃”落地之前，敌人不会继续做点什么。

飞机飞越一座山岭后，他看到了环绕城市的河流，估计飞过这条河以后，就临近驻扎的城市了。

风还是很强，强气流中的飞机不时地忽上忽下，令人头晕。不知什么时候，飞机驾驶员站在了王甫坤的身边，手里端着一个彩色搪瓷盘，盘中有一些花花绿绿彩纸包裹的糖块和饼干。

“还受得了吗？”驾驶员关切地问。

“没关系，”王甫坤回答。他看了看机舱，又望了望驾驶员，“这飞机不需要人操纵吗？”

“放心，现在是自动驾驶，比人还靠得住。来，吃点东西会好过些。”驾驶员塞给他一把糖和饼干，又伸手勒了勒他的安全带，看是不是牢靠，“吃一点吧，一咀嚼就不耳鸣了。”接着又进了货舱。

王甫坤想起洪副政委的嘱咐，就扭身观察他，只见他塞给战士糖块和饼干，又检查了一下扣紧两名战士的安全带，过程和来时一样。

王甫坤本想不让战士吃这些东西，又想到来时洪副政委说的：“你是第一次坐飞机，有时候会难受，吃点东西可以缓解，飞机上会预备小食品。”何况这是苏军提供的飞机啊，想到这里，就没有说什么。

战士们听驾驶员说，吃东西可以缓解耳鸣、头晕，来时试过一回，觉得有效果。现在折腾了一天，饭都没有来得及吃，又饿又乏，见有奶糖、饼干，战士们便礼貌性地接了过来。

安全检查后，驾驶员就返回了驾驶舱。

王甫坤心想，终归是苏军提供的飞行工具，驾驶员还挺负责任。但是他又始终放心不下，那红色信号弹到底是放给谁看的呢？王甫坤含了一块奶糖，先是感觉有些困，上下眼皮刚刚合在一起，就觉得头痛了一下，之后什么也不知道了。

把王甫坤打昏的正是驾驶员浅野次郎。他偷偷地观察，王甫坤只吃了一块糖。那糖里的迷药使他有些眩晕，上下眼皮打架，头不由自主地垂下来。浅野担心药量太少，迷不倒他，所以这回悄悄走出驾驶舱后，就迅速袭击了王甫坤，取下他的手枪，然后进了操作舱。

操作舱里两个战士都已经被食物药晕过去了。他把他们拖到一旁，用绳子把脖颈勒紧，两个战士踢蹬几下，不动了。

浅野跟着就开始打开"黑铃"外面的木框。他找了一根铁棍，用木框上板条作支点，很快让木框开了一个口子。他迅速地把木板一块一块卸下来，丢到一旁。除去底托，"黑铃"就显现在他的面前了。

"黑铃"是一个露着瓷质边的金属圆筒，上盖有一个像汽油桶一样的旋转钮，金属桶上面刻着一串串日本文字。他小心地把"黑铃"拖到飞机上用于飞播种子的飞播口，桶身用钢丝固定住。他打开飞播口，一股冷空气呼地冲进机舱。

他了解"黑铃"的结构，内良真告诉过他。现在，他只需要拧开上盖，对准飞播口一推，飞播器就会自动冲开这个东西的内胆，能够消灭整座城市生命的生化武器，就会从里面源源不断地播撒出去。

浅野次郎梦想着自己的丰功伟绩，他把手放进开盖的金属环中，发力拧开上盖，然后弯下身子，准备把它推向飞播口时，猛然听到一声断喝："住手！你要干什么！"跟着，突然觉得自己的屁股被人踹了一脚，手一松，整个身子飞撞到机舱壁上，眼冒金星，头昏脑涨。回头一瞄，是王甫坤怒不可遏地站在后面。

原来，王甫坤是被冲进飞机里的那股冷空气吹醒的。刚一醒来，他马上回头看了货舱，没有看到那两名战士。只见驾驶员正弓着身子摆弄"黑铃"，货舱地上七零八落地扔着拆除的木板条。他一下子惊醒了：是飞行员在打"黑铃"的主意。这个飞行员就是飞机上"黑铃"行动的敌人。他迅速摘下安全带向货舱冲去，大喝一声，照着飞行员的屁股猛踹了过去。踹倒了飞行员，看到"黑铃"只是开了上盖被放倒了，并没有打开，心里踏实了许多。这才看到两名战士倒在旁边，他用手一摸他们的颈动脉，发现都已停止了跳动。

两名战士的牺牲，让王甫坤更加愤怒了。他见那个飞行员已经翻过身来，就立刻又冲上去，把他打倒在地，骑在他的身上扳过他的手臂，怒问："你是谁？是谁派你来的？"

"我是大日本帝国的黑龙武士！我是浅野次郎！"说着，他用力挣扎着想反过身来。

一听飞行员自报家门，王甫坤突然想起朱岛市那个大和银行的经理浅野一郎。他曾经说过，他有个弟弟，在满洲开飞机。

"浅野一郎是你什么人？"

“那是我的亲哥哥。”

王甫坤一想起另一张刀削似的脸颊，想起那个浅野一郎是如何在中国为非作歹的，更是怒火中烧：“你们这一对法西斯，都不会有好下场！”

说着，又是一拳打在浅野次郎头上，浅野次郎向后一仰狠狠摔倒，碰上舱壁，不料他借反弹力量，一抬腿踢在王甫坤胸上，力道很大，使他不由自主地仰身倒地，还没等他站起来，浅野就扑了过来，两人立刻扭打在一起。

王甫坤和浅野次郎都是练家子，又都正值壮年，本应旗鼓相当，但王甫坤身材高大，要是在地面上，有吊打浅野的绝对优势，可是在狭小的机舱里，反而有些行动掣肘，再加上先前受过伤，眼前迷药余劲还在，这样反而被浅野次郎占了上风。

这时，浅野正拼命压住王甫坤的身子，扭着他的胳膊，别住他的大腿，嘴里还在吼着：“看我打开‘黑铃’，让这座城市的千百万人完蛋吧！大日本帝国永远是胜利者！哈哈……”边吼边狂笑不止。

陈穿标和小兰守在妇产科的外面，等待产房内艾瑗的消息。

妇产科的门口挂着“男士止步”的牌子。门偶尔打开，是医生或护士出出进进。这时，从开关门的缝隙里，可以看到门里是一排产房，用白色的木制屏风和灰色布质幔帐分隔开来。

也不知道艾瑗在哪间产房，小兰正在探头探脑朝里面张望时，有位护士请她让开。这个护士穿着白大褂，戴着口罩，推着一个白色双层器械车，上面一层放满了手术器械，下面一层放了一个精致的黑皮箱。小兰侧过身，护士就推着小车儿进去了。

没过几分钟，忽然妇产科里传来了惊慌失措的尖叫声，有护士从里面跑出来，陈穿标赶快拦住护士询问。

“不好了，不好了，有男人拿枪进来对着……”

没等护士说完，陈穿标知道出事了，也顾不上男女禁忌，拔枪就闯进门，小兰随后也跟了进来。

顺着屏风帐子隔断的第三间产房，他们听到有人正在凶狠地威胁医护人员：“这产妇是不是八路军的艾瑗？”

一个中国护士哆嗦着回答：“是，是……”

“要生了吗？”

“快……快生了。”

“谁陪她来的？”

“在外……外面。”

“让他们进来，不许带武器。你还要回来，侍候产妇，不然我就杀了这个产妇。”

陈穿标一听对话，就没有贸然闯进去，躲在屏风后面，想搞明白情况，再行处置。

陈穿标从屏风缝隙看到，这就是那个推小车进来的护士，是个男人。只见他已经摘除了口罩，凶相毕露。他躲在艾瑗躺着的产床后面，紧靠着墙，一只手抓住产床的栏杆，一只手举枪指着对面的医生和护士。艾瑗则闭着眼睛，似乎并不在乎眼前发生的事。

这个凶徒，显然是在以产妇和医务人员为人质进行要挟，想达到某种目的。

护士一听让她去叫小兰，急忙答应后掀开帘子出去了。

陈穿标看到人质暂时没有危险，就退后了些。他见护士走过来，一把抓住她的胳臂，食指放在嘴唇上，做了个噤声的动作，随后又摆了个八路的手势，轻声道：“别怕，有我们呢。”转头又对小兰说：“你进去，看他到底要什么。记住，一定要保护好艾瑗，有什么要求，都可以先答应。我在这里随时会支援你。”说着，扬了扬手里的枪。

护士本想乘机溜走，一看有人保护，胆子也大了，没有动。小兰也是位经历过抗日战火的八路军，点点头，一拉护士，就随护士进了产房。

小兰一进产房，就见对方的手枪指向了她，但是对方并没有说话，而是把打开的皮箱里的话筒拿在手上，眼睛盯着她，在吱吱作响的电波回声里，嘴里不断地呼叫：“浅野回话，浅野回话，我是内良真，我是内良真！”

“……我是内良真！”飞机驾驶台上的电台传出对浅野次郎的呼叫。骑在王甫坤身上的浅野次郎一分神，就被王甫坤一个大翻身，把上面的浅野一直向前掼去，力道奇大，浅野上身被直接掼进驾驶舱。他顾不上别的，顺手抓住耳机，对着话筒大喊：“我是浅野次郎，我是浅野次郎。”

耳机里立刻传来内良真的声音：“报告‘黑铃’进展，报告‘黑铃’进展。”

“我已让‘黑铃’就位，已经就位，已经打开‘黑铃’的盖子……”这时，耳机突然响起尖锐的干扰噪声。

“但是我遭到了袭击……”其实，浅野这句话已经被淹没在噪声中，内良真并没有收听到。

此时，浅野次郎突然觉得两脚被抓住了，他还要继续报告的内容是"我正在和他争夺'黑铃'的控制权"，这话还没有被传出去，就让王甫坤拉出驾驶舱，一阵暴打，失去了知觉。

内良真听到的仅仅是"……已经打开'黑铃'的盖子"。

浅野的报告让内良真心里无比舒畅，以至电台噪声中的内容已经不再重要。他的任务终于完成了，黑龙会最后的目标终于实现了。早知如此，他就没有必要再来医院冒险。

原来，按照内良真计划好的，在飞机接近城市时闯进产房，就是要以艾瑗等为人质，在浅野行动遇到问题时，他就可以协助浅野，以人质要挟飞机上的王甫坤和其他押运人员就范。

现在，既然浅野已经打开"黑铃"的盖子，这个城市所有的生命包括眼前的人，都会是一个结局，所以此时此刻他就应该想方设法独善其身了。这时，他感到前面屏风的幔帐在抖动，一定有人藏在后面。

飞机上的王甫坤抹了一把脸，血水混合着汗水甩了一地。他审视了一下现在的状况，飞机已经在城市的上空。

飞机在飞行中。"黑铃"如果被打开，生化武器就会顺着飞播口，传遍整个城市。毁灭性的疾病就会传染给这个城市乃至更多城市的人们，一场对人类的灭绝性的灾难就会降临。

如果飞机摔在地上，摔飞的"黑铃"也可能被打开，灭绝性灾难依然会产生。他不敢想下去。

这时，苏联专家克鲁莎教授在被袭击的车上说过的话，又在他的耳边响起：它怕火。

对，用火！

王甫坤看到自己座位后面的汽油桶。他晃晃悠悠地站起身，提起油桶，拧开盖子，一股浓烈的汽油味冲进鼻子。他毫不犹豫地冲着"黑铃"泼洒下去，洒完汽油，用空桶挡住飞播口，伸手去掏打火机。

"八嘎！你休想。'黑铃'是我的！"不知道什么时候又醒过来的浅野次郎，疯狂地吼叫着。

王甫坤轻蔑地回身望去，浅野正用手枪指着他，他没有理会，继续掏出打火机，枪响了，他觉得左胸受到重重一击，身体踉跄着向后倒去。

内良真既然判断屏风后面有人，就不再犹豫，“砰砰”朝着屏风开了两枪。小兰和医护人员赶快卧倒。

他猛地把艾瑗的产床向门口方向推去，“哗”的一声伴着艾瑗的惊叫，产床撞向产房门，屏风眼看着向艾瑗的产床上落去。

屏风后面确实有一个刚刚跑进来的护士。枪声响起，躲在另一块屏风后的陈穿标，一伸手把那个护士的头按下去，又一个箭步冲到门口，用身体扛着倒向艾瑗产床的屏风，另一只手则抓住床尾扶手。屏风稳住了，产床也稳住了，再看内良真时却已经不见踪影。

“你们快照顾产妇。”陈穿标大喊一声，掀起隔帘，向内良真逃跑的方向追去。跑了十几步，看到侧面一扇窗子被打开了，扒在窗台上，他看到内良真刚好从排水管最后一节跳到地上，迅速向楼的转角奔去。陈穿标“砰”地开了一枪，像是打中了，内良真连滚带爬地消失在拐角处。

陈穿标离开窗子，就听见产房传来新生婴儿响亮的啼哭声。

浅野次郎躺在地上，拔出枪，朝王甫坤开过一枪后，晃晃悠悠站起来。他望着倒地的王甫坤，努力向前迈了两步，想继续射击。

就在这时，驾驶舱的耳机里响起婴儿响亮的啼哭声。他们两个人不约而同地望向驾驶台。

刹那间，王甫坤感觉，那一定是他自己的老三降生了。她们母女的形象，几乎立即占据了他整个脑海。刹那间，浅野也被那婴儿的哭声惊呆了，更确切地说，是吓住了。他知道内良真那边出了问题，他脑袋完全被失败的疯狂充斥了，枪口又转向了王甫坤。

当第二枪响起时，一只冒着蓝色火苗的打火机已经飞向“黑铃”，瞬间“黑铃”被火焰包围，很快机舱内陷入熊熊烈火中……

这天，这个城市很多人看到，一架飞机拖着长长的火舌，消失在城市边缘的山地森林里。

八路军和苏军的战地日记，都清楚地记载着这架飞机失事日期：一九四五年十二月二十三日。

三个月后，林吉省军区政治部派人来见艾瑗。

两名军人十分尊敬地将一封信和一个有着黄色缎带的红色锦盒交给她。艾瑗看到信封上写着：阵亡通知书。打开锦盒，是王甫坤曾经荣获的那枚铜质奖章，浴火的奖章中间显示出了清晰的弹痕。

三年后，在山东业平，大黄村村口正对着的乡间公路上，一辆军绿色吉普车迎面驶来，开车的是陈穿标，后面坐着艾瑗。

车到村前时，陈穿标看到村口有一块两人高的石敢当，上面写着“大黄村”几个字。巨大的石敢当旁边是个小土坡，土坡上站着一位妇女，正向他们张望。

车在村口停下。陈穿标回头对艾瑗说：“这叫大黄村，问问去沙河镇的路吧。”

“我去问问那位老乡。”说着，艾瑗下了车向那位妇女走去。

“大姐，问个路。”

那位妇女没有回答，只是把失望的目光从艾瑗和车身上移开，期盼地望着他们来时路的方向，口里喃喃着：“不是他，他说会回来的。”

“请问，沙河镇怎么走啊？”艾瑗又接着问。

“他说会回来的，说会回来的……”妇女仍然没有回答，嘴里叨叨。

“他是谁？”见妇女翻来覆去重复着那句话，艾瑗忍不住好奇地问。

“我男人。”

望着这位大姐充满期盼的目光和憔悴的脸庞，艾瑗不禁叹了口气。

艾瑗返回车子，还没坐稳，陈穿标就问：“问清楚了吗？”

“没有，先照直开吧。”

“那位老乡是谁啊？”

“日夜盼郎归的痴情大姐吧。”

艾瑗不知道，这位痴情大姐就是吕春花。大姐反复说的那句话，让她想到自己也曾经刻骨铭心地期盼，不由自主地又轻叹了一声。

吉普车顺着乡间公路照直向前开去，车后扬起一团烟尘。

一阵歌声若隐若现传进车内：

人人那个都说哎，
沂蒙山好，
沂蒙那个山上哎，
好风光……

2021年10月—2022年3月完成第一稿

2022年5月完成第二稿

2023年6月完成第三稿

后记

——生活是创作的源泉
——关于《甫坤传奇》的创作

记得多年前文学界一些人有过一个争论：文学作品的创作是源于生活，还是源于灵感？我当时写过一篇文章发表在党报上，我赞成生活是创作源泉的观点。灵感是在生活的基础上产生的，有了生活，才能产生灵感，才会创作出来好的文学作品。否则，作品就会成为无源之水，无本之木。文学表达着理想，生活反映着现实。

在长篇小说《甫坤传奇》的创作过程中，我了解到作者是主动地深入生活，深入地从生活中汲取精华，自觉地将之转化为文学创作的力量，使之成为激励自己，也激励他人的精神食粮。三位作者的辛勤努力，加深了我的这一认识。

作者介绍，他们去山东一些地区游学，参观了众多的博物馆、纪念馆，探访了一些有着革命历史的著名村镇，瞻仰了革命教育基地的历史遗迹，拜访了一些基层领导者、党史工作者和当地普通群众等，了解到那些数不胜数的革命先烈的动人故事。历史如画，这些故事深深地嵌入他们的脑海。尤其是一些看似平凡的事迹，其背后展示的却是当年一幅幅波澜壮阔的抗日画卷中的一部分。

在这里，作者看到了无数土生土长的鲁中青年农民，如何从普通百姓成长历练为一名优秀的共产党员，从为个人生存奋斗到为民族生存而战的觉悟、成长、牺牲的过程。在这里，作者了解到，共产党领导人民反抗封建压迫的历史事实、军民一家抗战的真实景象、八路军抗战的战地医院的情况以及和日伪进行各种形式斗争的感人事迹。

譬如，在纪念馆一位讲解员介绍过这样一个故事：在抗日反“扫荡”的突围中，一个地区的八路军武工队，被日伪军围困在一个村子里，队长正在指挥战斗，而他的妻子——区妇女主任就要临盆。女人生孩子应该是最痛苦的时刻，可是就在身体最痛苦的时刻，却眼看着自己的丈夫在与日伪军战斗的硝烟中消失了，妻子当时就昏了过去。在抗敌的枪林弹雨中，孩子出生了。醒来后才看到自己失而复得的丈夫，但是孩子被送到老乡家寄养，直到新中国成立后，孩子才回到自己家庭的怀抱。

“这些在今天年轻人看来，也许是天方夜谭吧，但确确实实发生过。”接待他们的纪念馆领导叹了口气，“至今，还有很多革命战士，都不知道牺牲在哪里了。”

参观的人群中，有一位老人娓娓道来——她的公公就是在抗日战争中执行任务时牺牲的，至今不知忠骨落在何处。如今，她自己都已年近耄耋之年，她和家人的一个共同愿望是想在她公公的墓前磕个头。“青山何处不埋忠骨啊！只要是在中国的土地上，我就当他在眼前了。”她幽幽地说。

据说，她还在寻找……

这些内容强烈地激发了作者的创作愿望，这本小说也许算是一个答案吧。正如开头所言，小说作者用创作实践又一次回答了创作源泉的老问题。

小说结尾出于本人的建议，让两位烈士遗孀偶遇——吕春花毫无希望的祈盼引发出的悲怆的氛围，和艾瑗充满同情的心绪交织，强烈揭示出日本帝国主义的侵华战争才是这两位中国妇女悲剧的根源，也是在八十多年前，弥漫在中国大地的苦难的根源。

“吉普车顺着乡间公路照直向前开去，车后扬起一团烟尘……”那阵若隐若现传进车内的沂蒙小调，是在告诉读者，历经沧桑后的中国前途将是一片光明。

在此，我代作者对为本书创作提供过帮助的西安电子科技大学李锋、山东莱州党史研究室孙玉光等同志，以及为之修书的北京广播电视台王晶同志表示感谢。

是为后记。

王宝安

（作者系中央电视台高级编导）

图书在版编目（CIP）数据

甫坤传奇 / 王艺博，孙全利，马健原著. -- 北京 ：中国广播影视出版社，2024.6（2025.1 重印）
ISBN 978-7-5043-9221-3

Ⅰ. ①甫… Ⅱ. ①王… ②孙… ③马… Ⅲ. ①长篇小说－中国－当代 Ⅳ. ①I247.5

中国国家版本馆CIP数据核字（2024）第079914号

甫坤传奇
王艺博　孙全利　马健原　著

责任编辑　王　萱
策　　划　王　淇
文学统筹　王　晶
封面设计　智达设计
版式设计　水京方设计
责任校对　龚　晨

出版发行　中国广播影视出版社
电　　话　010-86093580　010-86093583
社　　址　北京市西城区真武庙二条 9 号
邮　　编　100045
网　　址　www.crtp.com.cn
电子信箱　crtp8@sina.com

经　　销　全国各地新华书店
印　　刷　永清县晔盛亚胶印有限公司

开　　本　710毫米×1000毫米　1/16
字　　数　272（千）字
印　　张　14.75
版　　次　2024 年 6 月第 1 版　2025 年 1 月第 2 次印刷

书　　号　ISBN 978-7-5043-9221-3
定　　价　78.00元